脑洞W系列

THE
STARRY
NIGHT

T H E   S T A R R Y   N I G H T

星 空

梵 高

1889.6 法国圣雷米

W H E A T F I E L D W I T H

麦 田 群 鸦

梵 高

1890.7 法国奥维尔

C R O W S

向 日 葵

梵 高

1888.8 法国阿尔勒

S U N F L O W E R S

一个报社记者，不断地采访一个又一个梦游症患者，而这些患者或多或少又患有不同程度的精神疾病。采访过程中，这些患者向“我”讲述了他们梦游的离奇经历，甚至发表了诸多可以纳入哲学、形而上学范畴的，足以颠覆常人三观的言论，而这些言论中，又浅显涉及了生物学、心理学、精神学、社会学、宇宙学、相对论、量子物理等诸多方面。

逐渐地，“我”所采访的患者，已经不仅仅局限于梦游症患者那么简单了。在这一系列的采访过程中，“我”的思维一次又一次地受到冲击。

这个世界是假的？

宇宙是一个骗局？

上帝真的存在吗？

是否存在另一个我？

或者我根本就不存在？

一切都是命中注定？

时间是否也不存在？

有人正在吞噬时间？

末日即将降临？

……

“我”逐渐被这些歇斯底里的问题攻破了固有的思维防线，同时，也逐渐发觉自己被卷入了一个巨大的阴谋当中。

没错，这就是《梦游症调查报告》系列的内容。

而《酿梦师》的主题，则远没有那么复杂，它的主题只有一个，那就是——爱！

这是人类亘古不变的情感内核。

也就是说，这是一个以梦境为主题，而内核是爱的故事。

那么，该如何入梦呢？

如《红辣椒》和《盗梦空间》，都是通过某种高科技设备进入他人的

前言

这部小说的主题和梦有关。

这里的“梦”并不指梦想，而是指我们每天晚上切切实实会做到的梦。

无论是文学、绘画还是影视，古往今来，主题围绕梦来展开的作品不计其数。

甚至在两千多年前，庄子就提出过与梦有关的哲学概念——

“昔者庄周梦为蝴蝶，栩栩然蝴蝶也。自喻适志与！不知周也。俄然觉，则蘧蘧然周也。不知周之梦为蝴蝶与？蝴蝶之梦为周与？周与蝴蝶则必有分矣。此之谓物化。”

本段出自庄子的《齐物论》，也就是我们所熟知的“庄周梦蝶”。

而真正对我影响最深的是两部电影作品，一部是日本动画电影大师今敏的《红辣椒》(又名《盗梦侦探》)，而另一部则是好莱坞大导演克里斯托弗·诺兰的《盗梦空间》(又名《奠基》)，这两部作品都是围绕“入梦”展开的故事。

诺兰是否从《红辣椒》处得到启发创作《盗梦空间》，至今争论颇多，在此不予过多讨论。但我必须承认，《红辣椒》和《盗梦空间》这两部电影，是本书的灵感起源。

我实在难以掩饰对这二位大师的崇敬之情。

我的成名作《梦游症调查报告》系列，也可看作是与梦有关的作品。

梦境当中，换句话说就是入侵到了他人的大脑里。

但入侵他人大脑这种事情，总归令人感到难以信服，因为梦是由每个人的大脑本身自然产生的，而每个人的大脑都是一个独立的个体，要通过怎样的方式，才能让两颗大脑的思维发生互联呢？

我便想到，为何不能有这样的设定——从某人的大脑中将梦境提取出来，然后将这种梦境的提取物注射到另一个人的大脑当中，那么，后者便可以在自己的大脑里，梦到前者的梦了。

由这个设定延伸开去，我写下了本书番外的那个故事。

但我总觉得，那个故事的设定过于科技感，而科技感太足势必导致冰冷。

而我，要写一个以爱为主题的故事，那么，我认为故事在设定上，必须具备诗意。

然而，如何才能具备诗意呢？

这个问题，我思考了许久。

直到有一天夜里，我在北京三里屯一带的某个小酒吧喝酒的时候，看着吧台后面琳琅满目的酒瓶，酒柜的灯光穿过不同色彩的酒瓶，散发出缤纷的光晕，伴随着淡淡的酒意，我感觉那个场景十分梦幻。

我突然想到，为什么不能是酒呢？

如果那一瓶又一瓶的酒里，装着一瓶又一瓶的梦境，又会如何呢？

客人喝下了承载梦境的酒，就可以梦到酒里的梦境。

围绕这个点，我大开脑洞，于是，故事便开始了……

THE STARRY NIGHT

酿梦师 目录

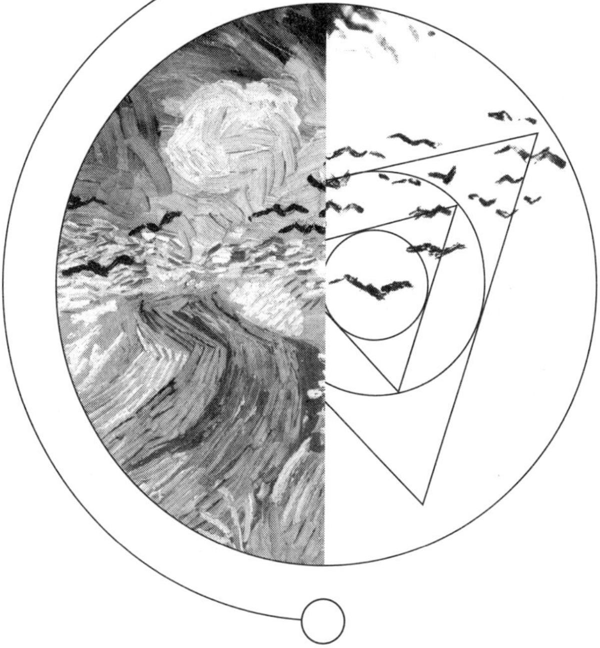

麦田群鸦

第一部分

酿梦之神

CHAPTER . 01

一

金色的麦田如汹涌的潮水般翻滚着，深蓝色的天空仿佛油画的颜料一样倾泻而下，黑色的乌鸦成群结队地从麦田上方飞过。

男人在麦田深处醒来，他已经不记得自己是第几次醉倒在这里了。他的身旁，一瓶已经空掉的格兰威特15年单一麦芽威士忌，早就滚开了老远的距离。

他感到一阵头痛。此时，天色已晚，夜的凉风徐徐吹来，吹在他燥热的身体上，令他感觉格外舒适。

他起身拍了拍身上的尘土，穿过麦田，来到路边。

路边停着一辆黑色的SUV。

他上了车，将车开了出去。

他早已经不是那种遵纪守法的人，酒驾对他来说，又算得了什么呢。是法律令他失去了一切！

一切的一切！

他已经不怕再失去更多了。

他看了看后视镜里的自己，那张沧桑的脸上布满了灰色的胡茬。

才五年！

才五年的时间，这个世界就把我变成了这样！变成了一个一无所有的人！他在内心深处发出了这样的感慨！

车子在这条荒僻的小路上行驶了大约十五分钟，远光灯的照射下，出现了警车，四名交警拦在了道路中央。

这条路上怎么会有交警的？

他眯起眼睛，看向挡风车窗外，一名交警正冲着他打手势，示意他减速停车。

今天可真是点背！

不得已之下，他只好将车停在了路边。

刚才示意他停车的那名交警快步走到车前，敲了敲驾驶座一侧的车窗。他将车窗降下，那名交警冲他敬了个礼，然后道："请出示你的驾照。"

他不慌不忙，将驾照掏了出来，递给交警。

交警打开手电，在驾照上照了照，然后又用手电光照了照车里的那人，那光照得他睁不开眼。

交警问："喝酒了吧？"

男人摇了摇头。

交警掏出酒精测试仪："来，对着这个哈口气。"

男人道："我没喝酒，我这……我这还有急事呢，警官。"

交警道："哈口气，耽误不了你几秒钟。"

不得已之下，他只好对着酒精测试仪哈了口气，结果自然不出意外，酒精数值严重超标。

交警道："下车吧，你得跟我们走一趟了。"

男人道："通融一下，真有急事。"

交警一脸无私："没得通融，你就是去奔丧，也得跟我们走一趟。"

他没了办法，只好下了车，跟随这名交警上了警车。

一名交警开车，一名坐在副驾驶座上，两名交警坐在后座，将他夹在中间。

男人道："我的车还停在那儿呢！"

副驾驶座的那名交警道："放心，会安排拖车公司拉到交警队的。"

之后，警车内便是漫长的沉默。

他总感觉这气氛有些不对头，但他又说不出究竟是哪里出了问题。直到一个小时后，警车行驶上了机场高速，他才确认了这种异常，开口问道："我们去机场干吗？不是去交警队吗？"

车上的四名交警都没有说话，他们全都面无表情，这更令这个男人感到紧张。他意识到，车上的这四个人，很可能并不是警察！

他紧张道："你们到底想干吗？"

四名警察还是不发一语。

他道："停车，我要下车！"

这时，副驾的那个警察扭过头来道："不好意思，李麦群先生，我本不打算这么做，但你实在是太吵了，所以……对不起……"

他还没意识到那个貌似警察的男人为什么说对不起，就感到一阵电流涌遍全身——那个警察伸出手，用电击器顶住了他的下巴。

一瞬间，他便昏迷了过去，失去了全部意识。

"爸爸！爸爸！"

黑暗中，李麦群听到了一个女孩的声音，那个女孩似乎正在呼唤他。

"爸爸！爸爸！"

李麦群终于睁开了眼，他看到一个八岁大的小女孩正站在床头，那双天空般澄澈的眼眸冲他眨动着。

那是他的女儿，李雪妮。

“爸爸！该出发啦！妈妈在楼下等咱们呢！”李雪妮一脸兴奋的样子。

李麦群这才想起来，今天是周六，他们一家三口要去郊外的山里野炊。他立马起床，跟着李雪妮下了楼来到客厅。

李麦群走进了洗手间，快速洗漱完毕，这时，李雪妮手里捧着一块鸡肉三明治，又蹦又跳地来到了李麦群跟前。

李雪妮道：“爸爸，这是妈妈准备的早餐，妈妈已经在车里等我们了。”

李麦群微微一笑，摸了摸女儿的额头，接过三明治，一边吃一边跟着女儿走出了家门。

户外阳光出奇的好，非常适合郊游。

车已经停在路边，那辆黑色SUV鸣了两声笛。

李雪妮道：“妈妈催我们啦！”

她说着就拉着李麦群的手，朝车子小跑了过去。女儿的双马尾辫左右摇摆着，金色的阳光在发丝间来回跳跃，李麦群看着这一幕，感觉自己的女儿像个天使。

李麦群和李雪妮上了后座。

妻子陈彤将车开了出去。

他和女儿在后座上嬉戏打闹，车子上了高速，陈彤突然担忧道：“我昨晚看了新闻，说这个季节容易暴发山洪，你说咱们去山里玩，安全吗？”

李麦群看了看窗外，然后道：“哎呀，没事儿的，你看看今天这天气，太阳多大呀，怎么可能会有山洪？”

李雪妮附和道：“是呀是呀，太阳公公把山洪给吓跑了。”

李麦群道：“哈哈哈哈，太阳公公这么厉害呀？”

李雪妮道：“对呀对呀，太阳公公可厉害了！”

父女俩继续嬉戏打闹。

陈彤点了点头道：“说的也是。”

大约中午的时候，他们终于抵达了目的地。他们将车停在了山下小镇的一个公共停车场内，然后背上行囊进了山。

他们来到了一处河道边，河道里水流极小，只有薄薄的那么一层，水深不足十厘米，在阳光下波光粼粼。

他们在河边吃完了午餐，由于喝了两罐啤酒，李麦群有些犯困，于是就在河边的一棵大树下休息。

“妈妈，咱们一起去捡贝壳！”

李雪妮拉着妈妈的手，赤着脚踏进了河水里，看着眼前的一幕，李麦群觉得格外幸福。然后他便闭上眼，睡着了。

不知睡了多久，他醒了过来，是隆隆作响的风将他吹醒的。他听到有人在呼喊他，但这呼喊声几乎被湍急的水流声淹没。

他站起身来，这才发现，天空已经彻底变阴，乌云压顶，而他眼前原本平静的河道，此刻变得波涛汹涌。

由于河道有一定的深度，所以洪水还未能漫到岸上来，但眼前的景象确实极其恐怖。

而更令李麦群永生难忘的是，此刻，他的妻子和女儿就在洪流的正中央。

他看到陈彤站在洪流中央仅存的一块凸出的岩石上，怀里抱着他们的女儿李雪妮。李雪妮吓坏了，在妈妈的怀里号啕大哭。

李麦群的心跳陡然加速，他冲着陈彤大喊道：“站在那里别动！我去找绳子！”

陈彤却大喊道：“先救妮妮！”

李雪妮哭得更加厉害了。

陈彤继续大喊道："我把妮妮扔到岸上，你一定要接住她！"

李麦群站在岸边，傻掉了，他不知道该如何面对眼前的情形。

陈彤提到了嗓门儿："我数到三，你就接住她！一！二！三！"

陈彤喊罢，便将女儿朝李麦群扔了过去。

但是距离不够，李雪妮落在了靠近岸边的河里。眼看自己的女儿要被洪水冲走，电光火石之间，李麦群趴下身子，伸出手，一把将女儿从河里拽到了岸上。

陈彤见女儿得救，松了口气，露出了笑容。

但这笑容并未维持多久，她便被一阵巨浪拍下了岩石，跌入了洪流当中，一瞬间便消失得无影无踪。

"不——！"李麦群声嘶力竭地吼叫着。

然而洪流声，却将一切淹没了。

在一阵颠簸中，李麦群睁开了眼，过了好一会儿他才意识到，自己是在一架私人飞机的机舱内。

洪流声被飞机引擎的轰鸣声取代。

他立马从座椅上坐了起来，这才看到一个男人坐在他面前的那把沙发椅上。

那个男人一身西装革履，他用勺子搅动着杯子里的咖啡，喝了一口，然后道："不好意思，刚才飞机遇到了气流，把您惊醒了。"

李麦群眯起眼睛，看着眼前这个男人，他确定自己并不认识眼前这个人，于是问："你是谁？为什么要绑架我？我们这是要去哪儿？"

眼前这个男人没有说话，他打了个响指，很快，一名身材高挑的空姐将一杯柠檬气泡水端了上来，放在了李麦群面前。李麦群狐疑地打量了那个空姐几眼，又看了看那杯柠檬气泡水，此时，他十分警惕，并没有喝下那杯水。

李麦群问："你到底是谁？"

那个男人微微一笑道："我叫山本武，是德川家酒业集团董事长兼首席执行官德川樱子的首席秘书。"

李麦群道："你是德川家集团的人？可是我不明白，你们为什么要绑架我？"

山本武道："这不是绑架，只是一个邀请。"

李麦群冷冷一笑："邀请？"

山本武点了点头道："樱子小姐久闻您的大名，她想邀请您加入我们德川家酒业集团，为我们酿制一款，梦魂酒。"

李麦群道："那是违法的，我已经不干这行有五年了！"

山本武微微一笑道："五年前，联合国通过决议，将'梦魂酒'定义为A类毒品，性质与海洛因等同。那之后，政府夺走了您的一切，您的名望，您靠梦魂酒得来的全部财产，都在一夜之间荡然无存。我们都知道，您并不是心甘情愿离开这个行业的，毕竟，您是这个世界上最顶尖的酿梦师。"

李麦群深吸了一口气，他摇了摇头道："梦魂酒使太多人迷失了心智。"

山本武道："迷失心智的，是人本身，这和梦魂酒无关，李麦群先生。"

李麦群道："总之，我是不会同意的。"

山本武看了看舷窗外，窗外一片漆黑的夜色弥漫开来。

他道："李麦群先生，虽然这么说会有些失礼，但我知道，您现在需要钱对不对？需要一大笔钱。"

李麦群盯着眼前的山本武，没有说话。

山本武深吸了一口气道："飞机还有半个小时就会在东京降落，希望您能好好考虑一下。"

他说罢，便起身离去了。

二

李麦群将头靠在舷窗上，他抬起左手，看着中指的那枚银色的指环，他将手指蜷曲，顶在下巴上，而中指的那枚指环刚好触碰到他的嘴唇，就仿佛他正在亲吻它一样。

凝视着窗外的夜色，他陷入到沉思当中。他的记忆开始回溯，回溯到了多年以前。

他听到了掌声，那是他多年以来再未听到过的如潮水般的掌声。现在，那掌声只能停留在他对过去的回忆当中。

“恭喜李麦群先生获得梦神奖，下面有请梦魂酒创始人司马思礼先生亲自为其颁奖！”

随后，一位白发苍苍的英国老人走上台，亲手将梦神奖奖杯“梦神指环”戴在了李麦群左手的中指上，上面刻有李麦群的名字。

李麦群曾经是一名红极一时的梦魂酒酿酒师。

所谓梦魂酒，便是由酿酒师的梦境精心酿制而成的酒，喝过梦魂酒的人，便会在沉睡中进入到酿酒师所营造的梦境当中。

而梦魂酒的酿酒师，被称作“酿梦师”。

李麦群所酿制的每一款梦魂酒，都格外畅销，他喜欢以印象派画家的画作名称来给自己的酒命名。

其中，他的梵高系列梦魂酒最引人推崇。

【星空】。

【向日葵】。

【麦田群鸦】。

这三款梦魂酒，在海内外获奖无数，令李麦群蜚声国际，被人们称为“酿梦之神”。

别的酿酒师，酿的只是酒，而李麦群酿造的，是艺术品。

是令无数人魂牵梦萦、百转千回不能自拔的梦。

但很快，有不法商贩开始动起了歪脑筋，他们开始制作梦魂调和酒。他们将好几种不同的梦魂酒调和到一起，在酒吧内销售。

这种酒，很快得到了全世界年轻人的青睐。

但这种做法，是被梦魂酒界坚决反对的。因为每一款梦魂酒，都包含着酿制该梦魂酒的酿梦师的梦境，如果多种梦魂酒混合在了一起，那样，也势必导致多个酿梦师的梦境发生混合。

人们一旦进入混乱的梦境中，很有可能会迷失心智，后果不堪设想。

果然，酿梦师们的担忧成为了现实。

全世界开始有大量的人因为饮用了梦魂调和酒后，出现一些举止怪异的行为。他们有的胡言乱语，有的上街裸奔，有的甚至持刀杀人。

眼看事态严重到了不可遏制的地步，联合国最终通过决议，将梦魂酒定性为A类毒品，禁止各大酒厂继续生产梦魂酒，并召回全球范围内的梦魂酒，予以销毁。

一夜之间，全世界的酿梦师都失业了。

李麦群永远记得那天，两名警察找上门来，要他在一份文件上签字。之后，他的几处豪宅全都被政府没收，他的几乎全部资金，也都上缴国库，他的豪车，也全都被拍卖公司拍卖。最后，只给他留下了极少许的钱，以及他以前居住的老房子，还有那辆老旧的黑色SUV。因为只有这些财产，不是由梦魂酒得来的。

然而祸不单行，也就是在那一年，另外一件事情给他带来了更为沉痛的打击。

那天深夜，他突然接到一个从北京打来的电话，李麦群从电话中得知，正在北京念大学的女儿李雪妮出事了，已经被送往医院急救。

李麦群立马购买了最近一班的机票，飞往了北京。

到了北京，在医院里，他见到了酒吧的老板。据老板说，李雪妮上大学之余勤工俭学，每天晚上都来他的酒吧里当服务员。就在那天晚上，酒吧里一个客人喝多了，想要非礼李雪妮，李雪妮拼命反抗，那个客人暴起，抄起洋酒瓶就朝李雪妮的后脑勺砸了过去，李雪妮当场就倒在地上，昏迷不醒。

最后，医生诊断，李雪妮有90%的可能性已经变成了植物人，很难再醒过来。

而那个客人是个富二代，家里特别有钱，也很有权势，他们打通了各方面的关系，最后法院仅仅判决其赔偿100万人民币作为了结。

可这100万人民币，又能维持多久呢？

就在半个月前，李麦群再也无力承担李雪妮在医院里每天高昂的生命维持费用。医院已经向他下达了通知，如果他再拿不出来钱，医院就只能拔掉李雪妮身上维持生命用的输液管。

半个月以来，李麦群每天都觉得自己走投无路，他四处借钱，但已经没有人愿意借钱给他了。

而政府对他进行了长达十年的商业限制，十年内，禁止他以任何名义向任何人和机构销售自己名下的财产，禁止他进行任何商业行为。因为政府认为，他的一切商业行为都与他曾经在梦魂酒行业所积累的名气相关，所以，他十年内的一切商业行为，都可以被看作是在利用梦魂酒来非法牟利。

他本想将车子和房子全都卖掉来续上这笔费用，但法律却禁止他这么做。李麦群这个名字，也早已经被拉入了黑名单，没有任何一家公司和企业愿意录用一个被拉入黑名单的人，那会对公司名誉造成损伤。

每天下午，他只能带着家里仅存的那一箱威士忌，开车到那片郊外的麦田，喝得烂醉，他多么希望当自己从酒醉中醒来后，发现这一切都只是一场梦。

可当他每次醒来，看着麦田远方那深蓝色的天空，他看到的，只是无穷的绝望。

此时，又是一阵颠簸，飞机在东京羽田国际机场降落了。山本武朝李麦群走了过来，在他面前坐下。

山本武问："怎么样，李麦群先生，考虑得如何了？如果您不同意，我现在可以立刻安排返航，飞回中国去。"

李麦群沉默了好一会儿，他的脑海中不断地浮现出自己女儿各个年龄段的笑脸。最终，他深吸了一口气道："你们能给我多少钱？"

山本武微微一笑道："多到足以解决你所面临的全部问题，足以令你的后半辈子衣食无忧。"

李麦群跟随山本武下了飞机，站在舷梯上的一刹那，他感觉有些恍惚。他以前来过这里许多次，但全都不同于今次。今次他一无所有，今次他是被迫前来，因为他已别无选择。他跟随山本武一步一步地走下舷梯。跑道上，有飞机正在起降着，咸涩的冷风从机场外的大海上袭来，他打了个哆嗦，往下的每一步他都愈加坚定。为了自己的女儿，他愿意付出一切。

他跟随山本武上了早已经等候在停机坪上的一辆黑色雷克萨斯，山本武坐在副驾驶上，李麦群坐在后座，司机将车开了出去。

雷克萨斯离开了机场，并未朝东京市区开去。山本武对李麦群说："李麦群先生，我们要去山梨县的白州，大约还需要三个小时的车程，您可以先休息一下。"

李麦群自然是知道白州的，日本著名饮料厂三得利洋酒株式会社旗下有三款世界著名的单一麦芽威士忌——响（国内俗称"三得利响”）、山崎、白州，而白州蒸馏酒厂就位于山梨县的白州，德川家酒业集团也坐落在那儿。因为这两家酒厂共同看中了飞驒山脉（日本南阿尔卑斯山）的优质水源。

现在是日本东京时间凌晨一点，李麦群感到十分疲倦，他看着车窗外单调的夜色，很快便靠着车窗，睡着了。

“爸爸！爸爸！”

女儿的声音又一次从黑暗中传来。李麦群睁开眼，看到还是孩童模样（大概十岁）的李雪妮，正在慌乱地拍打着他的胸膛。

“爸爸！爸爸！”

李雪妮急得哭了起来。

李麦群咳嗽了两声，他发现自己倒在冰凉的地板上，于是立马坐了起来。

李雪妮破涕为笑，一把抱住李麦群：“爸爸，我还以为，我还以为你……”

李麦群笑了笑，他轻抚着女儿的后背道：“好啦，好啦，爸爸没事儿，爸爸只是喝醉了。”

李雪妮捡起倒在李麦群身旁的那瓶酒，酒瓶上没有任何标签，而瓶子里琥珀色的酒，已经被喝掉了一大半。

那是李麦群为自己酿制的梦魂酒，只属于他自己，绝不对外销售。因为那瓶酒里，蕴含着李麦群和妻子陈彤的全部美好回忆。

李雪妮看着手里的酒，她知道那是什么，于是道：“爸爸，我想喝……”

李麦群道：“你还没到可以喝酒的年龄，来，把酒给我。”

李雪妮道：“可是我想妈妈了，我想见见她。”

李麦群摇了摇头道：“不行，小孩子怎么能喝酒？来，把酒还给爸爸。”

“我不！我要见妈妈！”

李雪妮说着，便拧开酒瓶，准备往嘴里灌。

李麦群伸出手，一把将酒瓶夺了过来，但是没握住，酒瓶跌落在地，摔碎了，酒泼了一地。

李雪妮哭了起来：“我想见妈妈！我想见妈妈！我想见妈妈！为什么不让我见？”

李麦群道：“那会让你迷失的，因为，妈妈已经不在了，那些……都是假的，都是虚幻的。”

李雪妮不依不饶道：“那你为什么还要把它酿造出来？为什么你还要喝它？”

李麦群被女儿的问题噎住了，他不知道该如何回答，只能如是说道：“因为那是我关于你妈妈的回忆，我怕有一天再也想不起来了，所以就趁着记忆还不模糊的时候，将这些记忆以梦境的形式酿成酒，这样，这些回忆就能够永远保存下来了。但这毕竟是我的回忆，我不希望你迷失在我的回忆当中。”

而在李雪妮变成植物人的这段日子里，怀着对女儿极大的思念，他也将对女儿的回忆酿制成了梦魂酒。

他害怕女儿真的永远也无法醒来，他害怕有一天会忘记女儿那美丽的笑脸。

三

雷克萨斯好像减速了，李麦群从睡梦中醒来。他看向车窗外，雷克萨斯缓缓地在一扇巨大的黑色铁门前停了下来。

铁门朝两侧打开，雷克萨斯缓慢地驶了进去。

这是一座位于山顶的日式古堡，这里便是德川家集团的总部。李麦群跟随山本武下了车。

山本武道："李麦群先生，德川樱子小姐已专门为您备好酒席，请随我来。"

李麦群看了看时间，现在已是凌晨四点，按照常理，这个时间客人抵达，应该先安排其休息，而不是赴宴，但德川家集团如此安排，足以说明，德川樱子急于与李麦群会面。

就这样，李麦群跟随山本武，顺着迷宫般的走廊一路来到了一扇日式拉门前。门前站着两名身着粉色和服的日本女郎弓着腰将门朝两侧小心地拉开道："先生里边请。"

山本武领着李麦群走了进去，这是一间不大的日式房间，装潢并不新颖，在日本电影当中都很常见。

房间的正中央，榻榻米上放着一个棕色的方桌，方桌东西两侧各放着一块松软的坐垫。山本武领着李麦群来到了西侧坐垫前："请李麦群先生稍候，樱子小姐很快就来。"

说罢，山本武便转身离去，关上了房间的门。

李麦群在坐垫上跪坐了下来，没多久，他便听到门外的走廊里传来了脚步声。随后，他身后的那扇门便被拉开了，然后又合上了。

他能感受到，有人走了进来，从脚步声的轻重缓急来听，是个女人。

同时，他还闻到了一股淡淡的仿佛来自樱花的香气。

那个女人，在他面前落座了。

女人操持着一口标准而流利的中文开口道："您好，李麦群先生，我是德川家酒业集团董事长德川樱子，久闻先生大名，请多指教。"

其实李麦群会说日语的，他大学选修过日语课程，并且学得还很不错。不过对方用中文同他对话，自然令他感到轻松不少。

令李麦群感到惊讶的是，德川樱子并没有穿着和服或者他想象中日本商业经营女性的职业装扮出场，而是穿着一身邻家女孩般的休闲服。她看上去年龄应该不大，未满三十岁，但却十分沉稳。这个女人十分神秘，媒体上从未见过她的任何清晰照片，这次相见令李麦群感到大为意外，因为这个名叫德川樱子的女人，眉宇之间颇像年轻时候的松岛菜菜子，与他想象当中刻薄中年日本大妈的形象大相径庭。

李麦群觉得自己的睡意一下子被眼前这个女人给冲散了，过了好一会儿，他才缓过神来道："樱子小姐，在来日本的飞机上，您的秘书山本武先生已经跟我说明了情况，您这次请我来，是需要我为德川家集团酿制一款梦魂酒对不对？"

德川樱子点了点头道："正是这样的，李麦群先生。"

李麦群道："可德川樱子小姐您应该知道，五年前，梦魂酒就已经被联合国定义为毒品了，一切酿制梦魂酒的行为，都是严重违法的。"

这时，两名和服女郎走来，其中一名将几盘寿司和刺身端放在了桌上，另外一名将一瓶威士忌端了上来。

德川樱子接过威士忌，亲自为李麦群斟上了酒，然后说："这是我们德川家集团最为珍贵的酒，德川家70年单一麦芽威士忌，希望您能喜欢。"

李麦群自然深知这款酒的珍贵。德川家70年单一麦芽威士忌，全球只有30瓶，四年前，在美国纽约的一场年份威士忌的拍卖会上，德川家70年单一麦芽威士忌以72万美金的价格成交。

而此刻，这瓶价值72万美金的高端单一麦芽威士忌，已经被德川樱子端到了李麦群面前。

这是任何一个爱酒人士都无法抵挡的诱惑。

李麦群端起那杯酒，呷了一口道："非常感谢德川樱子小姐如此高规格的款待，在下觉得受之有愧。我只想问樱子小姐一个问题，您为什么需要我为德川家集团酿制梦魂酒？"

德川樱子道：“李麦群先生，您真的认为梦魂酒本身存在问题吗？”

李麦群道：“但有人把不同的梦魂酒调和在了一起……很多人因此迷失了心智。”

德川樱子道：“刀也能杀人，为什么不禁刀？”

李麦群不知该如何回答。

德川樱子道：“李麦群先生，您应该明白，刀本身是不能杀人的，杀人的是人，而不是刀。这就像梦魂酒本身是没有问题的，出了问题的是人，而不是梦魂酒本身。”

李麦群道：“樱子小姐，我的意思是，您为什么一定需要我来为您酿制一款梦魂酒？您又需要我为您酿制一款怎样的梦魂酒呢？”

德川樱子道：“因为您是这个世界上最顶尖的酿梦师，而我需要您为我酿制一款能够得到家父认可的梦魂酒。”

李麦群道：“您是说，德川一康先生？”

德川樱子点了点头。

就在两个月前，德川家酒业集团董事长德川一康宣布隐退，将自己在集团的全部股份转移到了自己的女儿德川樱子名下，德川樱子迅速继承了父亲的全部职务。

李麦群道：“樱子小姐，不知道是否方便问一下，德川一康先生，为何会突然隐退？毕竟他今年才还未满六十岁，在日本企业家里，这个年龄依旧算是年轻的了。”

德川樱子道：“家父病了。”

李麦群道：“病了？”

德川樱子点了点头道：“家父的病情，我们是对外隐瞒的，外人并不知情。家父得了一种怪病……”

李麦群道：“怪病？我能方便知道是怎样的怪病吗？”

德川樱子道："他无法做梦了，这令他感到很痛苦。"

李麦群道："因为无法做梦而痛苦……我不明白……不做梦不是挺好吗？"

德川樱子道："梦里有他想见的人。"

李麦群道："您的意思是说，德川一康先生会反复地梦到一个人，而他现在不能做梦了，也就无法在梦里见到那个人，他因此而感到痛苦？"

德川樱子道："是的，李麦群先生。"

李麦群道："也就是说，那个人只能出现在他的梦里，换句话说，这个人可能已经不存在于现实世界了。"

德川樱子道："那个人，是家母。家母二十年前，在地震中不幸遇难。"

李麦群道："所以樱子小姐您是希望我为德川一康先生，酿制一款能够让他梦见您母亲的梦魂酒，对吗？"

德川樱子道："家母是家父唯一的精神支柱。那之后，家父似乎将家母锁在了自己的梦境当中，每晚他们都会在梦里相会。但现在，他无法做梦了，他再也无法见到家母，这令他意志消沉。我担心这种巨大的失落感会逐渐压垮他的身体，所以，请李麦群先生您一定要帮帮我，帮帮家父才好！也只有您能够挽救家父的精神状况了！"

李麦群突然被触动到了，因为这不正是他自己吗？他将关于自己妻子的回忆以梦的形式保存在了梦魂酒里，所以，他对德川一康的心情感同身受。

他道："我能见一见德川一康先生吗？"

德川樱子道："家父现在并不在这里，他去了北海道，他不希望任何人前去打扰他。"

李麦群道："好吧。那么我需要充分了解您的母亲，以及她和你父亲相关的一切的一切，我都需要充分了解。”

“爸爸！爸爸！”

李麦群听到女儿在呼唤自己，此时的李雪妮已经十四岁了。他睁开了眼，看见自己的女儿手里捧着一沓广告单，那是一家英语培训机构的广告单。

李麦群道：“哪儿来的这么多传单啊？”

李雪妮笑着道：“我们英语老师，他在外面开了个家补习班，让我帮他宣传，我只要把这些广告单发完，他就让我免费上他的补习班。”

李麦群道：“妮妮，你想上补习班直接跟爸爸说，爸爸会花钱让你上的。”

李雪妮道：“嘿嘿，这不是给爸爸省钱吗？对了，饭菜我已经做好啦，放在餐桌上了，我出门发传单去了哈！”

李雪妮说罢，转身离去。

李麦群道：“这天都黑了，你干脆直接找个地方把传单扔了，或者就放在家里，就说是发完了，反正你老师也不知道。”

玄关处传来了李雪妮的声音：“那怎么能行呢，爸爸。答应了人家的事情，就一定要好好完成嘛，做人得讲诚信的。”

李雪妮说完，便拉开门出去了。

李麦群觉得不放心，毕竟天都黑了，女儿一个人出去发传单可能会遇到危险。于是他立马穿好衣服，悄悄跟了出去。

李麦群当时还是一名不知名的梦魂酒酿梦师，他所酿制的梦魂酒大多处在滞销的状态，所以生活还是比较拮据的。他和女儿住的这套双层小洋房，是陈彤已经过世的父亲留下的，已经很老了。陈彤离世后，独自一人抚养女儿的李麦群，日子过得愈发艰难，银行卡里的余额，很少超过三千元。

好在女儿李雪妮十分懂事节约，她知道父亲没有钱，所以从来不主动向李麦群提出要买任何正当学习之外的东西。

女孩儿到了十来岁的发育阶段，长得很快，小时候的衣服都不能穿了，李麦群要给女儿买新衣服的时候李雪妮总不多要，一般的女孩儿买衣服都往好看里挑，甚至往贵里挑，而李雪妮只往便宜里挑。通常就那么几件单调朴素的衣服，能穿上一个学年。直到李雪妮十三岁的时候，她基本可以穿妈妈的衣服了，于是，她让爸爸不要再给她买衣服，她穿妈妈的衣服就可以了。

每年李雪妮过生日，李麦群带她去蛋糕店，她都会挑选最小最便宜的那款蛋糕。可有一回，当李麦群完成了工作，深夜回到家里，却看到桌子上摆放着一块大蛋糕，紧接着女儿跳出来冲他大喊："爸爸！生日快乐！"

李麦群问过之后才知道，原来学校每年都会给过生日的学生发五十块钱的蛋糕券，于是，李雪妮把这几年的蛋糕券积攒下来，特地在父亲四十岁生日这天给他买了一块三层的大蛋糕。

那天晚上，李雪妮点上蜡烛，两个人在橙光色的烛光前唱着生日歌，李麦群感动得老泪纵横。

李麦群深吸了一口气，他回过神来。此时正是冬季，夜晚十分冻人。他赶紧上前几步，确定女儿还在自己的视线当中。

他悄悄跟着女儿，一路来到了闹市区，他看到李雪妮上了一座天桥，在天桥口上发传单。他看到大多数路人都匆匆走过，全都拒绝了自己的女儿，有的接过了传单，很快便在下一个拐角将传单塞进了垃圾桶，甚至直接扔在了地上。寒冷的风吹乱了李雪妮的头发，李麦群感到心疼，但他没有现身，只是远远地看着。

他知道，如果现身，女儿会感到分外尴尬。

寒夜中，看着来去匆匆的人群，又看着天桥上坚持不懈发着传单的女儿，他感到了深深的自责，都怪自己没用女儿才会出来发传单。

那时候，他便攥紧了双拳发誓，一定要成功，一定要让女儿过上好日子！

“咚、咚、咚……”

在几声柔缓的敲门声中，李麦群醒了过来。他睁开眼，发现自己躺在榻榻米上，于是掀开被子坐了起来。

橙黄色的阳光从日式拉门半透明的毛玻璃外透射进来，他揉了揉眼睛，过了好一会儿才缓过神来，自己正身在日本。

他看了看时间，现在已经是下午三点了。

“李麦群先生、李麦群先生。”门外传来了一个男人的声音。

李麦群感觉自己的脑子嗡嗡作响，他揉了揉太阳穴，这才听出这个男人的声音属于山本武，于是道：“是山本先生吗？”

门外山本武道：“正是在下，李麦群先生，樱子小姐想邀请您一起看电影，不知您是否方便？”

看电影？

李麦群应了一声，快速洗漱完毕，然后拉开门，跟随山本武去了餐厅。李麦群在那里简单地解决了午餐，之后便随着山本武一同穿过迷宫般的走廊，来到了放映厅内。

放映厅不大，类似于一般影城常见的那种VIP厅，一共四排沙发座椅。

李麦群直接被山本武领到了最前面那一排，在德川樱子身旁坐下，随后山本武离去，放映厅内只剩下李麦群和德川樱子二人。

李麦群问：“樱子小姐邀请我看哪部电影？”

德川樱子没有说话，这时，银幕亮起，开始出现画面。画面中出现了一个女人，女人穿着一件樱花色的和服，浓妆艳抹，单手持着一面扇子，在一面艺术墙前跳舞。艺术墙的背景画是冬天的富士山。

这段舞蹈大约长达三分钟，伴随着日本古典乐的韵律，大银幕中的女人身姿婀娜地舞动着，那画面仿佛被樱花切碎的粉色阳光一般，在李麦群的脑子里闪动着。舞毕，银幕中的和服女人朝着镜头方向深深地鞠了一躬，然后，画面淡出。

李麦群问："这是……"

德川樱子道："画面中那个女人，就是我妈妈，德川静香。当然，她那时候还不姓德川（日本女人出嫁后随夫姓），她的本姓是唐泽，当时她叫唐泽静香。刚才播放的，是我妈妈第一次试镜的画面。"

李麦群道："第一次试镜？这么说……静香女士，是个演员？"

德川樱子微微一笑道："很意外吧？"

李麦群点了点头道："嗯，因为，我看过不少日本影视作品，但似乎……并没有听说过唐泽静香或是德川静香的名字。"

德川樱子道："这次试镜，我妈妈顺利通过了。"

李麦群问："是为一部什么电影或者电视剧试镜？"

德川樱子道："一位名叫工藤健三郎的年轻导演，想要翻拍川端康成的《雪国》。"

李麦群道："那部小说好像在20世纪60年代被搬上过大银幕一次吧？"

德川樱子道："但工藤健三郎导演觉得那个版本过于老旧，而且并不完美，于是他想要拍摄新版的《雪国》。我妈妈当时才二十二岁，在东京一家话剧团当演员，她去参与了试镜，在试镜中被导演相中，出演女主角驹子。那部电影只用了两个月的时间就拍摄完毕了，但由于种种原因，那部电影没能在院线上映，只在日本一些地方小范围地以VCD的形式发行过，所以大部分的人都并不知道这部电影的存在。不过，这部电影的其中一个投资人，正好是我爸爸。就这样，我爸爸和我妈妈相识了，他们在次年的秋天结了婚。在我妈妈二十五岁那年，她生下了我，由于当时正是樱花开放的时节，所以给我取名樱子。可是谁能料到，十年后，妈妈却在宫崎那场突如其来的强震和海啸当中不幸遇难了。”

李麦群道：“那年，你才十岁。”

德川樱子点了点头道：“是的，妈妈的死给爸爸带来了很沉重的打击，他将公司的全部工作交给职业经理人来打理，而自己则背起行囊离开了日本，环游世界去了。直到一年后，爸爸环游世界回来，像是换了一个人，变得格外振作，也更加笃定了。短短五年时间，他就迅速将德川家做成了日本第一大威士忌酒品牌。他说，是妈妈给了他力量。”

李麦群听完这个故事，感到很振奋。这么多年，他能够一路走来，不正是他的女儿给了他坚持的力量吗？

哪怕是在最大的逆境当中，为了自己的女儿他也要坚持走下去。

过了好一会儿，李麦群才意识到，正常对话下来，德川樱子不再用官方的“家父”“家母”或是“父亲”“母亲”来称呼自己的父母，而是改用了更为亲昵的“爸爸”“妈妈”。

李麦群问：“我能够看看那部电影吗？静香女士出演的《雪国》？”

德川樱子将目光转向大银幕，淡淡道：“正要放呢。”

随后，银幕再度亮起。

字幕：穿过县界长长的隧道，便是雪国……

然后，银幕上，一辆蒸汽火车从隧道中驶出……夜空下，一片白茫茫……

四

李麦群站在白茫茫的雪地里，远处的杂树林和群山全都被白雪覆盖。雪已经停了，但山谷间的积雪却早已有好几米深。

寒风徐徐吹来，扬起雪块，白色的碎雪在风中狂舞，令李麦群看得有些入迷。

“啪！”

李麦群感觉右脸一阵冰凉发麻，一块突然飞来的雪球刚好砸在了他的右脸颊上。

他扭过头，看向右边，只见一个穿着樱花色羽绒服的女人，冲着他“扑哧”一下笑出声来：“哈哈哈哈，你怎么也不躲开呀？”

然后那个女人踏着雪，朝李麦群跑了过来。

李麦群笑了起来，朝着那个女人走了过去：“我刚才在发呆。”

女人的脸被冻得发红：“发呆？说！你在想谁？”

李麦群道：“我在想你。”

女人道：“哈，我就在你旁边，你想的肯定不是我！”

李麦群道：“我想的是……以后的你。”

女人道：“以后的我？为什么要想以后的我？”

李麦群道：“因为以后的你，就是我以后的全部。”

女人道：“咦——！真肉麻！不理你啦！”

女人说罢，就朝山坡下方跑去。

李麦群有些失落地立在雪坡上，这时，已经跑到山坡半腰的女人突然回过身来，冲李麦群大喊道：“追上我，以后的你，就是我以后的全部！”

李麦群愣了愣神。

女人道：“还等什么呢？再不快点，你就追不上我啦！”

李麦群笑了，冲着女人大喊：“你可别忘了，我大学的时候可是校队的长跑队员！”

女人没有回复，转过身继续摇摇晃晃地朝山下跑去。

李麦群立马追了下去。

可是，无论他怎么追都追不上，怎么追都追不上，哪怕是用尽了全部的力气。

最后那个女人越来越远，越跑越远，终于消失在了一片白雪皑皑当中。

李麦群孤零零地站在雪地里，冷风在耳畔隆隆作响，他什么也听不清，仿佛整个世界只剩下他一个人。

李麦群在巨大的失落感中醒来。

那个女人，便是年轻时候的陈彤。梦里的那座白雪皑皑的山谷，便是李麦群向陈彤求婚的地方。

陈彤离去后，她时常出现在李麦群不同时期的回忆当中，而每次，当李麦群想要将她紧紧握住，不让她离去的时候，她都会在梦里突然消失掉。

李麦群深吸了一口气，从榻榻米上坐了起来。

此时，他面前的电视机里，正在播放德川静香主演的《雪国》。

在放映厅里，德川樱子对李麦群说："我曾经请日本国内的几位酿梦师来酿造这款梦魂酒，他们的统一思路，都是从这部电影着手。他们将我爸爸代入了进去……"

李麦群道："他们让德川一康先生在梦里扮演岛村？"

德川樱子道："是的，因为岛村和驹子是一直在一起的，驹子又恰好是我妈妈所扮演的，那么让我爸爸扮演岛村，就会有强烈的代入感。"

李麦群道："这种思路是正确的。"

德川樱子道："可是并没有用！我把酒送去了北海道，爸爸喝过之后什么也没梦到。"

李麦群道："这说明梦的情感还不够深入，这不单单是代入感的问题，情感也一定要准确，只有这样才能够让德川先生相信，他就是岛村，静香女士就是驹子，而岛村深爱着驹子。”

德川樱子道：“那就希望李麦群先生您能够酿制出让爸爸满意的梦魂酒了！拜托先生您了！”

德川樱子说着，起身向李麦群深深地鞠了一躬。

李麦群道：“樱子小姐，我尽力而为！”

他从德川樱子那里要来了复制件，在房间里反复播放，在看到第三遍的时候，李麦群终于支撑不住，睡着了。

他醒来的时候，便突然有了思路。

此时是凌晨两点，白州下起了暴雨，穿过走廊的时候，能够看到密集的雨流在院落里涤荡着。

不时可以看到闪电，而后听到从远山传来的雷鸣。

李麦群快速穿过走廊，来到专门为他设置的服务台前。

服务台的那名和服女郎冲他深深鞠了一躬，然后问道：“李麦群先生，请问需要什么帮助吗？”

李麦群道：“立马帮我打通德川樱子小姐房间的电话，我有重要的事情要找她！”

和服女郎道：“可是先生，樱子小姐现在应该早已经睡下了，您看是不是等天亮……”

李麦群道：“我知道如何酿制这款梦魂酒了！”

和服女郎立马拨通了一个电话，电话那头似乎是山本武接的。紧接着，电话又打了回来，和服女郎在电话中用日语低声说了些什么，之后便挂断电话对李麦群说：“李麦群先生，请随我来！”

李麦群跟随和服女郎穿过迷宫般的走廊，来到了德川樱子的房间前。请示过后，和服女郎拉开门，让李麦群走了进去。

李麦群进入了德川樱子的房间，此时的德川樱子穿着一身印有hello kitty图案的睡衣，倒颇显可爱。

德川樱子开门见山道："李麦群先生，您有思路了？"

李麦群点了点头道："应该也试镜过叶子对不对？"

德川樱子没听明白："什么？"

李麦群补充道："德川静香女士当年参与《雪国》的试镜，除了女一号驹子，也试镜过女二号叶子对不对？"

德川樱子点了点头道："应该……有试镜过吧。"

李麦群道："当时静香女士试镜叶子的录像现在还有吗？"

德川樱子道："我这里是没有的……不过，导演工藤健三郎那里应该有。可是，李麦群先生您为什么突然问起这个？"

李麦群道："情感对象弄错了！"

德川樱子不解道："您能说得具体一点儿吗？"

李麦群道："之前的几位酿梦师，都是以岛村和驹子这条情感线来的，对不对？"

德川樱子道："是啊，但是没有效果。"

李麦群道："因为弄错了情感寄托的对象！"

德川樱子道："请先生明示！"

李麦群道："在川端康成的《雪国》当中，岛村虽然一直和驹子在一起，但是岛村并不是真正喜欢驹子，他对驹子的情感更多地偏向于同情，他同情驹子的遭遇。而他真正倾心的，是出场次数并不多的叶子！岛村喜欢的是叶子！给岛村内心留下最深刻印象的也是叶子！叶子最后从火场坠落下来，川端康成是如此描述岛村的内心活动：待岛村站稳了脚跟，抬头望去，银河好像哗啦一声，向他的心坎上倾泻下来。"

德川樱子道："可是，叶子似乎并不喜欢岛村啊，她喜欢的是行男……"

李麦群道："这场梦的重点，不在于叶子的情感诉求，而在于岛村的情感诉求，因为德川一康先生所要扮演的，是岛村！越是得不到的就越是珍贵，越是令人难以忘怀！我们需要调动起德川先生这样的情绪，才能够真正地让他代入进去！"

德川樱子立马起身："我这就命人联系工藤健三郎！"

第二天上午，德川樱子和李麦群正在餐厅共进早餐，山本武便走了过来，他对德川樱子说："樱子小姐，工藤健三郎先生回话了。"

德川樱子道："他怎么说？"

山本武道："他拒绝向我们提供那卷录像带，除非……"

德川樱子道："把话说完。"

山本武道："您亲自去见他。"

德川樱子立马启程，和山本武一同前往大阪。而李麦群则在白州等待着。

当天晚上，德川樱子便和山本武一起回来了。德川樱子没有说话，径直回了房间，山本武亲手将录像带交给了李麦群。

李麦群道："看来挺顺利的。"

山本武道："是的。那么接下来，一切就拜托李麦群先生了！"

当天晚上，李麦群在房间里将德川静香试镜叶子的录像带反复看了一整晚，对德川静香的叶子形象有了十分清晰的印象。然后他开始在梦境当中，将《雪国》里原本饰演叶子的女演员和饰演驹子的德川静香的形象进行互换，即让德川静香变成了这场梦境中的叶子。而这场梦境里是不需要塑造德川一康的岛村形象的，因为在梦境中，岛村将会以第一人称视角出现，即德川一康的第一视角。

接下来，经过一周的反复雕琢、填充，这场梦境在李麦群的脑海中愈发丰满，于是又花了一周的时间，李麦群将这场梦境酿制成了梦魂酒。

随后，这款被命名为【雪国叶子】的梦魂酒，被送到了北海道。

三天后，德川樱子情绪激动地找到了李麦群："李麦群先生，李麦群先生，家父满意了！家父满意了！家父想请您去北海道，他要当面感谢您！"

李麦群总算松了一口气："不必了，我得回去了。"

德川樱子道："这么急吗，李麦群先生？"

李麦群道："我女儿……"

德川樱子这才想起来："对了，李麦群先生，承诺好的酬劳已经打到您的账上了。"

李麦群这才想起自己半个月来，为了潜心酿制梦魂酒，把手机给关机了，于是立马打开，果然收到了一条银行卡入账短信，显示金额，八位数。

同时，他还看到了五条未接来电，全都是由同一个座机打来的，但他并不认识那个号码，于是并未在意。

当天下午，他登上了来时的那架私人飞机，从东京起飞，飞回中国。

飞机在万米高空中飞行着，下面是黑色的大海。

李麦群躺在沙发椅上，为自己斟上一小杯德川家70年单一麦芽威士忌——这是临走前，德川樱子送给他的礼物。他呷了一口威士忌，长吁了一口气，如释重负。看着舷窗外的夜色，伴随着淡淡的酒意，他陷入到了酣睡当中。

五

"爸爸！爸爸！"

李麦群听到了女儿的呼唤，他回过神来，看到的是满世界的白色，远处的杂树林和群山，全都被白雪覆盖。

雪已经停了，但山谷间的积雪却早已有好几米深。

寒风徐徐吹来，扬起雪块，白色的碎雪在风中狂舞。

一切，似乎又回到了之前的那场梦中。

“啪！”

李麦群感觉右脸一阵冰凉发麻，一块突然飞来的雪球刚好砸在了他的右脸颊上。

他扭过头，看向右边，只见一个穿着樱花色羽绒服的女人，冲着他“扑哧”一下笑出声来：“哈哈哈哈，你怎么也不躲开呀，爸爸？”

只不过，这个女人变成了女儿李雪妮。

此时，李雪妮已经十六岁了。

李雪妮朝李麦群跑了过来：“爸爸，又想妈妈了吧？”

李麦群点了点头。

李雪妮指了指不远处的那片雪丘道：“那里，那里就是你向妈妈求婚的地方吧？”

李麦群点了点头。

李雪妮道：“爸爸你把这片雪场买下来就是因为这个吧？”

李麦群又点了点头。

此时的李麦群，已经成为世界著名的畅销梦魂酒酿梦师，【麦田群鸦】已经畅销全球，给他带来了巨额财富。

而他得到这笔财富后的第一件事情，就是买下了这片雪场，因为这是他向陈彤求婚的地方。

李雪妮兴奋地拉着李麦群朝那座雪丘跑去。

他们站在雪丘上，看着远方的群山。此时，天空再次飘起了雪，落在脸上冰凉冰凉的。

李雪妮眺望着远方道：“爸爸，这里风景好美呀。”

李麦群点了点头，没有说话，此刻，他在想，如果陈彤还在就好了。

“爸爸！来追我呀！”

这时，李雪妮往雪坡下跑去。

“妮妮，别乱跑！”

李麦群高喊道。

“爸爸！来追我呀！”李雪妮一边跑，一边回头喊道。

李麦群立马追了下去。

“爸爸！来追我呀！”

可是，无论李麦群怎么追都追不到，怎么追都追不到。他追到了山坡下的平地，雪一下子大了起来，遮蔽了全部视线，再也看不到李雪妮的身影。

“妮妮！妮妮！”

风雪中，李麦群高喊着，但他的声音还没飘远，就被风雪湮灭。

“妮妮！妮妮！”

李麦群从睡梦中惊醒过来。此时飞机已经开始下降了，即将在上海浦东机场降落。李麦群坐起身来，大口大口地喘息着。这时一名空姐走了过来，他向那名空姐要了一杯柠檬汽水，一饮而尽。

飞机终于在机场降落了，李麦群离开机场，打车直奔李雪妮所在的医院。当计程车进入市区的时候，看着窗外繁华的都市夜景，霓虹灯光穿透车玻璃打在他的脸上，令他感觉这一切似乎就是一场梦。他用手机反复确认了银行卡里的八位数余额，没错。这就像是一场梦，在他走投无路的时候，这道生命的曙光如神一般降临。

抵达医院，李麦群下了车，冲进了住院部大楼。他已经迫不及待想要见到自己的女儿，他马不停蹄地冲上了五楼，穿过走廊，来到了女儿的病房前。他推开了病房的门，可是却发现，病床是空的，女儿不见了。

他立马跑向护士站，询问值班护士："请问……请问李雪妮现在在哪个病房？"

护士问："请问您是她什么人？"

李麦群上气不接下气道："我是……我是他爸爸。请问李雪妮现在在哪个病房，我带钱来了，我带钱来了，可以把住院费和药钱交上了。"

护士点了点头道："李先生您先别急，我帮您查查。"

李麦群道："好的，好的，谢谢，谢谢，请您快一点。"

护士在电脑上操作起来。很快，护士深吸了一口气，没有说话。

李麦群看出了端倪，便问道："怎么了？"

护士道："啊，没什么，李先生，您先在一旁休息一下，我打个电话。"

随后，护士打通了一个电话："喂，是赵主任吗？那位叫李雪妮的女患者的父亲，李麦群先生，现在已经在住院部五楼护士站的休息室了，您方便现在过来一下吗？"

李麦群坐在椅子上等候着，大约半小时后，赵主任来到了他面前。

赵主任道："噢哟，李麦群先生呀，这段时间，您都跑到哪儿去了呀？"

李麦群立马起身道："赵主任，我女儿呢？我女儿呢？她怎么不在原来的病房里了？你们把她转到哪里去了？"

赵主任道："噢哟，李先生啊，这段时间我们给你打了好多个电话，一直联系不上你呀……"

李麦群掏出钱包，从里面抽出一张银行卡："我筹到钱了，我筹到钱了，之前欠的钱都可以补上，接下来的维持费用，也都没有问题！"

他说着，将卡塞到了赵主任手里。

赵主任一脸为难，将那张卡塞回到李麦群手里：“哎呀，李先生呀，您来晚了。”

李麦群道：“什么意思？”

赵主任道：“是这样的呀。李麦群先生，您一直没交上钱，半个月来我们一直联系不到你呀，连你家里都去了的呀，可是，你家里也没人的呀，所以，院里开会决定，昨天晚上，已经拔管子了呀。”

李麦群道：“你说什么？拔管子？那是什么意思？我女儿现在在哪儿？”

赵主任道：“人现在已经被送到太平间去了呀，我们也是没办法的呀。”

此时，李麦群感到怒不可遏，他的身体在发抖。

“啪——！”

什么东西爆开了。紧接着，护士尖叫了起来。

只见李麦群抄起手中的那瓶德川家70年威士忌，狠狠地砸在了赵主任的头上。

坚硬的酒瓶瞬间爆炸开来，酒和玻璃渣迸溅得到处都是，猩红色的血从赵主任的头顶涌了出来，他的身体摇晃了两下，倒在了血泊当中。

这时，几名保安冲了过来，李麦群一把将那名护士挟持住，用碎酒瓶的尖锐部分抵住了护士的脖子。

带头的那名保安道：“这位先生，请你冷静，请你冷静下来！”

护士瑟瑟发抖道：“李……李先生，这……这跟我没关系的呀。”

李麦群冲着保安大吼道：“你们滚开，去报警，去报警！如果再让我看到你们出现，我就立马杀了她！”

他说着，将酒瓶顶得更用力了，有血从护士的皮肤上溢了出来。

李麦群又大吼了一声：“快滚啊！”

几名保安互相看了看，带头的那名保安道："您一定要冷静，李先生！"说罢，几个人离去了，还把赵主任抬走了。

护士吓坏了，不敢再说话。

李麦群对她道："告诉我，太平间怎么走？"

随后，李麦群挟持着护士，来到了地下室。看到眼前的情形，负责看守太平间的保安愣了一下，显然不知所措。

李麦群道："把门打开！让我进去，不然我杀了她！"

保安看了眼护士，那名护士冲他点了点头，意思是：照他说的做。

随后，那名保安哆哆嗦嗦地把太平间的门打开了。

太平间内十分阴冷，靠墙是一排冷柜。

李麦群问："我女儿在哪儿？"

保安哆哆嗦嗦指了指冷柜。

李麦群问："哪个柜子，打开！"

保安问："请问您女儿叫……"

李麦群道："李雪妮！"

保安哆哆嗦嗦，走到了中间那个冷柜前，他将其中一个柜子打开，拉了出来，只见一个人形躯体躺在条状铁板上，身上盖着白色的布。

李麦群伸出手，此刻，他的手在发抖，因为他害怕，他真的非常害怕，当白布掀开的那一瞬间看到的是自己女儿的脸。

他多么希望这一切都是医院弄错了，可是当他真的掀开白布的时候，眼前的一切却告诉他，没有弄错，这一切都是真实的。

"出去！都出去！"

李麦群把保安和护士赶了出去，然后将太平间的门关上，并且反锁了起来。

他回到了冷柜前，看着女儿那张冰冷的毫无生气的脸，他的情绪彻底崩溃了。他像个失去了心爱玩具的孩子一样，声嘶力竭地大叫起来，随后眼泪夺眶而出，李麦群号啕大哭。

他跪在了女儿的尸体前，哭得难以自持。他的脑海里回荡着无数张女儿生前的笑脸，他一刻也不愿意承认眼前的事实，他希望这是一场梦，他希望自己能够立马从这场梦里醒来。但是，他无法醒来，只能面对这一切。

他哭号着，那一刻，他将自己的灵魂彻底呕了出来。

雪国叶子

CHAPTER . 02

一

“爸爸！爸爸！爸爸！”

在女儿的呼唤声中，李麦群睁开了眼。他看到已经十八岁的李雪妮站在他面前，背着书包，扶着行李箱。

他从床上坐了起来，满身的酒气。

李雪妮说：“爸爸，我要走了。”

李麦群心里一紧，赶忙问：“你要去哪儿？”

李雪妮道：“爸爸，你看你，又喝多了。明天是开学的日子，我今天得去北京的大学报到了。”

李麦群捂了捂脑袋，他感觉自己的记忆彻底混乱了：“需要爸爸送你去吗？”

李雪妮摇了摇头道：“不用不用，我自己去火车站就行了。”

李麦群长叹了一口气说：“虽然现在他们夺走了我的一切，但机票钱，爸爸还是出得起的。”

李雪妮道：“不用了爸爸，坐火车挺好的，睡一觉就到啦。”

李麦群道：“把票给爸爸看看。”

李雪妮把火车票递给李麦群，是一张红色的普铁票，而且还是硬座，于是李麦群苦笑起来道：“硬座？一晚上，你怎么睡呀？”

李雪妮道："嗯……实在睡不着，火车上那么多叔叔阿姨，一起聊聊天，也不会闷嘛！一晚上一下子就过去了。"

李麦群没有说话，他低下了头，感到深深的自责，但这种自责又是无从谈起的。那一年，梦魂酒突然成了A类毒品，那一年他失去了所有的一切。

李雪妮看了看表："哎呀，不能再耽搁了，不然该赶不上火车啦！爸爸，晚饭我已经做好啦，我得走啦。对了，别老喝那么多酒，东边不亮西边亮，总会有办法东山再起的不是？"

李麦群没有说话，他不敢说话，因为他在憋着那股气。看着李雪妮转身拖着行李箱离去，听到了开门而后关门的声音，那一刻，他终于绷不住了，眼泪奔涌而出。

而让他没想到的是，那次的离别，某种意义上竟成了永恒之诀别。

然而，那时女儿的肉体依旧存在，只是意识和灵魂在外游荡，没能寻到回家的路。

可如今，女儿的肉体也早已不复存在了。

在巨大的悲恸中，李麦群从睡梦中缓缓醒来。这时他看到一个身着囚服的男人，坐在他对面的那张床上，正襟危坐，仿佛是在等待着什么。

李麦群坐起身来，没有说话，两个人就这么看着，因为他俩谁也不知道该说些什么。

李麦群管对面这个男人叫老张。

老张和李麦群年龄相仿，或许还要稍小一些，据说他是因为见义勇为帮人追小偷，结果一不小心把小偷给打死了，被法院以过失杀人罪，判处了五年有期徒刑（过失杀人罪情节不严重的，一般判3~7年）。

而李麦群，也因为袭击赵主任导致其重伤，被法院以故意伤害罪，判处五年有期徒刑。

老张称呼李麦群为“老李”。

李麦群刚进监狱的时候，和老张一起住在一间大牢房内，就是那种一间关12~14名罪犯的牢房。

他们大多都是因为小偷小摸进来的，整间牢房只有老张一个人杀过人，所以大家也都挺惧怕他的。

李麦群刚进监狱的时候，牢里的人都想给新人来个下马威，但全都被老张给镇住了。因为老张这人爱喝酒，尤其是梦魂酒，他是李麦群的忠实粉丝。于是有这么一个狱霸罩着，李麦群在监狱里的生活也就格外安稳，一直都相安无事。逐渐地，李麦群和老张的关系就好得像亲兄弟一样，就差同穿一条内裤了。

老张这人跟别人话不多，但是跟李麦群，却总能够滔滔不绝，聊个没完，东拉西扯，但没有一个话题是关于他自己的。

所以，尽管两人看上去紧密无间，可李麦群却还是一点儿也不了解老张这个人，连他以前是干吗的都不知道。

只知道老张时不时地会抽出一张照片来看，照片中的女孩是老张的女儿，他女儿有一个很可爱的名字——张大心。

每次提到他女儿，老张都会乐得合不拢嘴，他只盼着快点刑满出狱，回到自己的女儿身边。

李麦群已经在监狱中服刑了两年半，距离老张出狱的刑期只有不到半年了，可眼看老张离出狱不远了，却出了事儿。

当时，监狱里关进来一个富二代，入狱原因是酒驾撞死了人，被判了三年。那天下午自由活动的时候，李麦群在操场上一眼就认出了那个富二代，于是立马朝他冲了过去，一把掐住了他的脖子，狠狠道：“是你，害死了我女儿！”

那富二代先是一愣，然后认出了眼前这个老男人，于是轻蔑道：

“老头，害死你女儿的，不是我，而是你。要不是你穷，你女儿也不会在那家酒吧打工，要不是你女儿在那家酒吧打工，也不会碰到我，要是当时你女儿顺从一点……”

李麦群掐得更用力了：“你说什么？”

富二代面不改色道：“我想说，这一切都是蝴蝶效应。况且，你怎么知道你打得过我？”

那富二代说着，右腿膝盖往上一顶，生生地顶在了李麦群的腹部。李麦群感觉自己的胃里一阵翻江倒海，松开手向后退了两步，还没等他直起身子来，那富二代又是一脚，将李麦群踢翻在地。

那富二代又准备补上一脚，老张立马冲了上来，一把将那富二代推开，那富二代还手，却被老张三下五除二摁在了地上。

老张死死地摁住那富二代，那富二代却道：“我认识你，大家都叫你老张，大家都怕你，但那是他们，我可不怕你。”

老张朝那富二代的脸上直接来了一拳，打得他嘴角冒血。

没想到那富二代却笑了起来：“打我啊，接着打我啊，打死我，你最好打死我。打死我，你就永远都见不到你女儿了。”

这时，几名狱警从远处跑来。

老张将那富二代松开，没有说话，只是恶狠狠地看着他。

那富二代站起身，擦了擦嘴上的血，往前走了两步，来到老张跟前道：“你，还有半年呢。你女儿在哪所学校念书啊？我待会儿就打个电话回去，让我那帮弟兄帮你教育教育你女儿，哼哼哼哼！”

他说罢，就转身朝操场边缘走去。

只见老张双拳紧握，浑身都在发颤，他朝那富二代大喝一声。

旋即，他飞奔上去，一个飞腿将富二代踹翻在操场外的泥地里，然后他飞扑上去，骑在那富二代身上，顺手抄起泥地里的石块，疯狂地砸向那富二代的面部，砸得血肉模糊。

直到赶来的狱警将老张拉开的时候才发现，那个富二代已经被老张给砸死了。

老张被判处了死刑立即执行，被隔离到了单独的牢房。

被押送刑场前的最后一个晚上，狱警问他还有什么心愿未了，他说他想最后见一见李麦群，他有话要对李麦群说。

那天晚上，李麦群和老张在牢房里聊了大半个晚上，老张看上去很淡然，继续嘻嘻哈哈，天南海北地扯淡。

直到最后，老张掏出自己女儿的照片，哭了出来。他将那张照片递给李麦群道："老李呀，我是再也见不到大心了。孩子他妈死得早，爷爷、奶奶、姥姥、姥爷什么的也都不在了，我进来后她就被送到福利院去了。老李呀，以后大心就是你女儿了，你出去后，一定要替我好好地照顾她！"

李麦群接过照片，他紧紧地握住老张的手道："老张，你放心！我一定把大心当亲女儿对待！"

说着，他也落泪了，两人哭作一团。

牢房的门被拉开了，两名狱警站在门口。李麦群看着老张，两人依旧没有说话。

门口的狱警道："时间到了，该走了。"

老张依旧没有说话，他站起身来，跟随那两名狱警离去了。

李麦群刚要起身，便被狱警拦了回来：

"不准送！"

二

两年半过去了，李麦群终于刑满释放。出狱的时候是寒冬，到处都冷得彻骨。并没有人来接李麦群，因为这个世界上，只剩下他一个了。

李麦群并不知道老张被葬在了哪儿，他向监狱的人打听，最终也没有结果。老张目前在世的唯一亲人，就是他的女儿，张大心。站在监狱门口，他掏出张大心的照片看了看，坚定了自己接下来的人生目标。

老张，你放心！我一定把大心当亲女儿对待！

可是，当李麦群来到张大心所在的那家福利院的时候，却得知，张大心早在两年前被一对夫妇领养走了。李麦群便向院方询问这对夫妇是谁，住在哪儿。院方的回答是：不好意思，我们不能透露领养人的信息。

李麦群再次失去了人生的目标，而他现在依然一无所有，就连卡里那八位数的余额也荡然无存了。

他在入狱的时候，警方调查了他的资产，发现他的账上凭空多出了数千万，于是便讯问这笔巨额财富来自何处，李麦群无法回答，而打款账户，也做了隐匿处理，警方无法查到这笔钱究竟是从何处打过来的。最后，他们直接判断，这笔钱是李麦群故意隐藏的一笔依靠梦魂酒得来的资产，于是政府将这笔钱全部没收。连那台老旧的黑色SUV，也因为长时间停靠路边，被交警队拖走了，再加上长时间无人领取，被强制报废了。

他回到那所老房子里，屋子由于长时间无人打扫，四处都积满了灰尘。他已经不在意那些灰尘了，疲倦地倒在沙发上，沉沉地睡去了。

令他感到意外的是，这次，他竟然没有做梦。

又或许，他做过，但是忘记了。

当他醒来的时候，一个女人的声音传来。

“李麦群先生，您醒啦。”

李麦群一惊，立马从沙发上坐了起来，他睡眼蒙眬，过了好一会儿，才看清坐在他面前的这个女人。

“德川……樱子……小姐？！”

李麦群惊讶道。

德川樱子穿着一身黑色的风衣，静静地坐在那儿，她点了点头，淡淡道："李麦群先生，是我，没错。"

李麦群道："樱子小姐，您怎么来了？"

德川樱子道："李麦群先生，我需要您的帮助！"

这时，窗外下起了雨，一股潮湿的气味从窗外涌了进来。李麦群回过头，可以看到山本武和三名戴着墨镜穿着西服的保镖站在门廊上。

李麦群道："请问樱子小姐需要我帮些什么？"

德川樱子道："还是梦魂酒的事情。"

李麦群道："是五年前那款为德川一康先生提供的【雪国叶子】出了问题吗？"

德川樱子摇了摇头道："那款酒并没有任何问题，您的酒非常完美，李麦群先生。家父喝过先生的酒之后，每天晚上都能梦到家母，那段时间，家父的精神状态又恢复到了从前。只是……家父已经在半年前过世了。不过先生不用担心，家父的死，和您的酒没有任何关系，他是患上癌症去世的。您的酒真的是一款艺术品！这是家父的称赞！"

李麦群道："很遗憾没能与一康先生见上一面。"

德川樱子接着道："李麦群先生，我们想请您跟我们去一趟北海道，可以吗？"

李麦群道："去北海道？"

德川樱子道："是这样的，李麦群先生。我们需要您，为我们分离一款酒。"

李麦群问："分离……酒？"

德川樱子道："家父过世后，我打开了家父在北海道别馆的保险柜——是他临终前拉着我的手，请我务必打开的——我在里面发现了一瓶封存多年的梦魂酒。我们不知道那瓶酒的酿梦师究竟是谁。我喝了那酒，然后做了一个十分混乱的梦，我感觉有好多种不同的梦境混淆在了一起。”

李麦群道：“你是说，那是一瓶调和梦魂酒？”

德川樱子点了点头：“而我在那场梦境里，似乎也看到了【雪国叶子】的画面，我不知道这能否说明，【雪国叶子】也被调和在了那瓶酒里。”

李麦群道：“樱子小姐，您的意思是说，那瓶酒很有可能就是德川一康先生亲手调和的？”

德川樱子道：“我正是这个意思，李麦群先生。我怀疑，家父这么做，一定有他的深意，他想要向我表达些什么东西，但到底是什么呢？我无法参透那个梦境，因为它实在是太过混乱了！”

李麦群道：“所以你希望我喝下那酒，进入到那个混乱的梦境当中，将酒里的梦全都分离出来，是吗？”

德川樱子道：“是的，先生，我想这世界上也只有您能够做到了。”

李麦群陷入犹豫当中。

可没想到，德川樱子竟然径直跪在了李麦群面前，深深向前一拜道：“请先生一定要帮我这个忙！只有先生您能帮我了！”

李麦群立马上前扶：“樱子小姐，您快起来。”

德川樱子道：“请先生一定要帮帮我！”

李麦群道：“可是我已经不想再继续参与这种事情了，这些年，我感到很疲惫！”

德川樱子道：“李麦群先生，您需要多少酬金，我都可以为您提供！”

李麦群叹了口气道：“樱子小姐，您没明白，这不是钱的问题。我女儿已经走了，现在我什么也不想要了，因为一切对我来说，已经都不重要了。希望你能理解。”

就在这时，玄关的门被推开了，山本武裹着风雨闯了进来，他紧张道：“樱子小姐，他们来了！我们得赶紧离开这儿！”

李麦群道：“谁来了？”

德川樱子立马起身道：“李麦群先生，现在没时间解释了，快跟我们走！再不走就没命了！”

李麦群稀里糊涂地跟随德川樱子和山本武跑了出去，一辆黑色商务车正在门口等候。山本武拉开车门，让德川樱子和李麦群上了车，紧接着，山本武和另外三名保镖也上了车。车门“砰”的一声关上后，司机发动汽车，将车子飞速地开了出去。

李麦群感觉气氛格外紧张，他正准备开口发问，便听到身后传来了“轰隆”一声巨响。他敢肯定，那不是雷鸣。他看到后视镜和窗玻璃上都倒映着火光，他回过头去，看到黑色的雨夜里，他的房子正在火海中熊熊燃烧。

他被眼前的场景怔住了，倒抽了一口凉气，如果再晚一步，他便和自己的房子一起在爆炸中葬身火海了。

车子继续飞速向前开，直到下一个路口，车子右转，火光终于消失在了夜色中。

德川樱子道：“李麦群先生，他们是来杀你的！”

李麦群问：“杀我？他们到底是什么人？又为什么要杀我？”

德川樱子深吸了一口气道：“李麦群先生，你在监狱里是不是曾经得罪过一个很有权势的人？”

李麦群立马想到了那个富二代：“你是说……”

德川樱子点了点头道：“没错，他的父亲雇佣了杀手，来找你报仇！”

李麦群突然想到了一个人："张大心……张大心……"

德川樱子歪了歪头："李麦群先生，这个张大心是……"

李麦群道："如果你曾经调查过我在监狱里的情况，你应该知道老张吧？"

德川樱子点了点头道："我知道，就是他杀死了那小子。"

李麦群道："张大心是老张的女儿，今年才十二岁。她原本在一家福利院里生活，但是两年前，她被一对不明身份的夫妇接走了！"

德川樱子道："所以先生您怀疑是那个富二代的家人接走了张大心？"

李麦群道："不管是不是，张大心此刻都处在极大的危险当中！樱子小姐，请你帮我调查张大心的去向！"

德川樱子道："没问题，李麦群先生，只要你答应帮我分离那瓶梦魂酒……"

李麦群道："我答应你！我这就跟你去北海道！"

德川樱子长吁了一口气道："李麦群先生，请您放心，我们德川家集团一定竭尽全力，帮您找到张大心！"

黑色商务车在雨夜的公路上疾行着，李麦群再次回头看去，车窗外只剩下寂寥的黑暗和无穷无尽的雨幕。现在，他连家都没有了。现在，他只能跟随命运的摆锤前行。

他感到了极大的无力感。

三

一个小时后，他们登上了飞往日本的德川家私人飞机。雨停的时候，飞机起飞了。

飞机在黑色的夜空中飞行着。

李麦群坐在沙发椅上，掏出张大心的照片看了看，正准备收进去，德川樱子道："能给我看看吗？"

李麦群愣了一下，点了点头，没说话，将照片递给德川樱子。

德川樱子接过照片，饶有兴致道："嗯，这真是个可爱的小姑娘呢！"

李麦群道："帮我找到她！"

这已经是第五遍了，从头到尾，这句话李麦群向德川樱子反复强调了五遍。

德川樱子将照片还给李麦群道："放心，李麦群先生，这么可爱的小姑娘，我也舍不得让她落在坏人手里。"

三个小时后，飞机在北海道新千岁机场降落了。李麦群跟随德川樱子走下舷梯，一辆黑色雷克萨斯正在舷梯下等候。北海道的冬季更为寒冷，寒风吹来，冻得人瑟瑟发抖。山本武拉开后座的车门，请德川樱子和李麦群上了车，然后自己上了副驾驶，司机将车开了出去。

此时已是黎明，天色渐亮。

群青色的天空下，白色的雪山在不远的地方绵延不断。雷克萨斯并没有朝千岁市区驶去，而是沿着公路驶向了雪山深处。在穿过那条雪山中的隧道时，李麦群产生了某种错觉，这种错觉令他感觉自己仿佛已经置身在川端康成所描述的那个《雪国》的世界当中。

"穿过县界长长的隧道，便是雪国。夜空下，一片白茫茫……"

半小时后，雷克萨斯终于减速了。

他们来到了德川一康的北海道山中别馆。别馆在一座冰湖边，湖面结了一层厚厚的冰，白色的雾气在冰面上氤氲缥缈地游荡着。

雷克萨斯开进别馆的时候，天已经完全亮了起来，但李麦群完全来不及欣赏眼前的冰湖美景，便被德川樱子领到了别馆的地下酒廊。地下酒廊在一楼刀室北面的一幅山水画后面，那是一道暗门，德川樱子在墙壁上连续敲击了几下，暗门便翻转开了。通过暗门后往下走，便来了地下酒廊，四壁的酒柜上摆放着琳琅满目的威士忌酒。德川樱子打开酒廊的一个保险柜，从里面取出了一瓶酒。

酒瓶上没有任何贴纸和标签。

德川樱子将酒递给李麦群道："就是这瓶梦魂酒。"

李麦群接过酒，捧在手里来回看了看，然后说："那就开始吧。"

德川樱子深深鞠了一躬："那就拜托先生您了。"

随后，德川樱子便离开了。

李麦群为自己倒上一杯酒，一饮而尽，然后他躺在榻榻米上，沉沉地睡去了。

穿过县界长长的隧道，便是雪国……

当李麦群睁开眼的时候，发现自己来到了一列火车内。这是一列十分老旧的火车，充斥着浓浓的日本20世纪30年代风格。

车厢内的乘客们，在用包含着各地方言的日语交流着，有些李麦群能听懂，而有些则完全听不懂。

他坐在靠窗的座位上，看向窗外，窗外是绵延不尽的白色丘陵。

火车缓缓地减速了，在一座信号站前停了下来。

这时，坐在他对面的那个年轻女子站起身来，将他身旁的车窗抬了起来。外面的冷风席卷而入，李麦群感到一阵寒冷，打了个哆嗦。

年轻女子将半个身子探出窗外，冲着远方某处喊道："站长先生，站长先生！"

李麦群这才意识到，这不正是川端康成《雪国》的开头吗？

而坐在他对面打开车窗呼唤"站长先生"的姑娘，正是叶子。

叶子和站长交流了片刻，大致意思是，叶子的弟弟在信号站工作，希望站长能够多加照顾。

随后，叶子关上了车窗，火车继续开动了。

李麦群这才看到了叶子的脸，他早就料到了，但还是怔了一下。这张脸便是德川一康的妻子德川静香女士的脸。

而此刻，李麦群，就是岛村。

那么这里，便是第一场梦，也就是他为德川一康酿制的【雪国叶子】。

而在叶子的身旁，躺着一个男人。那个男人瘦弱不堪，一副病恹恹的样子，李麦群知道，那个男人就是行男——叶子真正深爱的男人。行男得了肺结核，叶子陪同他从东京坐火车返回雪国汤泽，一路上照料着他。

而此次的旅行，也是岛村第二次来到雪国。李麦群很清楚，他是来雪国邂逅一位在温泉旅馆工作的、名叫驹子的艺伎的。

和《雪国》里描述的一样，李麦群此刻看叶子看得有些痴迷。就在这时，李麦群注意到，车厢的过道上，有一个特别显眼的人走了过来。之所以说那个人特别显眼，是因为那人穿着一身红色的战国时期的武将铠甲，头顶两侧，两根黑色的鹿角向上蜿蜒伸展，其面部被一个狰狞的金属面具遮蔽，看不清是男是女。

李麦群并不记得自己曾经在【雪国叶子】这场梦境中安排过这么一个战国武将角色，还没等他反应过来，那名战国武将就已经来到了他面前，而后，武将缓缓地抽出了腰间的武士刀，露出了寒光迸射的刀刃。

李麦群吓坏了，瘫坐在座位上一动不动。

那日本武将将武士刀扬起，却并没有朝李麦群劈下，而是向后捅去。只见那刀尖深深地扎进了行男的胸膛。

猩红色的血浆喷射而出，飞溅得到处都是。

叶子尖叫了起来，而奇怪的是，车上的其他乘客全都像没事儿人一样，继续喝酒、抽烟、打牌、聊天。

李麦群一把拉住叶子的手，带着她朝车厢一头跑去，这时，那名武将也手持武士刀追了上来。

李麦群拉着叶子拼命地奔逃，穿过了一节又一节狭长的车厢，而身后，那名战国武将则疯狂地挥舞着手中锋利的武士刀，左劈右砍，在火车内进行了一场血腥的杀戮。

当李麦群推开最后一扇车厢门的时候，发现自己竟然来到了一条狭长的走廊内，他头也不回地拉着叶子的胳膊继续向前狂奔，来到了一条酒廊内。这像是某座高档五星级酒店的酒廊，酒柜上是琳琅满目的酒，一名酒保正在酒柜后面手持一枚手帕，精心地擦拭着手里的威士忌酒杯。

他抬头看了李麦群一眼："这位先生……请问你握着一根拖把干什么？"

拖把？！

李麦群回过头一看，这才发现，叶子不见了，而自己一直握着的竟然是一根拖把的木柄。他立马扔掉了拖把。

他疲累地走向吧台，坐在了吧椅上。

酒保问："先生想要喝点什么？"

李麦群道："一杯格兰威特15年，谢谢。"

酒保问："加冰块吗？"

李麦群点了点头道："加。"

酒保将一个球状冰块放在了酒杯里，然后倒上威士忌，递给李麦群。李麦群喝了一口酒，感觉自己总算是缓过神来。

突然，他看到冰球上倒映出一颗眼睛，那颗眼睛越来越大，几乎占据了整颗冰球。

李麦群确定，那并不是自己眼睛的倒影，而是……

眼前的景象令他身体猛颤了一下，从吧椅上摔了下去，一屁股跌坐在了地板上。

他看到，在杯子里漂浮着的不是球状冰块，而是一颗硕大的眼球。

他听到了笑声，那是一种十分瘆人的阴笑声。

他抬眼看去，只见吧台后面那名酒保正冲着他笑，而酒保的右眼已经不复存在，红色的血从里面流淌出来。

在酒保的笑声中，李麦群惊醒了过来。他从榻榻米上坐了起来，大口大口地喘息着。为什么会是这样一个奇怪而又惊悚的梦？

他起身离开了地下酒廊，此时已经是中午了，但群山环绕间，不见阳光，厚重的白色云层压得很低，仿佛即将从天空中坍塌下来。

进行了简单的洗漱之后，他被邀请和德川樱子一起共进午餐。餐厅的落地窗外，便是那片冰湖，以及远处杂树林与群山。

四

德川樱子迫不及待问他："先生，情况如何？"

李麦群道："我目前梦到了两段梦境，但也许是……三段……四段……甚至更多，因为这场梦实在是太混乱了……"

说到"混乱"二字，德川樱子认同地点了点头，然后道："那么，先生能否告诉我，您梦到了哪些画面？"

李麦群道："呃……一开始是在一列蒸汽火车上，我看到了叶子和行男，而在梦里，我就是岛村。这很显然是【雪国叶子】梦境的开头。然后，火车上出现了一个怪人……"

德川樱子道："您一定是说……那个战国武将。"

李麦群点了点头道："没错，那个武将用武士刀把行男给杀了。然后，我拉住叶子的手，开始逃亡。对了，在梦里，叶子就是你母亲德川静香女士。我拉着她穿过了几乎全部的车厢，而那个武将则在后面穷追不舍。跑着跑着，我来到了一个走廊里，叶子不见了。我顺着走廊来到了一个酒廊，遇到了一个酒保，他给我倒了一杯威士忌，可是酒中的冰块却变成了一颗眼球。我吓得跌坐在地，看到那酒保的右眼被剜掉了，正往外流血，他冲我笑，是那种令人毛骨悚然的笑……然后，我便惊醒了过来。”

德川樱子道：“李麦群先生，您需要更加深入一点，因为，那瓶酒里的梦，远不止这么一点内容。”

李麦群点了点头道：“是的，我能看出来。”

就在这时，山本武急匆匆地走了进来，汇报道：“樱子小姐……”他说着，看了一眼李麦群。

德川樱子道：“没关系，先生是自己人，你直接说。”

山本武道：“千岁市警察局搜查科的佐佐木日探长要求见您。”

德川樱子道：“警察？见我？”

山本武道：“是的，樱子小姐。”

德川樱子问：“这位佐佐木探长有说所为何事吗？”

山本武道：“他带来了搜查令。”

德川樱子道：“搜查令？搜查什么？”

“我们接到举报，怀疑你们别馆内藏有A类毒品——梦魂酒，因此特申请搜查令，对你们别馆进行全面搜查。”

一个穿着卡其色风衣的平头探长，领着一队荷枪实弹的警察强闯了进来。

德川樱子不慌不忙，起身道：“想必阁下便是佐佐木探长。”

那位平头探长点了点头道：“正是，想必你就是德川樱子小姐。”他说着抽出一张搜查令，“这是搜查令，我们现在要对别馆进行搜查。”

德川樱子强装镇定道：“我这里没有你要找的梦魂酒，请你们回去吧。这里是家父过世的地方，我不希望有太多外人来打扰。”

佐佐木探长没有理会德川樱子，他朝李麦群走了过去：“我认识你，你是那个中国人……李麦群……曾经的世界一流梦魂酒酿梦师。”

李麦群假装听不懂日语，没有理会，只是静静地坐在那儿喝酒，实际上内心里已经紧张得要命。

德川樱子道：“他是我请来的客人。”

佐佐木冷笑起来：“客人？不知道樱子小姐为什么会将大名鼎鼎的酿梦之神请来这别馆做客？”

德川樱子也笑了：“我请什么客人来，好像不关你的事儿吧？”

佐佐木道：“樱子小姐请什么样的客人来做客，自然是不关在下的事，但如果樱子小姐是请客人来帮助你干一些违法的事情，那就和我很有关系了。”

德川樱子道：“李麦群先生是我的朋友，我请朋友来欣赏这里的雪山风光，享用怀石料理，难道也违法了吗？”

佐佐木道：“可我们偏偏接到举报，说你们别馆内私藏梦魂酒。私藏毒品可是大罪，后果希望樱子小姐你能明白。”

德川樱子道：“正因为明白这一点，所以我绝不可能私藏毒品。”

佐佐木道：“既然没有藏毒，那樱子小姐自然也不惧怕我们警方的搜查。”

德川樱子道：“你们搜便是了。”

随后，佐佐木便下令那帮警察四散去搜了。

德川樱子看上去很有底气，李麦群清楚，那瓶梦魂酒此刻在那道地下酒廊内，而那道地下酒廊，是在刀室的暗门后面，十分隐蔽，轻易是找不到的，而且整座别馆，只有德川樱子知道如何才能打开那扇暗门。

果然，那帮警察在别馆里搜了一下午，结果什么也没找到，佐佐木只好收队离去。

但这件事情，给德川樱子提了一个醒。

德川家集团内部出了奸细，举报者极有可能是集团董事会高层的人，因为只有那些高层知道别馆内有德川一康留下的梦魂酒的事情，而他们也早就想找个机会，将德川樱子踢出局。之后警方很有可能还会对别馆进行第二次、第三次、第四次甚至更多的突击搜查，所以，此刻别馆已经不安全，必须立马转移。

德川樱子决定让李麦群转移到她在九州鹿儿岛的私人住所去，那个地方是德川静香为樱子秘密购买的，所以少有人知，也就是说，那里是目前最为安全的地方。

他们立马行动起来，德川樱子、山本武领着李麦群进入了地下酒廊。

德川樱子道："山本，你带着梦魂酒和李麦群先生，现在就离开这里，去鹿儿岛！"

山本武接过梦魂酒，立在原地看了看，然后拧开了瓶盖，将瓶子里的酒倒了一地。

德川樱子和李麦群全都看傻了。

德川樱子道："山本，你干什么？！"

山本武将空瓶往地上一扔，笑了起来，他对德川樱子道："你还要演到什么时候？"

德川樱子一怔："演？演什么？"

山本武抽出武士刀，对准了德川樱子："别以为我不知道你在干什么，德川静香女士！"

李麦群愣住了。

德川静香？德川静香不是德川樱子早已过世的母亲吗？

就在李麦群大脑混乱之际，德川樱子冷笑了起来："呵，你是什么时候发现的？"

山本武没有说话，只是将武士刀往前一刺，刀刃径直扎进了德川樱子的胸膛。

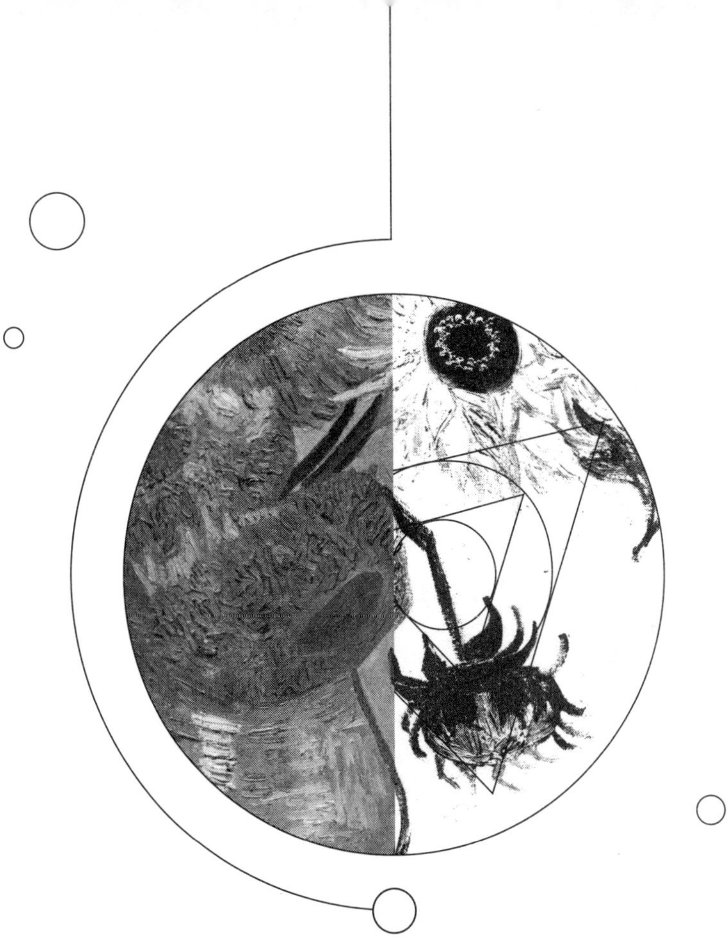

向日葵

第二部分

新型梦魂酒

CHAPTER . 01

一

窗台上放着一瓶向日葵，此时正是盛夏，花瓣全都绽开了，一共十朵。它们有的骄傲地抬起头，迎向太阳，而有的则显得格外羞涩，将头低垂下来。

阳光穿过花叶的缝隙，射入他的眼眸。

他看到一个小女孩儿在冲着他展露笑靥，那笑容一闪即逝，令他的意识也跟随着闪动了起来。

然后，他回到了现实。

此刻，他已经将手里的武士刀刺入了那个女人的胸膛。只见那个女人的胸膛涌出了猩红色的血，紧接着，他扎得更加用力，武士刀的刀刃从女人的后背贯穿了出去。

鲜血从女人的嘴角溢了出来，女人表情痛苦，但她死死地含住嘴里的鲜血，不肯轻易吐出来，因为那样会很难看，这或许是她想要保留临死前最后的一丝尊严。

随后，他将武士刀从女人的胸膛抽了出来，顿时血花四溅，红色的血如玫瑰花一般绽放开来。

女人倒在他面前，闭上了双眼。

山本武掏出手帕，轻轻擦拭沾满鲜血的刀刃，而后他扔掉手帕，转过身看向已经傻掉的李麦群道：“李麦群先生，稍后我会向你解释这一切，现在请随我来，我带你去见一个人。”

李麦群不敢出声，老实说，他并不想跟随山本武前去，但他不敢不去。因为山本武，刚刚丧心病狂地杀掉了自己的老板德川樱子，此刻，德川樱子的尸体就在他面前。

李麦群跟随，或者说被胁迫着跟随山本武，离开了地下酒廊。由于酒廊十分隐蔽，所以并没有人听到刚才的动静，也就没有人知道德川樱子已经死在了地下酒廊里。

山本武领着李麦群穿过迷宫般的走廊，一路上两个人都没有说话。此刻，李麦群的心脏跳得很快，因为他不知道眼前这个杀人狂魔会把他领到一个什么样的地方，也不知道自己即将见到什么人，但他却故作镇定，表现出一副无所畏惧的模样。

最后，山本武领着李麦群来到了一间书房，书房的中央放着一台钢琴。山本武在琴键上敲下了几个音，书柜后面的一道暗门便打开了。

山本武领着李麦群走进了暗门，穿过一条不长的通道，终于来到了尽头的那扇门前。

李麦群终于忍不住开口问道：“谁住在里面？”

山本武道：“一个你最想见的人。”

他说着，掏出钥匙将门打开了。一开门，李麦群就闻到了女孩房间独有的那种香气，整个房间的色调都是粉红色的，宛如公主房。

这时，一个小女孩的声音传来：“小武哥哥！”

——令李麦群惊讶的是，女孩竟然是说的中文。

紧接着，便是一连串的脚步声。李麦群看到一个穿着睡衣、看上去十一二岁大的小女孩，朝他和山本武跑了过来。

跑到一半，她注意到了李麦群，于是警觉地停住了，问道：“小武哥哥，这位叔叔是谁呀？”

山本武道："他是你爸爸最好的朋友，李麦群李叔叔。"

李麦群一愣：我是她爸爸最好的朋友？那么这个女孩儿是……

小女孩跑到他们面前，对李麦群道："李叔叔好，我叫张大心，初次见面，请多关照。"

李麦群怔住了。

张大心？

眼前这个小女孩，就是他一直在寻找的老张的女儿张大心？！

李麦群看向山本武："这……为什么……是怎么回事儿？"

山本武道："我们先离开这里，离开这里之后，我会跟你详细解释！"

张大心道："小武哥哥，我们为什么要离开这里呀？这里挺好的。"

山本武弯下腰，用右手食指的指勾轻轻划了划张大心的鼻梁道："小武哥哥和李麦群叔叔要带你去一个更好玩儿的地方。"

张大心道："更好玩的地方？是迪士尼吗？东京迪士尼？"

山本武微微一笑道："没错，我们就要去迪士尼。"

张大心天真地笑了起来，开心道："小武哥哥真是太好啦！那我们现在就出发！"

山本武道："嗯，现在就走。"

随后，山本武领着李麦群和张大心穿过回廊，离开了别馆，一路上张大心都显得格外兴奋。李麦群注视着这个活泼可爱的小女孩儿，有那么一刹那，他想起了自己的女儿李雪妮。

在别馆前院门口，他们被门卫拦住了。

那名门卫道："不好意思，山本武先生，樱子小姐有过吩咐，这个女孩不能离开别馆。"

山本武道："樱子小姐刚刚命令我，带这个女孩转移。"

门卫道："可是山本武先生，我这里并没有接到类似命令……"

山本武道："情况紧急，还来不及通知到各方面，你到底开不开门？如果耽误了樱子小姐下达的指令，你是知道后果的！"

那名门卫狐疑地打量了那个小女孩两眼，又看了看山本武，见山本武一脸严肃，他便立马颓了下来："不好意思，山本先生，我这就给您开门。"

门缓缓打开了，山本武拉着张大心的手，和李麦群一起走了出去。

他们快步来到了山路边的一辆黑色雷克萨斯旁，上了车。山本武亲自开车，李麦群坐在后座，而张大心则坚持要坐在副驾上，因为她要和小武哥哥坐在一起。

雷克萨斯在夜色的掩护下，飞速地在山路上行驶着，一刻也不敢懈怠。

很快，张大心便在副驾驶座上睡着了。

山本武道："后座上有毛毯，帮大心盖一下。"

李麦群将后座的毛毯向前盖在了张大心身上，他注意到张大心睡得很熟。

李麦群坐了回去，然后道："我们现在，这是要去哪儿？"

山本武一边开车一边道："去机场。"

李麦群问："飞哪儿？"

山本武道："香港！"

李麦群问："去香港干吗？"

山本武道："因为那里是梦魂酒的诞生地，现在也只有那里，能够拯救李麦群先生你和张大心了。"

李麦群被山本武的话弄得一头雾水："拯救我和张大心？"

山本武道："李麦群先生，你和大心所剩下的时间已经不多了。"

李麦群急了："到底怎么了？"

山本武道："那瓶梦魂酒……其实……是个陷阱！"

李麦群道："陷阱？"

山本武道："你以为德川樱子请你来北海道的别馆，是为了让你帮助她分离那瓶梦魂酒里的梦境吗？"

李麦群道："她还有别的目的是吗？"

山本武道："那种酒是德川一康先生研发的新型梦魂酒，它能够让喝过它的人，逐渐变成另外一个人。"

李麦群道："变成另一个人？"

山本武道："当然，这种变化并不是指肉体上的，而是人格上的。酒里的梦境会不断地侵蚀你本来的人格，把你变成酒里所蕴含的那个人格。"

李麦群道："你是说我的人格会被另一个人格取代？那么，我会被谁的人格取代呢？"

山本武道："那就要看你喝下的那杯梦魂酒里所蕴含的是谁的梦了。"

李麦群怔住了："是德川一康的梦。可是……为什么……"

山本武道："德川一康将自己的人格酿制进了那瓶酒里，你喝过之后，他的人格会在你的精神世界里逐渐生成，最后，取代你本来的人格。从某种意义上来说，德川一康相当于是借由你的身体，完成了复活。"

李麦群觉得山本武的话难以置信："你是怎么知道的？"

山本武道："我起初是从德川樱子小姐身上发现端倪的，我发现她突然像是变了一个人……"

李麦群问："你是从什么时候开始发现的？"

山本武道：“就在你酿制完【雪国叶子】回国一年多以后，德川樱子小姐飞了趟北海道。那之后不久，当我再次见到德川樱子的时候，我感觉她的神行举止出现了一些微妙的变化，但我也说不出那变化究竟出在哪里了。直到有天晚上，我有紧急的事情要向德川樱子小姐汇报。我们有约定，只要有十万火急的情况，可以直接越过一切程序当面向她汇报。那天当我来到德川樱子小姐房门口的时候，听到里面传来了奇怪的声音。门没有关实，是虚掩着的，我透过门缝，竟然看到……”

李麦群问：“看到什么？”

山本武咽了一口唾沫道：“我看到……我看到德川樱子小姐，正在床上和她的父亲德川一康一丝不挂……”

李麦群感到大为震惊：“你说什么？他们父女乱伦？”

山本武看了看后视镜里李麦群的脸，然后道：“我当时的表情和你现在一模一样。我有些不知所措，立马转身离开了。那段时间，我都不敢正眼多看德川樱子小姐一眼，而她也察觉到了什么，要求我三缄其口。很长一段时间，我都发现事情变得很不对头，但却始终抓不到那不对头的地方。直到一周前，我在对公司文档系统进行例行检索的时候，发现了一个加密的文件。以我的级别，德川家集团所有的文件我都能查阅，唯有那份文件竟然超出了我的查阅级别——那是一份只有德川一康可以查阅的文件。我想一切的不对头，可能都能在这份文件中得到解释，于是我对那份文件进行了秘密破解，终于得知了一切的真相。

“原来【雪国叶子】并不是用来治愈德川一康无法做梦的病症的，而是德川一康酿造某新型梦魂酒的核心内容，而他把那款梦魂酒给德川樱子喝了。德川樱子喝过之后，大约在一个月的时间内，原本的人格被完全抹杀，取而代之的，是德川静香的人格。”

李麦群倒抽了一口凉气，不知道该说些什么。

山本武接着道：“而文件中还记录了另外两个计划，德川一康在死前，还酿制出了另外两款新型梦魂酒，一款被命名为【父的重生】，另一款名叫【女儿】。而就在今天上午，您喝下了【父的重生】，而几乎是在同一时间，德川樱子……不，现在应该称呼她德川静香，派人给张大心强行灌下了【女儿】。虽然文件中并没有具体说明这两款新型梦魂酒会产生怎样的效果，但是从名字上来看，答案已经非常一目了然了。”

李麦群道：“【父的重生】象征着德川一康的人格要借由这款酒，在他人体内重生……那么，【女儿】呢？”

山本武道：“如果我没猜错的话，【女儿】当中应该蕴含着德川樱子的人格……”

李麦群恍然大悟道：“也就是说，德川一康想要把我变成他，把张大心变成德川樱子，而德川樱子早已经变成了德川静香……”

山本武道：“没错，如果这个计划照常进行，他们一家人就团聚了。可惜的是，德川樱子的肉体已经被我杀掉了，那么，那具肉体内的德川静香也就跟随着死去了。”

李麦群道：“可是……可是这些，都只是猜测……”

山本武道：“李麦群先生，相信我，无论那酒里蕴含的是谁的人格，如果不抓紧时间挽救，不到一个月的时间，你和大心都会彻底变成另外一个人。”

李麦群道：“所以，我们要去香港？”

山本武道：“是的，这个世界上，能够破解这种新型梦魂酒的人，只有梦魂酒的创始人了。”

李麦群念出了那个令他，以及所有酿梦师都感到崇敬的名字：“司马思礼先生。”

随后，他意识到了什么，便道：“也就是说，今天上午报警的那个人，就是你？”

山本武点了点头道："是的，但没想到警方那么容易就被糊弄过去了，所以我只能当机立断，出此下策了。"

李麦群问："你为什么要帮我？"

山本武道："我不是在帮你，我是在帮大心。"

李麦群道："两年前，从福利院接走张大心的，就是你们吧？"

山本武点了点头道："是的，不过福利院在我们的强迫下，向你和其他人隐瞒了事实。事实上，在你刚入狱后不久，大心就被接到了这里。当时是德川一康亲自下的命令，要我接走张大心。当时我并不知道他们的目的，现在我总算知道了。而至于为什么是在五年后的今天给张大心喝下【女儿】，这点文件中也有写到。酒是在一年前才成功酿制而成的，而这种新型梦魂酒想要真正起效，还需要灌入橡木桶中进行至少长达一年时间的陈酿。"

李麦群道："所以就在今天，【父的重生】和【女儿】同时完成了陈酿时间，于是德川静香便迫不及待给我和大心喝下了，是吗？"

山本武道："其实根据我的计算，陈酿时间早在一个星期前就应该完成了，之所以等到今天，是因为你之前一直在监狱里，所以你刚刚出狱，德川樱子……德川静香就赶到了中国，把你骗到了这里。之所以让你和大心同时喝下新型梦魂酒，大概是为了完成时间上的同步。德川一康希望他和樱子的人格，能够在相近的时间，分别在你和大心的精神世界里完成重生。当然，这仅仅是我的猜想。"

李麦群追问道："可是，为什么是张大心？为什么一定要选择张大心和我，为什么不是别人？"

山本武摇了摇头道："我不知道，先生，这些内容文件里并没有记录。"

就在这时，张大心打了个哈欠，但并没有睁开眼，而是接着睡了过去。

之后，山本武和李麦群便不再继续说话。

夜的雪山在车窗两侧飞驰而过。

二

“爸爸！爸爸！爸爸！”

李麦群睁开了眼，看到一条幽暗的长廊。他看到不远处，一个身着碎花洋裙的双马尾小女孩儿站在那里。

那是李雪妮，看上去只有八岁大。

“爸爸！妈妈什么时候回来呀？”李雪妮道。

“妈妈已经不在了，妮妮，妈妈走了，永远也不会回来了。”李麦群道。

“不！我要去找妈妈！”

李雪妮说罢，转身便朝走廊的另一头跑去。

“妮妮！”

李麦群立马狂奔着追了过去。

可是，追着追着，走廊里的脚步声就只剩下他自己的。

“妮妮！妮妮！”

他站在黑暗中，焦急地高喊着女儿的名字。

“为什么不来找我？”

黑暗中传来了另一个女人的声音，这个声音听上去成熟太多。

李麦群转过身，看到黑暗中，一个女人站在那里，那个女人正是李麦群的妻子，陈彤。

“为什么不来找我？”陈彤嗔怪道。

李麦群感到痛苦万分：“因为你已经不在了，亲爱的。”

“爸爸！爸爸！”

这时，一个小女孩出现在了陈彤身旁，是李雪妮，她拉住了妈妈的手：“爸爸，为什么不来找我们？”

李麦群看着眼前的妻子和女儿，内心百感交集，但他深知这一切都是虚幻的：“因为你们已经不在了！你们已经不在了，明白吗？”

“爸爸！和我们一起走吧，我们一家人可以永远在一起！”

“对呀，亲爱的，留下来，和我们在一起！”

“爸爸！你说过，永远永远也不会离开我的！”

“亲爱的，你为什么要离开我们？”

李麦群情绪彻底崩溃，他双手抱头，直接蹲在了原地，大吼道：“不！我没有离开你们！是你们！是你们离开了我！”

“那就回来，回到我们身边来！亲爱的！”

“爸爸！我们马上就能永远在一起了！”

李麦群几乎哭了出来，他抬起头，看着不远处妻子和女儿的身影，她们正冲着他微笑，那画面实在过于美好，只定格在一家人的全家福照片中。

如今，那全家福照片也没有了，跟随他的家一起，被熊熊烈火烧毁了。

对呀，既然现实已经如此，又何必在乎现实和虚幻呢？

李麦群站起身来，朝妻子和女儿走去。

突然，陈彤的胸膛变成了红色，红色的血如玫瑰花一般绽放开来，一把锋利的武士刀刃贯穿了她的胸膛。

李麦群猛地惊醒了过来，此时雷克萨斯已经通过了机场的特别通道，进入了停机坪，一架私人飞机已经缓缓出库。

李麦群注意到，那并不是德川家的私人飞机。

山本武告诉他道：“这是我提前租好的私人飞机。另外，我们刚才是从特别通道进来的，虽然这次没有走德川家集团的特别通道，但这条通道也非常安全可靠。”

李麦群道：“可以绕过海关？”

山本武道：“没错，香港那边的通道也已经安排好了，同样可以绕过海关，不需要任何签证手续。”

李麦群道：“你是怎么做到的？”

山本武道：“这年头只要你肯花钱……以及拥有足够可靠的人脉……你懂的。”

李麦群道：“看来你在德川家集团办事的这些年，赚了不少钱。”

山本武只是耸了耸肩，没有说话。

其实，今天的行动是山本武早就计划好的，他早就计划着带张大心逃走。他原本想让张大心避开那杯名叫【女儿】的梦魂酒，但还是失败了，所以，他必须立马带张大心去香港，因为他不想看到张大心变成另外一个人。

他们上了私人飞机，张大心又睡了过去。

飞机升空了，机舱内，李麦群问山本武道：“山本，你为什么要帮张大心？”

山本武笑了笑说：“李麦群先生，这算是什么问题？”

李麦群道：“我的意思是说，张大心只是你奉德川一康的命令，从中国带回日本的一个小姑娘，她之前与你素不相识，更与你没有半点关系，你为什么要这么帮她，以至于不惜杀掉德川樱子，背叛整个德川家集团？”

山本武看了看舷窗外，他想了许久，终于憋出一句话：“有些东西，你是不会明白的，李麦群先生。我累了，需要休息。”说罢，他便起身离去了，只留下李麦群一人，独自凝视着舷窗外的夜空。

山本武在回卧舱的时候，路过张大心的卧舱，他轻轻拉开门，看到张大心还在熟睡，然后他才回到了自己的卧舱。

他实在是太累了，一倒在床上便迅速睡着了。

阳光穿过向日葵肥硕花叶的缝隙，射入他的眼眸。

他看到一个小女孩儿在冲着他展露笑靥，这次，这张笑脸并没有转瞬即逝，而是刚好凝滞在了阳光里。

这种凝滞大约持续了几秒钟，那个女孩的面容逐渐清晰起来。那个女孩大概十岁大的样子，长得有点像张大心，但又不是。

“哥哥，你怎么睡着了呀？”女孩用日语道。

女孩手里拿着油画笔和油画板，她面前是一张画板，画板上面描绘着一瓶向日葵。只不过那幅画还没画完，花瓣的部分还没有完成上色，但从轮廓上来看，画板上画的就是窗台上的那瓶向日葵。

“太阳晒得哥哥太舒服啦，不知怎的就睡着啦。”他说着，伸了个懒腰，“让哥哥看看，画得怎么样啦？”

他起身来到了画板前。

小女孩笑嘻嘻道：“只剩下花瓣没有上色啦，今天下午就能完成，慢的话明天也肯定能完成。”

虽然看不懂油画，但他感觉妹妹的确画得不错，于是赞赏道：“嗯，画得很好！”

小女孩道：“喊，哥哥就知道夸，也不提点意见，这样妹妹怎么进步嘛？”

他笑着挠了挠头道：“因为我确实觉得画得很好呀。”

小女孩道：“哈哈，还不够啦，还有很大的进步空间。”

就在这时，一个中年男人冲了上来，他看上去十分慌乱，一把拉开衣橱：“躲起来！快！快躲起来！”

他还没反应过来，就和妹妹一起被这个中年男人一把塞进了衣橱里，然后从外面关上了门。

“别出声！别发出任何声音！”

他和妹妹躲在衣橱里，听到父亲在衣橱外低声对他们道。

这时，他听到了另外一个脚步声，这个脚步声很慢，很沉稳，就像一只已经将老鼠逼到死角的猫。

透过衣橱的门缝，他可以看到外面，一个西装革履的男人走了进来，他的手里举着一把黑色的枪。

父亲扑通一声跪在了地上，向来者告饶道：“求求你，回去跟老大说，货真不是我拿的，真的不是我拿了那批货！”

来者的声音听上去冷酷无情：“不好意思，山本先生，我只是奉命来杀你的。”

他说罢，便开枪了。

由于装了消音器，所以枪声很小，但透过柜门的缝隙，山本武亲眼看到自己的父亲山本龙海捂住胸口，倒在了地上，血向外渗透了出来。

妹妹山本葵也从缝隙中目睹到了这一幕，她不自主地惊叫了一声，山本武立马将妹妹的嘴巴捂上，捂得死死的。

他能够感受到，妹妹在强烈发抖，而他自己也在抖，或许抖得更加厉害。

杀手显然是听到了衣柜内的动静，于是举起枪，缓步朝柜子走了过去。

随后，柜门被拉开了。

山本武和山本葵蜷缩在柜子的一角，盯着已经发现他们的杀手，不知所措，也不敢出声。

只见那杀手面无表情地举起手中的枪，将枪口对准了他们。

就在杀手将要扣下扳机的一刹那，山本龙海突然起身，将那杀手推开了，子弹因此射偏，打在距离山本武脑袋不足三厘米的衣橱左侧内壁上。

山本武被子弹的穿击声震蒙了，双耳嗡嗡作响。

“快跑！快带着你妹妹跑！”

山本龙海声嘶力竭地高喊道，此刻他用尽了最后的全力，将那名杀手死死地顶在了墙上，但所有人都知道，他很快就要坚持不住了。

“快跑！快跑啊！”

在父亲的叫喊声中，山本武回过神来，他一把抱住妹妹朝门跑去。可就在这时，他听到门外的楼梯处，传来有人上楼的声音，紧接着，他看到又有两名杀手正在走来。

山本武立马抱着正在号啕大哭的妹妹退了回来。

“跑啊！为什么回来了？”

山本龙海喊道。

这时，他也听到了门外的脚步声：“混蛋！”慌乱间他扭头看了眼窗台，此时窗台上的向日葵正在阳光中随风飘摇。

山本龙海大喊道：“从窗户走！从窗户走！”

山本武抱着妹妹，喊了一声：“爸爸！”

山本龙海道：“快走！快走！别管我！只管走！”

这时，走廊外的两名杀手已经来到了门口。山本武咬了咬牙，抱着妹妹翻上了窗台。

他忍不住回头看了最后一眼，只见那名杀手一把将山本龙海推开，朝他的腹部连射了好几枪，然后，三名杀手一齐将枪口对准窗台，山本武抱着妹妹向下纵身一跃，只听到身后枪声泛滥，那瓶向日葵被子弹击碎了，山本武和妹妹一起，从二楼跌落在了楼下的花圃中。

落地的一瞬间，他首先关心妹妹有没有受伤，还好妹妹只是受到惊吓，一直在哭，身体上似乎并没有明显的伤。随后，他才意识到自己的左小腿生疼，他不确定是不是骨折了，但他还能站起来。

于是，他尝试着跑了出去。

跑了没多远，他便听到身后传来了几声枪响，他回头看去，那三名杀手已经追了过来。

他继续往前跑，身后的枪声继续响着，他一步也不敢回头，抱着妹妹山本葵穿过了一片树林，最后，来到了悬崖边。

他回过头，看到身后的三名杀手已经出现在了视野当中，他们已经举起了手里的枪。

此时，天空突然变得一片阴郁。

他看了看悬崖下方的黑色大海，汹涌的海浪拍击着坚硬的涯壁，溅起阵阵白沫。

身后的枪声再度响起了。

山本武轻轻抚摸了几下妹妹的后脑勺道："愿你的国降临！"

随后，他便抱着山本葵，跳下悬崖，跌入到了海潮中。

三

飞机开始下降了，山本武醒了过来，他依旧感到很疲惫。走出卧舱，他看到李麦群并没有睡，而是坐在沙发椅上，目光投向舷窗外，凝神沉思。

此刻的李麦群，忧心忡忡，因为他不知道，飞机着陆后会是怎样的结果等待着他。此时，德川家集团的人肯定已经发现德川樱子失踪了，同时也会发现，他和山本武以及张大心都消失在了北海道的别馆。

没准，别馆的人已经进入了密室，发现了德川樱子的尸体。

没准，德川家集团已经通知了香港，只要飞机一落地，他们就会被警方逮捕归案。

张大心还没有醒来，飞机还有二十分钟就会在香港落地。

山本武在李麦群面前的那把椅子上坐下。

李麦群率先开口道："飞机落地后，我们下一步去哪儿？"

山本武道："那地方，你应该比我更清楚，李麦群先生。"

李麦群道："司马思礼先生真的能治好张大心和我吗？"

山本武道："李麦群先生，司马先生是梦魂酒的发明者，如果连他都没有解决的办法，我想不出还有谁能够解决。他是大心唯一的希望，也是李先生你唯一的希望！"

这时，张大心从卧舱内走了出来，她睡眼惺忪地走过来，问道："小武哥哥，李叔叔，你们在聊什么呀？"

山本武微笑着回过头，看向张大心道："大心，你醒啦，飞机马上就要着陆了。"

张大心兴奋道："啊，已经到东京了吗？"

山本武摇了摇头道："我们不去东京了，我们去香港。"

张大心不说话了。

山本武道："怎么了？大心？香港也有迪士尼的。"

张大心有些失落道："小武哥哥，你是要把我送回中国去吗？我不想回去，家里一个人也没有，我想和小武哥哥永远待在一起。"

山本武道："小武哥哥怎么会送你回去呢？这次去香港办完事儿，我们就走，我是不会丢下大心不管的。只是……我们可能永远也不能回到日本了。"

张大心笑着道："没关系的，只要是和小武哥哥在一起，去哪儿都行！"

李麦群看着张大心，又看向山本武，他感觉在张大心面前，山本武好像变成了另外一个人，就像一个温柔善良的大哥哥一样。是张大心的天真烂漫，将这个看上去不苟言笑的日本男人彻底软化了吗？还是说，在张大心面前的山本武，才是真正的山本武，才是他内心深处隐藏已久的本来面目呢？

飞机在香港降落的时候，天已经蒙蒙亮了，现在是北京时间早上六点。他们下了飞机，便迅速通过了早已经安排好的特别通道，离开了机场。

山本武租了一辆黑色别克，他亲自开车，载着李麦群和张大心驶入了香港市区。望着两侧的高楼，李麦群感觉自己仿佛从一场梦又跳到了另外一场梦当中，他不知道这场梦还要做多久，此刻，他感到很迷茫。这次来香港的目的，是为了寻求司马思礼的帮助，希望他能够帮助李麦群和张大心解除掉【父的重生】和【女儿】的梦境，但是谁也不知道，司马思礼究竟能否做到，即便他具备这个能力，他又凭什么帮助他们呢？

李麦群曾经和司马思礼有过几面之缘，不过都是在公开的场合，私下并无太多交集，况且已经十多年未见，司马思礼会看在过去的几面之缘上帮助他吗？

李麦群找到了他一直在寻找的张大心，此刻这个女孩就坐在副驾驶座上，就坐在他前面，但他突然意识到，自己似乎已经失去了寻找张大心的全部意义。因为对于张大心来说，他的存在并不重要，重要的是山本武的存在。

早上九点的时候，车子终于在一幢老旧的英式三层洋楼前停了下来。他们下了车，山本武走上台阶，摁响了门铃。

随后，门内传来了脚步声，紧接着门被打开了，是一个菲律宾女佣开的门，她上下打量了门外的三个人几眼，然后道：“请问，找哪位？”

山本武道：“哦，找司马思礼先生。”

女佣摇了摇头道：“没有这个人，不好意思，你们走错地方了。”她说罢，便把门关上了。

李麦群上前一步，问山本武道：“你没有提前预约吗？”

山本武道：“我根本就找不到司马先生的联系方式，只是通过多方打听，知道他就住在这儿。”

李麦群用一个“你仿佛是在逗我”的眼神看了山本武一眼，然后道：“还是我来试试吧。”

山本武退到一旁，李麦群上前摁响了门铃。

门再一次打开了，还是刚才那位菲律宾女佣开的门。

那个女佣一脸不耐烦道：“都说了，你们找错地方啦，这里没有你们要找的人，快走吧，快走吧！再不走报警了！”

李麦群微笑着道：“不好意思，请把这个转交给司马先生。”

他说着将自己左手中指上的那枚指环取了下来，递到了女佣手里。

女佣看了看那指环，便转身关上了门，可以听到门内的脚步声在急匆匆地上楼。大约十分钟后，当门再度打开的时候，女佣的态度较之前有了一百八十度的大转弯。

她毕恭毕敬道：“李先生，司马先生请三位上楼。”

司马思礼已经年过七旬了，他是一个英国人，准确地说，他是一个苏格兰人。司马思礼，只是他入乡随俗，给自己取的一个好听的中文名字，他的本名是海森·波特，不知道的人总以为是哈利·波特。

他是著名苏格兰威士忌品牌“波特”的董事长兼首席酿酒师，20世纪80年代，波特威士忌酒业集团为了拓展亚洲市场，在香港设立了分部。当时，三十岁出头的司马思礼第一次踏上香港的土地便爱上了这里，于是在香港定居了下来。即便1997年香港回归中国，他也没有从这里离开，因为他觉得香港有一种独特的神秘气息，吸引他留下来，这座城市就像是一场复杂的梦境般令他痴迷。也正是在这座城市，他得到了灵感，发明了梦魂酒，这令他更加坚定，香港是他一生的归宿。

二楼书房里，司马思礼坐在书桌前，凝视着手里的那枚指环。这时，书房的门被敲响了，女佣在门外道：“司马先生，李先生和他的朋友到了。”

司马思礼道：“快请进。”

女佣将门推开，李麦群领着山本武和张大心走了进来，司马思礼立马起身，朝李麦群迎了上去，语调激动道：“李！多少年没见了？我们有多少年没见了？”

李麦群道：“上一次见面，是在北京的那场国际梦魂酒博览会上，算下来……大概有……差不多十一年的时间了吧。”

司马思礼道：“是啊，都十一年了，都十一年了……”

司马思礼的话语中充满了感慨，这点李麦群能够感同身受，因为这十一年来，他们都失去了太多太多。

他说着，看向李麦群身旁两位：“这二位是……”

李麦群介绍道：“这位是山本武，日本德川家酒业集团董事长的首席秘书……当然，现在已经不是了。”

司马思礼道：“你好，山本先生，那么，这位小姑娘是……”

张大心突然有些怕生，腼腆地躲在山本武身后。

李麦群道：“她是……我一个好朋友的女儿，叫张大心。我那位朋友已经过世了，他生前把他女儿托付给我，要我把张大心当自己的亲女儿对待。”

张大心听了这话，突然不依了，开口道：“哼，我才不要当你女儿呢！我只要和小武哥哥在一起！”

司马思礼显然是被张大心的小孩脾气逗乐了，他笑了笑道：“那么你们这次来，到底是为了什么事情？”

接下来的半个小时，李麦群向司马思礼讲述了事情的来龙去脉。司马思礼听完之后，沉默了良久，终于开口道：“其实……这件事情……

责任的源头在于我。”

李麦群没听明白：“这怎会在于您呢，司马先生？”

司马思礼道：“德川家集团从未涉足过梦魂酒业，你们难道就不觉得奇怪，德川一康是如何掌握这种新型梦魂酒的酿制方法的？”

李麦群想了片刻，然后说：“难道说……是您？”

司马思礼深深地点了点头道：“大概二十多年前……具体的日子记不清了，德川一康曾经到香港来找过我……”

四

那年，司马思礼才不到五十岁，记得那天香港正在遭受台风的洗礼，白昼如同黑夜那般暗淡无光。狂风暴雨席卷了这座南方的港口城市。就在这么一个一切都不合时宜的日子，那个日本男人就这样出现在了司马思礼的办公室内，他看上去落寞极了，年纪还未满四十，脸上却已经写满了沧桑的痕迹。

这个日本男人，便是德川一康。

司马思礼难以相信，自己在威士忌行业的死对头，德川家酒业集团的董事长，赫赫有名的德川一康竟然会出现在他的办公室里，并且有求于他。

德川一康用带着浓浓日本口音的英语开口道：“司马先生，我这次来是希望您能够教会我酿梦的能力。”

司马思礼道：“酿梦是需要极高的天赋的，并不是每一个人都能够做到。况且，德川家酒业集团不是一直秉承着酿造最纯正的单一麦芽威士忌，而不屑于酿制梦魂酒吗？现在，即便德川家集团想要酿制梦魂酒，只需要向全世界招募酿梦师即可，德川先生您没必要亲自来学吧？”

德川一康努力保持着向前辈求教的态度道："司马先生，您误会了，我只是要学习酿梦的能力，但并不打算用这种能力来酿制梦魂酒。"

司马思礼表示不能理解："这我就没听懂了。那么，德川先生你既然不打算酿制梦魂酒，又为什么要学习酿梦呢？"

德川一康一脸沮丧道："因为静香……"

司马思礼道："你是说，你太太？"

德川一康点了点头道："一年多以前，我太太死在了宫崎的那场里氏9.0级的大地震中。这一年多以来，我抛下公司的事业，环游世界，而香港是我环游世界的最后一站，马上我就要返回日本了。但是这一年来，我内心的郁结并未因此解开，我甚至都无法做梦了，你知道，做梦是逃避现实的唯一途径。我希望能够在梦里梦到静香，我希望每天晚上都能够梦到静香！只有这样，我才能够觉得她还活在，至少她以某种形式活在我身边，并没有离我而去！"

司马思礼沉默了片刻，他似乎有些被眼前这个日本男人所打动："也就是说，你学习酿梦的能力，是为了每天晚上都能够梦到自己的妻子？"

德川一康道："是的！"

司马思礼道："可是德川先生，你必须得清楚，人的记忆会随着时间的流逝而衰退，情感也是这样。即便你学会了这种能力，当有一天，你对你妻子的记忆变得模糊，对你妻子的情感也逐渐衰弱的时候，你便再也无法酿制出有关她的梦了。"

德川一康道："不会的，我会永远记住静香，这份对她的爱永远也不会衰弱！"

随后，德川一康扑通一声，跪拜在了司马思礼面前："请司马先生一定要帮我这个忙！这是我最后一丝希望了！"

“于是，您教给他了？”李麦群问。

司马思礼点了点头道：“且不提他是大名鼎鼎的德川家董事长德川一康，一个快要四十岁的男人扑通一下跪在你面前，痛哭流涕，你怎么忍心拒绝。况且，他给了我一个无法拒绝的理由，那就是，爱！”

李麦群回想起德川樱子曾经说过，德川一康在经历了一年的环球旅行之后，开始具备了一种能力，那种能力让他能够每天晚上梦到自己的妻子，也是那种能力让他重新振作了起来。但出乎他意料的是，德川一康竟然是从司马思礼这里学到这种能力的。

司马思礼接着道：“大概是在六年前，德川一康又到香港来找到我……”

十年前的一纸禁令，梦魂酒沦为毒品，所有参与制造梦魂酒的集团，都被其所在地政府强制关闭，其中便包括司马思礼的波特酒业集团。司马思礼的全部财产都被政府没收，并且终身禁止他从事任何商业活动及行为。

这对司马思礼来说，无疑是最沉重的打击，他的生活瞬间陷入到了严酷的寒冬当中。

六年前的那天晚上，香港下起了暴雨，司马思礼正在一家日式拉面馆当拉面师，这大概也是全香港唯一一家肯雇佣他的店了。

风雨当中，门被推开了，一个男人走了进来，他要了一碗猪豚骨拉面，吃完后又要了一碗，然后要了一杯茶，一个人静静地喝到了打烊。

最后，司马思礼走到了那个男人面前坐了下来，对他道：“好久不见了，德川先生。”

德川一康冲着司马思礼微微一笑，然后说：“司马先生，我需要你的帮助。”

经历了如此大的打击，司马思礼已经没有了过去的那股傲气，他只是露出了一个为难的表情道："你看我现在，还能帮你些什么呢？"

德川一康道："我病了，司马先生。"

司马思礼道："那你应该去找医生。"

德川一康道："医生帮不了我，只有您能够帮我。"

司马思礼道："我可不擅长治病。"

德川一康道："我无法做梦了，司马先生！"

司马思礼眼神下垂，他已经明白了德川一康的来意，他凝视着眼前这个再度陷入疲惫当中的老男人，然后起身拍了拍他的肩膀道："我们换个地方聊吧。"

德川一康喝完了最后一口茶，跟随司马思礼离开了拉面馆，两个人各举着一把黑色的雨伞，在香港的雨夜里行走着。

最后，两个人走进了一座废弃的跑马场，跑马场已经残破不堪，仿佛巨大的古代废墟伫立在黑暗的雨夜当中。

两人在跑马场内找了个看台的座位坐了下来，看着下面空荡荡的场地在暴雨中泛起蒙蒙水雾，一切就仿佛一场来自记忆深处的老旧的梦境。

他们收了伞，将伞放在一旁，雨水顺着束起的伞面向下滑落。两个人就这么静静地坐在那里，看着眼前的雨幕，过了好久，都没说话。

海潮般的雨水声仿佛将这个嘈杂的世界隔绝开来，剩下的只是宁静。

德川一康不忍打破眼前的宁静，他一直在等待着司马思礼率先开口。终于，司马思礼开口道："失去全部之后，我几乎每天深夜都会来这儿，这里已经被人彻底遗忘掉了，我喜欢这种感觉，这能够让我忘掉很多事情。"

德川一康道："就像是……一场梦？"

司马思礼点了点头道："没错，就像是一场梦，只有在梦里才能够逃避现实。现实，总是令人难以承受的，不是吗？"

德川一康道：“可是，司马先生，我连逃避的机会都没有了！”

司马思礼用自己苍老的嗓音叹了口气，然后道：“她从你的梦里消失了，也未尝不是一种解脱啊。”

德川一康道：“可是我希望她留下，我希望静香永远活在我的梦里！”

司马思礼道：“十多年前，你到香港来找我的时候，我就已经对你说过了，德川先生，人是会忘的，一切的情感情绪，都会被时间所冲散，这是……这是不可避免的事情。”

德川一康道：“可是，一定会有办法的！一定会有办法让静香永远留下来的，司马思礼先生，您一定有办法做到！”

司马思礼再一次被眼前这个日本男人动摇了，他看着德川一康，看着已经年过五旬的他那渴求的眼神，似乎透露出的那股少年般的真诚，那股对逝去妻子的爱与真挚令他动容。他感到自己似乎无法拒绝这个日本男人，于是终于松口了：“德川先生，办法的确是存在的，但……那方法十分危险。”

德川一康像是抓住了救命稻草一般：“司马先生，只要能让静香留下来，我甘愿冒最大的风险，哪怕是付出生命的代价！”

暴雨在跑马场上方的天空愈下愈大，浩大的雨水声中，只剩下无边无际的寂静。司马思礼拍了拍德川一康的肩膀，对他道：“我会把我所知道的，全部告诉你。”

五

香港的天空突然下起了雨，书房内，司马思礼长叹了一口气说：“我教会了他那种方法，而作为回报，他给了我一笔不小的财富。可我没想到，他竟然用这种方法来害人……”

李麦群问：“到底是什么方法，司马先生？”

司马思礼道：“就是酿制那种新型梦魂酒的方法，具体的我不方便说出来，但当时，告诉他这种方法的初衷是为了如他所愿。他希望自己的妻子永远留下来，陪伴在他身边，我告诉他，可以试图在自己的精神世界里创造出他妻子的人格，这样他妻子就相当于和他融为一体了。但是，我同时也告诉他这么做的风险。如果他本格的意识不够强大，那么他的本格很有可能会被他创造出来的妻子人格所彻底吞噬取代。我还记得他当时突然阴森地冲我笑了下，对我说：‘放心，我不会让这种事情发生的。’当时，我并没有明白这突如其来的笑是怎么回事儿，不过现在我总算明白了。他并没有把这种方式用在自己身上……”

山本武道：“没错，他让樱子小姐喝下了那种新型梦魂酒，他把自己的女儿，变成了他妻子德川静香！”

李麦群道：“司马先生，如果您知道酿制这种新型梦魂酒的方法，就一定知道如何解酒对不对？”

司马思礼道：“李，你酿制梦魂酒的时候，选用的基酒是什么？”

李麦群道：“【麦田群鸦】的基酒是格兰威特25年单一麦芽威士忌；【向日葵】所选用的基酒是山崎18年单一麦芽威士忌；【星空】的定位比较年轻一些，所以价格比较低廉，基酒是百龄坛17年调和型威士忌。”

司马思礼点了点头道：“那么现在，我们就需要搞清楚，德川一康酿制这种新型梦魂酒的时候，所选用的基酒是什么？”

山本武脱口而出：“德川家70年！我很清楚，他采用的是德川家70年单一麦芽威士忌！”

司马思礼道：“我们现在只需要搞到德川家70年，我会在酒里放入一个杀手的形象，这个杀手会帮助本格，杀掉那个多出来的人格。不过不用担心，成功之后，这个杀手也会消失。”

李麦群道："可是新型梦魂酒至少需要经过一年的陈酿，而我和张大心，可能只剩下不到一个月的时间了。"

司马思礼道："这点你不必担心，需要陈酿一年的是一个完整的人格，而我只是让一个模糊的杀手形象进入梦中。这个形象十分简单，也不具备人格，他就像一个单纯的杀毒软件，唯一的目标就是杀掉你脑子里正在生成的另外一个人格。一个构造如此简单的形象，只需要在酒里陈酿数日便可起效。"

山本武道："那太好了，李先生，我还记得，五年前樱子小姐曾经将德川家70年当做见面礼赠送给你……"

李麦群感到十分羞愧，他不好意思说自己在一次医闹当中，把珍贵无比的德川家70年给砸了，只好说："不好意思……都过去五年了……那酒早已经……"

山本武有些丧气："好吧……德川家70年，全球只有30瓶，市面上根本买不到，我们该上哪里去找这瓶酒？"

司马思礼道："德川家集团肯定有。"

山本武道："如果是一天前，这没什么难办的，但是如今我们已经回不了德川家了，甚至连整个日本都回不去了。"

李麦群也感到颇为懊恼，如果当时他没有一时冲动，而是将那瓶珍贵的德川家70年珍藏下来就好了，谁知道，它会在如今起到如此至关重要的作用。很快他又想到，即便当时保留下来也没有用啊，他的家已经被炸毁了，那瓶酒如果保存在家里，也已经葬身在了那场爆炸的火焰当中。他想起那场爆炸，突然有些发怔，因为这一再提醒着他，他已经无家可归了。

司马思礼深吸了一口气，他转过身，从书桌上抽出一张报纸："有个好消息和一个坏消息，你们想听哪个？"

李麦群和山本武同时道："好消息。"

司马思礼将报纸递给他们："好消息是，在你们来之前，我刚好在报纸上看到，有位富商将会在香港举办拍卖会，而其中一件拍品正是德川家70年。"

李麦群和山本武看着那张报纸上的内容，眼神放光，随后李麦群问："那坏消息呢？"

司马思礼道："坏消息是，光是它的起拍价就高达500万美金，成交价不可估量。"

李麦群惊叹道："这么贵？我记得当年这款酒在美国纽约的拍卖会上，是以72万美金成交的。"

司马思礼道："那是接近十年前的成交价了，我的朋友。三年前，这款酒在巴黎的拍卖会上是以500万美金成交的，酒被一位欧洲的神秘买家拍走，至今不知其身份。所以，拍卖公司根据三年前在巴黎拍卖会上的成交价，确定了这次拍卖会这款酒的起拍价。"

张大心天真地笑道："哈哈，坏消息就是我们没有钱！"

司马思礼点了点头道："没错，我们根本拍不起。"

山本武道："那就抢过来。"

司马思礼笑了笑，然后说："我倒有个更好的办法。"

"什么办法？"

司马思礼耸了耸肩，端起茶杯呷了一口道："偷。"

连续的梦境

CHAPTER . 02

一

岛上，下起了雨。

乌云压得很低，将大海变成了铅灰色。闪电的白光照亮了地平线，几声轰隆的雷鸣过后，雨一下子下得更大了。

从海上吹来的狂风，裹挟着湍急的雨流，在岛上小镇肆虐着。

“哥哥！”

“哥哥！”

“哥哥！”

窗外传来一声雷鸣，山本武猛一下从白日梦状态中苏醒过来，最近他经常这样突然陷入发怔的状态中。

“小武哥哥，你怎么了？”张大心在一旁关切地问。

山本武捏了捏鼻梁道：“没事儿，没事儿，太累了，发了下呆。”

当他清醒过来时，司马思礼已经开始制定偷走德川家70年单一麦芽威士忌的计划。

窗外下起了暴雨。

司马思礼道：“七天后，也就是下周六的晚上八点，拍卖会将会在海恩大厦72层的会展中心举行。拍卖会的举办方是香港的著名家族地产企业，海恩集团以及海恩集团旗下的港岛拍卖公司。这次拍卖会的拍品一共有五件……”

说着，他将投影仪连上电脑，然后对准正前方那面白色的墙，分别用幻灯片展示了这五件拍品的照片。

第一件：双凤纹铜镜。起拍价：30万美金。

第二件：双凤犀角杯。起拍价：100万美金。

第三件: 徐悲鸿马图立轴。起拍价：200万美金。

第四件：德川家70年单一麦芽威士忌。起拍价：500万美金。

第五件：梵高《雏菊与罂粟花》。起拍价：7000万美金。

拍卖公司注：梵高在创作静物油画时，通常会在不同时间以及不同的光照条件下绘画多幅相同实物，其著名作品《向日葵》便有诸多版本，均为梵高真迹。本次拍卖的《雏菊与罂粟花》，便是梵高相同静物画作的不同版本之一，其中一个版本在美国东部时间2014年11月4日晚，纽约苏富比印象派及现代艺术晚间拍卖会上，以61,765,000美元的高价成交。本次拍卖版本在艺术价值上，与纽约苏富比印象派及现代艺术晚间拍卖会所拍版本等同。

李麦群和山本武直接傻掉了，第五件拍品，竟然是梵高的真迹《雏菊与罂粟花》！

司马思礼道：“没错，这些全都是海恩集团董事长马海恩先生的私人藏品，尤其是这最后一件藏品《雏菊与罂粟花》，和它比，前面四件拍品简直暗淡无光！”

李麦群道：“但我们的目标是第四件。”

山本武问：“那我们要怎么偷？连梵高的画都搬出来了，那天拍卖会现场肯定拥有世界上最严格的安保。”

司马思礼道：“谁说一定要在拍卖会上偷？这些藏品目前就在马海恩的海恩庄园里。”

山本武道：“司马先生，您的意思是……直接进海恩庄园里偷走德川家70年？”

司马思礼点了点头道：“我觉得至少比在拍卖会上，在众目睽睽之下偷走它更加容易，也更加安全。我们可以做一瓶假的德川家70年，然后在庄园里悄无声息地将真的调包，以假换真，到时候拍卖会上依然会展出德川家70年，只不过没有人会知道，那已经被我们换成了假酒。而且，这种酒买家通常是买回去收藏的，开瓶之后，价格便大打折扣，所以，我们丝毫不用担心事后买主会将酒拿去进行检测的问题。也就是说，只要这一出‘狸猫换太子’能够成功，永远也不会有人知道我们偷走了真正的德川家70年。”

李麦群问：“可是，我们该如何进入海恩庄园呢？”

司马思礼笑了笑说：“只要你去，马海恩先生肯定会盛情款待你。”

李麦群道：“盛情款待我？”

司马思礼道：“因为他是你的狂热粉丝。”

岛上，下起了雨。

乌云压得很低，将大海变成了铅灰色。闪电的白光照亮了地平线，几声轰隆的雷鸣过后，雨一下子下得更大了。

从海上吹来的狂风，裹挟着湍急的雨流，在岛上小镇肆虐着。

“哥哥！”

“哥哥！”

“哥哥！”

山本武睁开了眼，他看到昏暗的灯光下，一个小女孩跪坐在他身旁，她见他醒来，原本焦虑的脸上绽开了笑容。

这个女孩，便是山本葵。

山本武猛地从榻榻米的床铺上坐了起来，他环顾周遭，慌张地问道："这里是哪儿？"

山本葵道："我也不知道这里是哪儿，不过，是一个好心的大叔救了我们。"

山本武咳嗽了两声，他捂住脑门儿，感觉自己的脑子像是要裂开似的。

就在这时，一个大叔的声音传来："你醒啦。"

山本武看向房门口，只见一个看上去四十多岁的络腮胡子大叔端着一碗热汤走了进来，他来到山本武身旁，将热汤递给他："来，刚煮的汤，喝了它可以驱走身上的寒气。"

山本武接过这碗汤，狐疑地看了眼中年大叔，警惕地问道："你是谁？这里又是哪儿？我为什么会在这儿？"

中年大叔在他身旁坐了下来，然后道："我叫福山南，是这座岛上的居民。这座岛叫崎岛，距离宫崎的海岸线大约30海里。昨天傍晚我在近海打鱼的时候，发现你和你妹妹漂在海面上，于是我把你们俩救了起来。神奇的是，你一直紧紧地抱着你妹妹，所以你们两个并没有被海浪给冲散开。那么，现在该我问你了，你们为什么会在海里？"

山本武将碗里的汤一饮而尽，然后说："我爸爸在宫崎的一家社团工作，是那种……黑社会性质的社团。具体的，我也不知道发生了什么，但好像是因为……好像是因为社团的老大怀疑我爸爸私吞了他们的一批货，于是就派人到家里，把我爸爸给杀掉了。爸爸临死前拼死保护我和妹妹，我们俩逃了出来，那些黑社会的人就疯狂地追杀我们，一边追一边开枪，最后我没了办法，只好抱着妹妹跳海了。"

福山南听完若有所思地点了点头，然后道："放心孩子，好好在这里休养，想住多久都行，那帮杀掉你爸爸的家伙，应该不会找到这里来。"

他说罢，伸出手接过山本武手里的碗："来，孩子，你肯定饿坏了，我去给你下碗拉面。”

福山南端着碗，转身离开了房间。

看着福山南离开的背影，山本武感受到了一丝莫名的感动，但他也说不清这种感动来自何处，他看了看身旁的妹妹，山本葵已经靠在一旁打起了盹儿。

大概十分钟后，福山南端着一碗拉面回来了。

福山南将拉面递给山本武道：“鱼汤酱油拉面。”

山本武捧着手里的拉面碗，凝视着碗里的浓浓鱼汤，热气拂面而来，他突然有些想哭，但是却强忍着。

福山南道：“趁热吃孩子，冷了就不好吃了。”

山本武用筷子夹了一口面送进嘴里，那一刻他彻底绷不住了，眼泪夺眶而出。

福山南问：“孩子，怎么了？”

山本武嘴里含着面，呜咽道：“爸爸，爸爸就倒在我面前，就倒在我面前，我眼睁睁看着那家伙开的枪……”

福山南道：“孩子，听我说，孩子，活下来，就是最大的希望，所以你一定要坚强。”

山本武道：“可是，我爸爸他……”

福山南道：“出海打过鱼吗，孩子？”

山本武摇了摇头。

福山南道：“天晴的时候，随我出趟海吧，孩子。现在你只需要吃了这碗面，好好休息，养精蓄锐。”

随后，福山南离去。

山本武独自一人坐在那里，他吃完了碗里的面。此时，妹妹早已经陷入到了沉睡当中。

他听着外面传来的呼啸的风雨声，那一刻，他感觉仿佛有什么东西已经崩塌，而又有另外一种不可名状的东西正在重铸。

二

“啊——！”

一个小女孩的尖叫声响彻了整片黑暗。

他看到鲜红的血在妻子的胸膛绽放开来，一把锋利的武士刀刺穿了她的胸膛。紧接着，武士刀向后抽出，妻子的身体抽搐着，倒在了地上，血在黑暗中蔓延开来。

“不——！”

李麦群声嘶力竭地大吼起来。

眼看着那名战国武将就要将锋利的刀刃挥向自己的女儿，李麦群立马冲了过去，一把拉住女儿的手，在千钧一发之际躲开了战国武将的攻击，随后，他拉着女儿朝另一个方向狂奔而去。

战国武将在他们身后疯狂地追赶着，李麦群拉着女儿一路狂奔，终于，前方的黑暗中出现了光明。

他拉着女儿的手，朝着光明的方向奔去。

紧接着，他们融入了光明之中。

光明在白色中逐渐消散，慢慢地，眼前的景象变得清晰起来。

他发现自己竟然不是站着的，而是坐着的。

他坐在餐桌前，环顾周遭，这里不正是自己家里吗？餐桌上摆满了佳肴，天花板上橙黄色的灯光倾泻而下。

“爸爸！你怎么不吃了呀？”

李麦群回过神来，看见女儿李雪妮就坐在自己面前，而妻子陈彤则坐在她身旁。

“是啊，亲爱的，是我的菜做得不好吃吗？”

李麦群看着眼前妻子和女儿的脸，他感到自己的大脑一片混乱。他闭上眼睛，又睁开，眼前，李雪妮和陈彤的脸是那样真实。

他崩溃道："可是，你们不是已经……死了吗？"

李雪妮道："爸爸，你在说什么呢？我和妈妈现在不就在你面前吗？"

陈彤道："是啊，亲爱的，你一定是做噩梦了。"

李麦群道："对，我做了一场噩梦，我梦见你们……我梦见你们全都离开了我，这个世界上只剩下我一个人。"

陈彤站起身来，绕过餐桌来到李麦群身旁，她轻轻地抚摸着李麦群的背，声音温柔地对他说："亲爱的，我和妮妮是不会离开你的……"

李麦群闻到了陈彤身上散发出来的香气，他一把抓住妻子的右手，将脸颊贴在了妻子右手的手背上："我知道，我知道，我知道你们永远也不会离开我。"

陈彤道："可是亲爱的，我们担心……"

李麦群问："担心什么？"

陈彤道："我们担心……你会离开我们……"

这时，李雪妮也绕过餐桌，跑到了李麦群的右边，她一把抱住李麦群道："爸爸，你不会离开我和妈妈的，对不对？"

李麦群伸出右手，抚摸女儿的后脑勺道："放心，爸爸怎么舍得离开你们呢？爸爸永远会和你们在一起！"

就在这时，走廊里传来了盔甲撞击墙壁的声音，紧接着，便看到那名战国武将出现在了他们面前，李麦群能够看到，那张恐怖的面具下，战国武将的瞳仁里迸射出充满杀意的冷光。

只见那名战国武将抽出腰间的那把武士刀，朝李麦群劈了下来，电光火石之间，陈彤挺身上前，挡在了李麦群身前，一瞬间被锋利的刀刃削掉了脑袋。滚烫的血浆奔涌而出，仿佛火山喷发。

"啊——！"

李麦群惊叫着从睡梦中惊醒过来，整个身子几乎从沙发上弹了起来。此刻已经是深夜，窗外一片漆黑，夜雨还在不断地下着，充斥着潮湿的气氛。

一下午的时间，李麦群都在和司马思礼商讨偷走德川家70年的计划，他喝了些威士忌，于是就在沙发上睡着了，直到现在才醒来。

而司马思礼正在书桌的电脑前工作。

司马思礼放下手头的工作，快步走到李麦群身旁问道："你没事儿吧？"

李麦群摇了摇头道："没事儿，做了个噩梦。"

司马思礼转身给他倒上一杯水，他接过水一饮而尽。

司马思礼道："能给我讲讲，是一个什么样的梦吗？"

李麦群深吸了一口气道："自从喝了那种新型梦魂酒之后……这几天的梦……就像是……就像是一个连续剧……"

司马思礼道："连续的梦？"

李麦群点了点头道："梦里有一个武将，那种日本战国时期的武将，穿着那种德川家康式的铠甲，手持武士刀，疯狂地追杀我。我总能在梦里梦到我已经故去的女儿和妻子，梦到自己似乎回到了过去，梦到她们依旧在我身边。可是每次当我们一家人就要团聚的时候，那个战国武将都会出现，他已经不止一次在梦里用武士刀杀掉了我的妻子。"

司马思礼听罢，若有所思，然后露出了一个担忧的表情。

李麦群看出了司马思礼表情所透露出的不安，于是问道："司马先生，您觉得这一连串的梦，意味着什么？"

司马思礼道："你必须要小心了。梦里的那个战国武将十有八九就是德川一康的人格，如果你在梦里被他杀掉，那么你很有可能就会被他彻底取代。"

李麦群道：“你是说，德川一康的人格在梦里追杀我，一旦他在梦里杀掉我，我的人格也就死掉了，是这样吗？”

司马思礼点了点头。

李麦群道：“我有机会战胜他吗？”

司马思礼道：“你是说……战胜德川一康的人格吗？嗯……不是不可能，只是单凭你自己的力量，很难战胜他，因为这毕竟是他为你设置的梦境，他已经为你准备好了一切，而你却对这场梦一无所知，他已经占到了天然的优势。所以，你现在唯一的希望，就是搞到德川家70年，然后由我来构造一个杀手的形象，帮助你干掉德川一康的人格。”

李麦群突然想到：“张大心！如果在我的梦里，有一个人格在追杀我，那么，张大心做梦的时候，也一定会梦到一个人格在追杀她！”

司马思礼道：“你的猜测是对的。”

李麦群道：“那我要不要……”

司马思礼摆了摆手道：“张大心目前还没有表现出任何异常，也并没有提到过自己的梦，所以我们最好还是不要主动提起，免得对她造成额外的心理负担。”

李麦群点了点头，表示司马思礼说得有道理。

然后，他提出了自己的担忧：“按照我们的计划，我需要接触到海恩庄园的董事长马海恩，然后在极短的时间内，让他对我充分信任……”

司马思礼道：“这点并不难，我已经说过了，马海恩是你的狂热粉丝，他最推崇的就是你的【麦田群鸦】。”

李麦群道：“取得他的信任之后呢？”

司马思礼道：“利用他对你的信任，偷走德川家70年。”

李麦群道：“可是你知道，这很难办到。”

司马思礼道：“但你必须办到！”

这时，窗外的雨停了下来，司马思礼看了看窗外，然后道："我们出去走走吧。"

李麦群道："这么晚了……"

司马思礼道："突然想带你去一个地方。"

李麦群问："什么地方？"

司马思礼道："去见一个老朋友。"

随后，李麦群跟随司马思礼出了门，两个人就这么一路漫步了大概半个小时。雨后的路面潮湿，一块又一块形状不规则的水泊斑驳地散落在道路各处，倒映着两侧招牌所散发出的暧昧的霓虹灯光。呼吸着雨后香港夜色里湿润的空气，李麦群突然感到了久违的放松，有时候出来走走，的确可以缓解紧绷的情绪。

最终，司马思礼的脚步放缓，在一幢破旧的电梯楼前停了下来。李麦群也跟着停了下来。随后，两个人一前一后走了进去。

楼内的保安正在打盹，两个人快步穿过大堂，来到电梯门前。门已经生锈了，司马思礼摁了向下的按钮，很快电梯门开了，两个人走进了电梯厢。

司马思礼摁下了B3按钮，电梯开始下行。

几秒钟后，电梯门打开了，他们走出电梯，来到了一座安静的小酒吧内。李麦群注意到，酒吧的名字叫"醉生梦死"。

酒吧很狭窄，只有一道长长的吧台，后面是占据了一整面墙的酒柜，酒柜里摆满了各式的洋酒。酒吧的灯光很暗，而酒柜上则开着白色的灯，那些白色的灯光穿透各色的酒瓶，散发出缤纷的光，仿佛梦幻一般。

吧台前放着十把吧椅，只有两名顾客坐在吧台前喝酒，当他们进去的时候，其中一名顾客正在结账，然后走人了。

司马思礼领着李麦群来到了吧台前，吧台后面的那名酒保问道：“二位先生，需要喝点什么？”

司马思礼道：“有山崎吗？”

酒保道：“有，请问先生需要什么年份的？”

司马思礼道：“山崎50年。”

酒保道：“加冰吗先生？”

司马思礼道：“球状冰。”

酒保道：“球状冰没有了，先生。”

司马思礼道：“那就块状冰。”

酒保问：“大的还是小的？”

司马思礼道：“小的。”

酒保问：“要几块？”

司马思礼道：“三块半。”

酒保点了点头：“二位先生，请随我来。”

李麦群听出来了，司马思礼刚才和酒保的这么一通对话，其实是在对暗语。山崎50年，前些年在拍卖会上，是以百万的价格成交的，酒吧里根本不可能卖这种酒，也没有人会要三块半冰的。所以，这只有可能是约定好的暗语，就类似情报人员接头，只有对上了特定暗语的人，才是同志。

酒保领着他们走进了酒柜侧面的一扇暗门，门内是一条走廊，他们顺着走廊走到尽头，来到了一扇电梯门前，酒保摁下了按钮，按钮上并未标注箭头。旋即，电梯门开，酒保领着他们走进电梯厢，然后摁下了电梯厢内唯一的一个按钮。

电梯开始运行，无法感知是向上还是向下，几秒钟后，电梯停住，门缓缓打开。

他们走出电梯，穿过一条狭长的走廊，来到尽头的那扇门前。

只见酒保轻轻敲了敲门道：“先生，有客人到了。”

随后，门从里面打开了。

门内的这个人，李麦群认识，他一眼就认出，这个人正是他曾经在梦魂酒界的劲敌——高木端。

如果说，李麦群是世界排名第一的梦魂酒酿梦师，那么，高木端认第三，就没有人敢认第二。

不过，比李麦群幸运的是，日本政府并没有对高木端进行严格的商业限制，也就是说，高木端在全球范围内的商业活动都是被允许的。

他的梦魂酒【源氏物语】，以深厚的日本古典文学为底蕴，酿制出浓浓的和风梦境，不仅在日本广受欢迎，还得到了全世界爱酒人士的青睐。

李麦群和高木端大眼瞪小眼，全都愣住了。

司马思礼笑了笑道：“我想，我就不必介绍二位了吧？”

李麦群率先开口道：“高木君，你怎么会在这里？”

高木端尴尬地笑了笑道：“麦群君，没想到竟然会在这里再次见到你。”

他们进了屋，发现屋子的酒柜上摆满了梦魂酒，其中就有高木端自己的【源氏物语】，以及李麦群的梵高系列【星空】【向日葵】【麦田群鸦】。

看着眼前的景象，李麦群基本知道是怎么回事儿了，于是对高木端道：“高木君，你在违法销售梦魂酒？”

高木端道：“麦群君，可别这么说，有需求就有市场嘛，赚点小钱，糊口而已。况且你知道，梦魂酒本身是没有问题的，出了问题的，是那些把不同梦魂酒违规调和到一起的人，我们只是受到了那些不法分子的牵连。”

李麦群问：“可是，你为什么会到香港来做这门生意？”

高木端道："日本对这方面查得很严，况且亚洲最大的梦魂酒交易市场曾经就在香港。哪里有市场，我就去哪里。目前在香港的地下梦魂酒交易界，我的生意是最好的，因为我有强大的、值得信赖的渠道，拥有最稳定和最丰富优质的货源。"

李麦群问："也就是说，依旧有酒厂在私自酿造梦魂酒？"

高木端道："那当然，还是那句话，有需求就有市场，有市场就有人愿意铤而走险做这门生意。你都不知道这门生意现在有多赚钱，就拿你的【麦田群鸦】来说，以前的市场价是多少？5000人民币一瓶？现在在地下交易市场上，已经炒到了5万一瓶。而且我们丝毫不担心价格太贵没人买，因为有资格进入我们这个购买渠道的人，非富即贵，五万一瓶对于这类人来说，就像出门买了瓶可乐那样不足挂齿。"

司马思礼笑了笑道："高木，听说海恩集团的马海恩先生，是你这儿的熟客？"

高木端点了点头道："马海恩先生经常来我这里购买梦魂酒，不过他最喜欢的，竟然不是我的【源氏物语】，而是麦群君的【麦田群鸦】。司马老师，怎么突然问起这个了？"

司马思礼道："我和李麦群先生这次来，是想请你帮个忙。"

高木端道："什么忙？老师尽管说。"

司马思礼道："想请你帮李麦群先生和马海恩先生牵个线，让他们认识一下。"

高木端道："这个好说，不过现在已经很晚了，我明天上午就给马先生打个电话，告诉他，李麦群先生想和他见面，他一定会非常高兴的！"

这时，高木端身后的一个电话响了起来，他转身接起电话，脸色一变，然后将电话放下："麦群君，你最近是不是招惹了什么麻烦？"

李麦群一愣，他没听懂高木端在说什么。

高木端道：“你的麻烦，已经找到这儿来了！”

三

崎岛的天空，放晴了。

那天一大早，天刚蒙蒙亮的时候，山本武跟随福山南来到了海边的码头，码头上停泊着十来艘大小不一的渔船。

他们上了一艘中等型号的蓝色渔船，然后福山南驾驶着这艘渔船，离开了码头，朝着海平线的方向航行而去。

山本武毕竟不是在海边长大的孩子，这是他第一次乘坐这样的渔船，所以船开进大海没一会儿，他就开始有了晕船的迹象。

福山南在驾驶室里驾驶着船，看着一旁的山本武，关切道：“看来你是第一次坐船？”

山本武捂住胸口，强忍着不适道：“这种船，是第一次。”

福山南微微一笑道：“还好没吃早餐。忍耐一会儿，刚上船都这样，习惯一会儿就没事儿了。”

山本武还是没忍住，猛地起身冲向甲板，扶住护栏，身子向前弓，朝海里干呕，可是什么也没呕出来。

他大口大口地喘息了几下，感觉好了一些，于是回到了船舱内，坐回到了椅子上。

他问福山南道：“我不明白。”

福山南问：“不明白什么？”

山本武道：“我和我妹妹与你素不相识，你为什么要帮助我们？还让我们免费住在你那儿，免费给我们吃的、喝的……”

福山南道：“你不相信这个世界上有免费的午餐？”

山本武道：“起码对于我来说，是没有的。”

福山南问："你今年多大了？"

山本武道："十五岁。"

福山南道："不应该呀，十五岁的孩子都还处在做梦的年纪，可是听你刚才的话，就像是一个饱经沧桑和世俗的人，在抱怨这个世界的不公。"

山本武道："这个世界本来就是不公平的，有的人一出生就含着金钥匙，而有的人，一出生就注定了人生的艰难。就像我爸爸，其实我爸爸以前是一个警察，但由于没有关系和背景，在警队里一直升不上去。后来，他因为在一次枪战中误伤了人质，被警队开除。之后不知道怎么回事儿，他就加入了那个社团，但社团的人调查到他当过警察，尽管他为社团立下了不少功劳，但还是无法受到器重，因为社团里的人全都不相信他。直到上次，社团里丢了货，他们就把丢货的责任赖在了我爸爸头上，说是我爸爸私吞了那批货，于是他们当着我的面，把我爸爸给杀了……"

福山南道："听着很像电影里的桥段。"

山本武道："这些都是真的！而我呢？你觉得这个世界对我和我妹妹来说，公平吗？母亲早逝，父亲惨死，我和我妹妹被社团的人追杀，无家可归，更不知道未来的路在哪里，你觉得这就是公平吗？"

福山南深吸了一口气，将船停了下来："好了，孩子，到地方了，跟我到甲板上去吧。"

随后，他离开了船舱，来到了后甲板上，山本武跟了出去。

此时，船已经停在了大海的中央，海面上平静无风，蔚蓝色的海水一路延伸到海平线，与白色的云山相接。

福山南向海里洒下一张大网，待网再度拉起的时候，已经网起了数十条或者上百条鱼，多得山本武没法数清。

他帮助福山南将网里的鱼拉上了甲板，那些鱼全都在渔网里疯狂地挣扎着。

将这些鱼全都安置好了之后，福山南驾驶着渔船去了另一个地方。那是一座海岛，海岛并不大，有一条狭长的海道通向岛屿的中央，在岛内形成了一个内海湖。

穿过海道，渔船在内海湖停泊了下来。两侧的树林，将这座内海湖环绕，遮蔽了一切的风，这里仿佛与世隔绝一般，只有无边的寂静。

山本武问："我们为什么要来这儿？"

福山南道："来见一个朋友。"

山本武道："朋友？"

福山南点了点头，弯下腰，从渔网里挑了一条最为肥硕的鱼，冲着水面高喊了一声："卡鲁，出来吃饭了！"

他说着，将那条鱼往前一扔，鱼在半空中飞翔了片刻，只见水里一条海豚蹿了出来，精准地叼住了半空的鱼，在半空中划出了一道美丽的弧线，然后又一头扎进了海水里。

随后，那条海豚朝着渔船游了过来，在船舷探出脑袋，发出愉悦的叫声。

福山南上前抚摸了两下海豚的额头，又喂给它一条鱼。

山本武惊呆了："这条海豚和你好像……认识？"

福山南道："准确地说，我收养了它。"

山本武感到难以置信："你，收养了一条海豚？"

福山南一边用鱼喂着海豚，一边道："我以前经常来这里，这里算是我的秘密花园，我是无意中发现这座岛的。一个人没事儿干的时候，我就总喜欢来到这里静静地躺着，有时候能够想明白许多事儿。直到两年前的某个下午，我再次来到这里的时候，发现沙滩上有两条海豚，不知道为什么搁浅在那里，一条大的，一条小的，小的那只，就是卡鲁，而大的那只，我猜是它的母亲。

“我上了岸，发现大的那只已经死了，小的看到我靠近，哀鸣了起来。我把它放回到了海里，可它一直不愿意离开这片内海湖半步，而这片内海湖里几乎没有什么鱼类，我担心它饿死，于是，只要天气好的时候，我都会每天捕好鱼到这里来喂它。其实海上的天气，谁说得清楚呢，一连几周的坏天气不能出海都是常有的。所以，我在这片内海湖里安置了大量的鱼，还投放了鱼苗，于是，这片湖里再也不缺卡鲁的食物了。”

山本武道：“可你还是想来喂它。”

福山南道：“没错，来喂它，并不是担心它饿了，而是纯粹地培养出了感情，我几乎已经把卡鲁当成了自己的孩子。”

中午的时候，福山南用刚捕捞上来的鱼做了刺身，和山本武一起吃。

吃着刺身，喝着啤酒，晒着海上暖暖的阳光，山本武感觉到了前所未有的恬适。

山本武看了眼在海水里游来游去的卡鲁，道：“两年了，它从没离开过这里？”

福山南道：“从未离开过。”

山本武道：“可是，为什么？”

福山南道：“你为什么认为它一定要离开这里？”

山本武道：“大海那么广阔，为什么甘于把自己困在这么一片狭小的湖里呢？”

福山南道：“孩子，你认为，人这辈子一定要满世界地闯荡才行吗？”

山本武道：“不然呢？”

福山南道：“可是闯荡到最后呢？你得到了什么？金钱？权力？名望？可这些东西越多，越会成为你的负担。你难道不觉得，人在追求这些东西的路上，已经忘掉了生活的本质吗？”

山本武歪了歪脑袋：“本质？”

福山南道：“快乐、舒适。你想得到的越多，失去的也就更多。你疯狂地想去追求快乐，可是恰恰忽略了，放下那一切或许才是最快乐的。我在崎岛上生活了这么多年，已经很少到陆地上去了，但我不觉得自己缺少什么，也就从不担心自己会失去什么。我感觉自己很充实，也很满足，这难道不是生活的本质吗？”

山本武听懂了福山南的言外之意：“你想让我留下来？”

福山南道：“为什么要回去呢？”

山本武咬了咬牙道：“可是我爸爸……”

福山南道：“所以你更应该留下来，孩子，忘记那些仇恨吧，仇恨无法给你带来什么，只能令你陷入无尽的痛苦当中。仇恨，会将你彻底吞噬！”

“啊——！”

女孩的惊叫声将山本武从睡梦中惊醒，他立马从床上坐起，听到这惊叫声来自于隔壁的房间。

“大心！”

他心里一紧，立马下了床，冲到了门外走廊。

这时，惊叫声再度传来，山本武立马推开了隔壁房间的门。只见张大心躺在床上，双眸紧闭，双手在空中胡乱挥舞着，嘴里不停地大喊：“放开我！放开我！放开我！”

山本武立马冲到床边，一把抓住张大心胡乱挥舞的手，冲她喊道：“大心，快醒醒，快醒醒，大心！”

但是，张大心却怎么也醒不过来。

山本武感到不知所措，他立马转身冲出房间，顺着走廊，一路奔跑到了李麦群的房门口：“李麦群先生，李麦群先生！”

可是，门内无人回应。

他推开了门，发现李麦群并不在房间内。随后，他又跑向了司马思礼房间，房间内依旧没有人。

他的叫喊声吵醒了那名菲律宾女佣。

那名女佣举着手电筒，来到楼梯口，从下往上照，刺眼的灯光刚好打在了山本武的脸上，弄得他好一会儿都睁不开眼。

女佣道：“山本先生，这大半夜的，怎么了？”

山本武道：“请问司马先生和李麦群先生现在在哪儿？”

女佣打了个哈欠，挠了挠头道：“他们应该已经睡下了吧。”

山本武道：“我去过他们房间，房间里没有人。”

女佣道：“那大概就是出去了吧。”

山本武焦急地问：“你知道他们去哪儿了吗？”

女佣耸了耸肩道：“司马先生出门，是不会告诉我他要去哪儿的。”

就在这时，女佣的身后传来了破门声，紧接着，四名黑衣人顺着门廊来到了一楼大堂。

女佣转身看向他们，大喝道：“你们什么人？私闯民宅是违法的！”

领头的那名黑衣人没有多说什么，只见他掏出一把带有消音器的黑色手枪，朝女佣的额头开了一枪，紧接着女佣便倒在了地上，不再醒来。

山本武见到这一幕，已经猜到了。这时，黑衣人们已经抬头看到了二楼的他，随后，他们朝他开枪了。

子弹在山本武身旁飞驰而过，在墙壁和二楼走廊的护栏上打出一个又一个凹坑，并释放出一连串爆豆般的噼里啪啦的脆响。

山本武弓着腰，转过身，朝张大心的房间狂奔而去。

他能够听到，身后那四名黑衣人已经沿着楼梯，朝二楼冲了上来。

山本武冲进房间，将门关上，并且反锁。此时，张大心还躺在床上昏迷不醒，他一把将张大心抱起。门外的走廊上传来了混乱的脚步声，那种硬底皮靴与木地板乒乒乓乓的撞击声，伴随着令人窒息的死亡感。

“咣咣咣！”

砸门声旋即而来。

山本武的心跳陡然加速，他抱着昏迷的张大心，看着张大心那张痛苦的脸，他能够感受到，此时此刻，张大心一定正在做一场十分危险的梦。

他已经无路可逃了，只能看向窗口。

他朝窗口冲去，用肩膀将窗户用力顶开。

雨后香港温热的风裹挟着浓重的湿气，从窗外扑面而来。他仿佛看到了向日葵，阳光穿过向日葵肥硕的橙黄色花叶在空气中闪动着，一切都是那样虚幻，这种虚幻的画面转瞬即逝，取而代之的，是窗外沉沉的夜色。

没有阳光，也没有向日葵，但是一切的情形都和那天格外相似。他看着怀里沉睡的张大心，默默地念出了那个名字：“葵。”

这时，门外传来了枪声，紧接着门锁被子弹击碎，四名黑衣人破门而出。

已经别无抉择了。

山本武抱着张大心，翻上了窗台，朝下面的黑暗纵身一跃，身后枪林弹雨，他抱着张大心急速坠落，刚好跌落进了垃圾槽内。

垃圾槽内装满了垃圾，起到了良好的缓冲作用，山本武立马抱着张大心跳出了垃圾槽，此时，二楼的窗口，两名黑衣人探出脑袋，将枪口对准了他，疯狂地朝他开枪。

山本武抱着张大心在雨后的香港街道上狂奔，消失在了街巷的拐角。

他发现自己的钱包落在了房间里，身上不能身无分文，那样很多事情都会变得格外不便，他需要钱。于是，他瞄准了一个路人，从后面将其打晕，抢走了他钱包里全部的港币。

随后，他来到街口拦下了一辆计程车，让司机送他去三公里外的一个深夜依然人流密集的商业中心——那帮人应该还没有嚣张到敢在香港的闹市区公然开枪杀人。

坐在计程车内，张大心依旧没有醒来，山本武看着窗外飞逝而过的城市夜景，突然意识到那帮人是如何找到他的。

是手机!

他们是通过手机追踪到他的位置的。由于起来得匆忙，山本武的手机落在了司马思礼的住所内，但他知道，那里已经不安全了，而此时司马思礼和李麦群一定在回去的路上。他必须立马通知他们。

当他意识到这一点的时候，计程车已经在商业中心停了下来。

五分钟后，山本武抱着张大心来到了一家商店，购买了一部一次性手机，这种手机大概可以进行百来次通话，用完便会自动报废。购买这种手机，其一是因为它廉价；另一个重要的原因，便是用它拨打电话不会被追踪到。

随后，他用这部手机拨打了李麦群的电话。

但电话被李麦群迅速挂断了。

四

高木端面对着眼前这四名黑衣人，丝毫没有慌张的神色，他泰然自若地重复了一遍刚才的话：“不好意思，四位先生，我这里真的没有你们要找的人。”

这四名黑衣人显然是对这里有所了解，不然他们不会知道这家酒吧内，还有这么一个隐秘的空间存在。他们一走进酒吧，就开枪赶走了所有的客人，然后挟持了酒保，要求酒保带他们去高木端的秘密酒室。

四名黑衣人互相看了看，其中一名黑衣人掏出定位器，定位器上一颗硕大的红点在闪烁着："定位器显示，就是这里，没错。"

高木端道："哎呀，你们一定是弄错了，你们刚才不是已经把这里搜了个遍吗？我这里真的没有你们说的那个人。"

随后，四名黑衣人又一次翻箱倒柜地把这里搜了个遍，但还是一无所获。

高木端道："我说过了，四位先生，这里除了我，没别人。"

只见那四名黑衣人互相看了看，准备离开，眼看他们已经走到了酒室门口，高木端刚要松上一口气，一阵急促的手机铃声突然传来。

高木端一怔，定在原地不知所措，他想假装是自己的手机在响，但显然这招是极为愚蠢并且行不通的。

那四名黑衣人停住了出门的脚步，转过身，走了过来，他们循着铃声传出的方向，来到了东面的那面墙前。

墙内的暗室里，李麦群和司马思礼都被这突如其来的电话吓得浑身发麻，李麦群掏出自己的手机，是他的手机在响。电话是一个陌生号码，他赶紧将电话挂断，但此刻，一切已经来不及了。

墙外传来了枪声和打斗声，大概半分钟后，暗室的墙壁缓缓朝一侧滑开了。李麦群和司马思礼紧张极了，已经做好了和来者搏斗的准备。

可没想到开门的人竟然是高木端，而那四名黑衣人，全都已经倒在地上昏迷不醒。

李麦群和司马思礼走出暗室，看到眼前的情形有些傻眼，高木端则不以为然地耸了耸肩道："我年轻的时候可是拿过日本全国空手道青年组冠军的人。”

高木端收缴了那四名黑衣人的枪，然后道：“会用枪吗，二位？”

司马思礼道：“当然。”

李麦群道：“我曾经在美国接受过几个月的专业枪械射击训练。”

“那就没问题了，我们换个地方聊吧。”高木端说着，分别递给了李麦群和司马思礼一把手枪。

高木端并没有报警，因为他知道，一旦警方来到这里，发现他在干地下梦魂酒销售的买卖，他便会吃不了兜着走。此刻，他袭击了那四名黑衣人，也就意味着，从这一刻起，他便和李麦群是一条绳上的蚂蚱了。

高木端领着他们从另外一条密道离开了酒吧，来到了一座私人车库，车库内停着一辆黑色玛莎拉蒂。

李麦群和司马思礼坐在后座，二人全都惊魂未定，高木端将车开了出去，很快便行驶上了高架桥。

这时，李麦群的手机再次响了起来，依旧是刚才那个陌生号码打来的，他迟疑了片刻，接起电话，电话那头响起了山本武的声音：“李麦群，李麦群先生，我终于联系到你了，你现在和司马先生在一起吗？”

李麦群道：“嗯，我和他在一起，这是个什么号码？出什么事儿了吗？”

电话那头，山本武的声音听上去紧张极了：“你们现在在哪儿？听我说，不要再回去了，不要再回到司马先生的住所，因为他们已经找来了！”

李麦群道：“那帮持枪的黑衣人？”

山本武惊道：“那帮家伙已经和你们发生遭遇了吗？”

李麦群问：“他们到底是什么人？”

山本武道：“还能是什么人？他们是德川家集团的人，我杀了德川樱子，他们是来找我们报仇的！”

李麦群道：“我不明白，他们是怎么找到我们的。”

高木端一边开车一边道：“他们好像是通过一个定位系统定位到你们的，我看见他们手里有台定位器。”

山本武警惕地问：“刚才谁在说话？”

李麦群道：“一个老朋友，高木端，是他救了我们。”

山本武在电话里道：“您的手机，李麦群先生，现在你和司马先生的手机都不安全了，扔掉手机，换成一次性手机，他们就无法追踪了！”

李麦群问：“你现在在哪儿？张大心和你在一起吗？”

山本武道：“我带着大心逃了出来，不过那酒好像起作用了……”

李麦群问：“什么意思？”

山本武道：“大心好像在做一个很可怕的噩梦，我根本无法唤醒她。”

李麦群问：“你现在究竟在什么地方？”

山本武称自己在商业区，李麦群认为，此刻在商业区会面，耳目众多，并不安全。就在这时，司马思礼提议道：“我知道有个地方，我们就约在那里碰面。”

当他们抵达那座废弃的跑马场的时候，香港的夜空下起了雨。中途他们找了家商店，将手机全部替换成了一次性手机。一路上，李麦群和司马思礼轮番为高木端讲述了整个事情的来龙去脉。

玛莎拉蒂被高木端停在了跑马场附近一个隐蔽的地方，随后，他们步行进入了跑马场。在跑马场的贵宾看台内，他们和已经等候在那里的山本武碰头了。此刻，张大心躺在沙发上，依旧处于昏迷中没有醒来。

山本武焦急道：“司马先生，李麦群先生，该怎么办？”

司马思礼和李麦群没有多说什么，他们径直走向张大心。司马思礼伸出手，掰开张大心双眼的眼皮看了看，然后摇了摇头说：“情况不容乐观。”

山本武紧张道：“请先生直说。”

司马思礼道：“新型梦魂酒的梦境，对小孩的侵蚀，看上去比对成年人的侵蚀速度更快，因为小孩的思维防御机制比成年人弱，这点之前被我们忽视掉了！”

山本武问：“还有多久？”

司马思礼摇了摇头道：“之前你估算的是一个月的时间，而就目前的情况来看，张大心所剩的时间，恐怕不超过一周，甚至更短。”

高木端问：“不好意思，我没太听明白，您的意思是说，不到一周的时间，这个小姑娘就会死？”

李麦群道：“不是会死，而是……”

司马思礼道：“她本来的人格，会被另外一个人格彻底取代。”

山本武道：“所以我们必须在最短的时间内，搞到德川家70年！但是大心该怎么办？她一直都醒不过来，她需要照顾，需要进行生命维持！”

司马思礼道：“可是现在把孩子送到医院，已经不安全了，德川家的杀手会找到那儿的！”

高木端道：“我认识一个值得信赖的朋友，他在香港开了家私人医疗院，是不对外开放的那种，只接纳香港的社会名流，为了保障这帮社会名流的安全，医疗院里配备了全世界最先进的安保系统。我想那里应该可以足够保障这小姑娘的安全了。”

五

玛莎拉蒂在凌晨的香港暴雨中疾行着，车窗外雨流如注，雨水打在车顶上，发出爆豆般的声响，搅得人心神不宁。高木端开车，司马思礼坐在副驾，闭目养神，山本武焦虑地看着抱在怀里的张大心。李麦群靠在车窗上，看着雨流中模糊而又扭曲的城市灯光飞逝而过，他感到格外疲倦。

他意识到，自己从头到尾都在被动地接受这一切，他就像是卷入到了一个巨大的旋涡当中，只能跟随涡流朝着中心的黑洞步步逼近。他用余光瞟了一眼沉睡在山本武怀中的张大心，这个中国小女孩似乎已经和这个日本男人成为了一家人。他几乎已经忘掉了老张在临走前托付给他的事情——他要找到张大心，把老张的女儿当做自己的亲女儿一样对待。可是当他找到张大心的时候，张大心却并不需要他的存在了。他是多余的、毫无意义的存在，对于张大心来说，山本武才是她最需要的那个人。

他感觉自己丧失了全部的人生目的，那么现在唯一的目标，便是搞到德川家70年，拯救张大心，同时也完成对自我的救赎吗？不，他对此感到了深深的无力，因为命运似乎从头到尾都在摆布着他，而他却没有丝毫能力反抗，只能跟随着命运的摆布，机械地走下去。他并不知道自己是否能够完成救赎，他更不知道，自己是不是正在一步步地迈向更深的深渊。

在这股莫大的无力感当中，李麦群靠着车窗，在海潮般的雨声中，睡去了。

“爸爸！爸爸！爸爸！”

李麦群睁开了眼，发现自己躺在一片白色的沙滩上。蔚蓝色的海水抚摸着柔软的砂砾，他坐起身来，看见自己的女儿李雪妮正在海水里玩耍。海水没到她的大腿处，她依旧是一副十来岁的孩童模样。

“爸爸！爸爸！你怎么睡着了呀？”

李雪妮踩着水，朝李麦群小跑了过来。

李麦群温柔地看着面前的女儿，久久没有说话。因为他明确地知道，这是一场梦。但即便是梦，又有何关系呢？何必分清虚假与现实？或许所谓现实，本也就是一场虚假的梦呢？真与假，都只是相对而言，这一刻，你愿意认为她是真的，那她便是真的了。

女儿的长发披散下来，已经被海水打湿。

阳光倾泻而下，在她雪白的肌肤上勾勒出一圈白色的光晕。

亦真亦幻。

而此刻，李麦群愿意相信，这就是真的。

“我们一块儿去捡贝壳吧，爸爸！”

女儿伸出手，李麦群也伸出手，站起身来，然后被李雪妮牵着手，一路小跑着，在海滩的边缘搜寻着贝壳的踪迹。

但是，这片海滩竟然干净得出奇，他们搜寻了许久，除了白色的泥沙，什么多余的都没能寻见。

李麦群道：“妮妮，这里也许根本没有贝壳。”

李雪妮不依不饶道：“不会的，肯定有的，海滩上怎么可以没有贝壳呢？只是我们还没有找到。”

李麦群道：“可是这里真的没有。”

李雪妮道：“怎么会？难不成，这里是梦里的海滩？只有在梦里才会这么干净！”

李麦群想说，这就是一场梦，可是他并不愿意承认，他害怕承认了这一点，这场梦便会立马醒来，李雪妮也会从梦里消失掉。

“爸爸，快看那儿！”

李雪妮突然兴奋地指向海滩边缘的某处。

李麦群循着李雪妮所指的方向看去，看到海滩的砂砾里，有东西冒了出来。

过了一会儿，有越来越多的地方开始向外冒出半透明的东西。

“是小螃蟹！”

李雪妮十分兴奋。

只见无数只大概只有拇指大小的螃蟹从沙里钻了出来，它们成群结队地聚到了一起。

李麦群和李雪妮就那么呆立在原地，看着眼前这群螃蟹的聚集，看得出神。

这些螃蟹很快向上堆叠起来，越来越高，最后堆叠得比李麦群还要高。很快，它们聚拢成了一个人形。

这时，太阳开始西下，释放出血红色的光，穿透这个“人形”，将其染成了血红色。

李麦群认出了这个人形。

是那个战国武将!

只见战国武将抽出武士刀，朝他们迎面冲了过来。

李麦群一把将李雪妮抱在怀里，转身便逃。

逃着逃着，他感觉自己脚底的沙地变得愈发松软，很快，他的双腿便陷入到了泥沙当中。

他越是用力挣扎，想要挣脱出来，就陷得越深，最后他的身体整个都陷入到了泥沙当中。他只能将手高高举起，将李雪妮举出泥沙，但他的身子还是无可救药地向下陷落。

直到最后，泥沙堵住了他的口鼻，朝他的肺灌了进去。

李麦群感到一阵无可遏制的窒息。

在这股绝望的窒息中，他猛地惊醒了过来。

暴雨依旧在下，当李麦群醒来的时候，玛莎拉蒂已经在山中行驶了许久，两侧是黑色的树林，并无其他来往车辆。

李麦群满头大汗，大口大口地喘息着，坐在副驾驶上的司马思礼注意到了这一情况，于是道："又做噩梦了？梦到那个战国武将在追杀你？"

李麦群点了点头，他感觉自己的嗓子很干："水，有水吗？"

高木端摁下了一个按钮，座位中间的车载式小冰箱便打开了，里面装满了各种饮料，李麦群挑了一瓶苏打水，给自己猛灌了起来。

所有人都没有说话，十分钟后，玛莎拉蒂缓缓减速，在一幢十分具有未来科技感的几何金属建筑物前停了下来。

这里便是高木端所说的私人医疗院。这家医疗院并未对外挂牌，所以如果不是事先知道，没有人会清楚这座建筑物是干什么用的。

门口站着四名保安，他们显然认出了高木端的车牌，所以并未露出紧张的神色。但是按照程序，高木端还是摇下车窗，出示了自己的证件，随后，四名保安放行，玛莎拉蒂稳稳地开进了这座金属建筑物的地下停车场。

天快要亮的时候，医疗会所的医生和护士们安排好了一切，张大心躺进了VIP病房，插上了输液管，维持每天的生命延续。看着躺在病床上的张大心，李麦群再一次回忆起了自己的女儿。当时李雪妮也就是这样躺在病床上，每天的生命都要依靠营养液来维持。生命是如此脆弱，许多动物都具备冬眠的能力，将自己的新陈代谢降低在几乎停滞的地步，哪怕很长时间不吃不喝，都不会死掉。可是作为哺乳类动物的人却不行，人生来就需要照料，人的生命也是那样脆弱得令人无奈。

每次想到这里，李麦群都会感到深深的自责。如果当时在日本，他能够及时给医院打一通电话，事情也不会发展到最后那令人绝望的地步。但是当时，他太过投入了，为了酿制出那款名叫【雪国叶子】的梦魂酒，他几乎进入了忘我的状态。他认为是自己的疏忽，害死了自己的女儿。

高木端在这家私人医疗院有股份，所以，他算是这里的半个老板，这里的人也基本上都听他的安排。

他让人安排了一个安静的房间，开始商讨接下来的计划。

高木端道："你们需要我引荐马海恩先生，你们可以说是非常幸运，我刚才让医生查了一下，今天下午，马海恩会来这里做一项秘密的身体检查，也就是说，今天下午你们就能够直接接触到马海恩。那么现在的问题是，见面之后呢，你们要做什么？"

李麦群道："目前，还没有太明确的计划。"

高木端道："所以，我们现在只清楚两点，第一点就是接触到马海恩，那么第二点，就是通过马海恩偷取德川家70年，对吗？"

李麦群点了点头道："是的。"

山本武有些急了："可是，李麦群先生，您不能没有计划呀！您如果毫无计划，那么即便是见到了马海恩也毫无用处啊！"

李麦群道："可是……我现在……的确只能走一步看一步了啊。"

山本武道："李麦群先生，现在，只有您能够拯救大心！您是大心唯一的希望！"

李麦群陷入到了沉默当中。

过了好一会儿，司马思礼打破了这份沉默，开口道："我倒是有一个计划，但思考得还不算成熟，不过现在时间不等人，可以先说给你们听听，大家一起讨论一下。"

山本武道："先生，请您快说。"

司马思礼道："首先我们要利用这么一点，马海恩是李麦群先生的狂热粉丝，他最喜欢喝的梦魂酒便是李的【麦田群鸦】。你说，如果有一天，自己的偶像就站在自己面前，要为你量身打造一款专属于你的梦魂酒，你会怎样？"

李麦群道："司马老师，您的意思是说，要我为马海恩量身酿制一款梦魂酒？"

司马思礼道："并且，是用马海恩的梦境来酿制。"

李麦群道："司马老师，您是梦魂酒的发明者，您应该知道梦魂酒的酿造过程是怎样的，对吧？"

司马思礼道："我自然是再清楚不过。"

李麦群道："酿梦师需要能够完美构造梦境的能力，可是，拥有这种天赋的人，少之又少，所以酿梦师这个职业也是非常稀有的。正常人别说构造自己的梦境，就是基本的控梦都是非常困难的，大多数人每天晚上所做的梦，都是完全随机、不受自己控制的。如果马海恩先生并不具备这种天赋，那么他也就没有办法构造出一个完美的、足以用来酿制梦魂酒的梦境。"

高木端道："其实……马海恩具备这样的天赋。他曾经对我说过，他尝试过用自己的梦境酿制梦魂酒，并且成功了，但是他同时也说过，那些梦魂酒都是拿不出手的，所以并没有推向市场，我也没真正见过他所酿制的梦魂酒，但他应该没必要骗我。"

司马思礼道："那就不存在任何问题了。马海恩具备酿制梦魂酒的能力，但是他的梦魂酒是有瑕疵的，他一定特别想要酿制出一款完美的梦魂酒，那么马海恩先生必然需要一位梦魂酒酿梦大师的指导，而那位酿梦大师，便是我们的李麦群先生。"

李麦群先生："可是，我并不明白，为马海恩酿制一款完美梦魂酒的目的是什么呢？"

司马思礼道："目的非常简单。我已经调查到，那五件拍品（第一件：双凤纹铜镜。起拍价：30万美金。第二件：双凤犀角杯。起拍价：100万美金。第三件: 徐悲鸿 马图立轴。起拍价：200万美金。第四件：德川家70年单一麦芽威士忌。起拍价：500万美金。第五件：梵高 雏菊与罂粟花。起拍价：7000万美金）现在全都储藏在曼哈顿信托银行香港分行的保险库内，而我们只需要弄到保险库的密码，就可以直接提走保险库内的物品。”

李麦群道：“我大概明白您的意思了。您的意思是说，让我引导马海恩去创造他的梦境，然后用这个梦境酿制成梦魂酒，我喝下梦魂酒，就会梦到马海恩创造的梦境，然后，我需要在梦境中弄到保险库的密码，对吗？”

司马思礼道：“正是如此。曼哈顿信托银行只认密码不认人，这给我们提供了极大的便利。”

李麦群道：“所以我需要引导他酿制一个怎样的梦境，才能够得到保险柜的密码呢？”

司马思礼道：“让他做一个拍卖会前，前往曼哈顿信托银行打开保险库的梦，这样你就能够从他的梦里直接得知保险库的密码了。”

李麦群道：“不不不，这样不行，这样太直接、太露骨了，在引导过程中会引起他的怀疑。”

司马思礼道：“我只是打个比方，你有更好的想法可以直接说出来。”

李麦群道：“可以从其他方面着手，例如，他小时候会不会玩一些藏宝游戏，在藏宝游戏中设置一个密码柜，那么他会设置一个怎样的密码呢？”

司马思礼道：“你的意思是说，设定一个看似和这次拍卖会无关的情景，但这个情景中会涉及设定密码的桥段……”

李麦群道：“没错，人在潜意识当中，往往会在第一时间使用他经常设定的密码，或是记忆最为深刻的密码。”

司马思礼道：“所以，他在梦境中设定的那个密码，有很大的概率就是保险库的密码！”

李麦群道：“没错！不过，具体要构造一个怎样的梦境，必须等到我具体接触到马海恩之后，才能够确定。”

高木端道：“既然这样，大家可以休息一上午的时间，下午马海恩先生到了之后，我会通知大家的。”

白日梦魂

CHAPTER 03

一

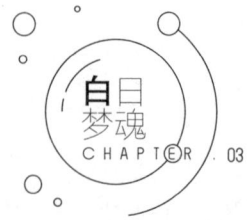

山本武在高木端安排的房间内躺下了，房间的隔音非常好，完全听不到外面暴雨的声音，一切都很安静。他就这么躺在那里，回想起自己所经历的一切，很快便感到一阵巨大的疲倦袭来，于是缓缓地合上了双眼。

他做了一个梦，梦里他再一次回到了许多年前的少年时代。

崎岛上有一片很大的向日葵田，天气好的时候，山本武总会带着妹妹山本葵去那片向日葵田里写生。

山本葵在画板上描绘着阳光下一株株高傲挺拔的向日葵，而山本武则躺在一旁的山坡上，晒着太阳，享受着悠闲的午后时光。

他就这么躺在那里，沉沉地睡去了。

当他醒来的时候，却发现妹妹不见了，画板也不见了。

山本武紧张极了，他站起身来，冲着周遭大喊："葵！葵！葵！"

可是，无人回应。

山本武立马冲下山坡，闯入了向日葵田。他在一株又一株高大的向日葵间穿行着，寻找着妹妹的下落。

很快，他发现了一串脚印。从大小来看，应该是山本葵的脚印没错，而且脚印旁还有条状的拖行痕迹，山本武猜测那应该是画板的支架在拖行时留下的痕迹。

“葵！葵！你在哪儿？”

山本武焦急地寻找着，此时天空骤然变暗，铅灰色的阴云从大海上空飘来，瞬间将整座岛屿笼罩。

阳光顿时消散，白昼如同暗夜。

风一下子变大了，吹得向日葵左右摇曳，肥硕的花瓣互相摩擦，沙沙作响。

山本武意识到，暴风雨就要来了。

“葵！葵！你在哪儿？”

山本武声嘶力竭地高喊着，但是他的喊声还没来得及飘远，就湮灭在了狂风当中。狂风卷起泥土和砂砾在空中呼啸，砂砾打在山本武的脸上，如刀片一般切割得肌肤生疼。

他用手挡住不断袭来的风沙，艰难地在向日葵田里行进着，终于他横穿了整片向日葵田，来到了另一端。

远处是一片树林，树林在乌云下变成了黑色，看上去阴森可怖。

“葵——！”

山本武朝着树林的方向高喊着。

“哥哥！”

狂风呼啸而来，其中似乎夹杂着“哥哥”两个字。

很快，那声“哥哥”再度传来，这次山本武终于确定了，这就是妹妹山本葵的声音。他努力寻找着声音的源头。

“葵！”

“哥哥！”

终于，山本武看到山坡上的一颗孤零零的大树杈上，似乎有一个人抱在那里。而那个人，正是山本葵。

“葵！”

山本武的心跳陡然加快，他顶着风朝山坡上狂奔而去。

他来到了树下，此时大树的树冠在狂风中被吹得近乎扭曲。山本葵那娇小的身躯紧紧地抱住上下剧烈摇晃的树枝，一动也不敢动。

“葵！”

山本武冲着妹妹高喊道，此时山本葵距离地面大概两米高。

“哥哥！”

山本葵睁开眼，看到山本武的到来，眼神中露出了希望的光芒。

大树晃动得厉害，让山本葵顺着树干爬下来是完全不可能的事情。

“葵！别怕，跳下来！”山本武伸出双臂，“哥哥接住你！”

山本葵尝试着松开手，可是还未松开就立马抱紧了树枝：“哥哥，我……我不敢。”

山本武用笃定的眼神看着山本葵道：“我能够接住你，不要怕！”

山本葵道：“可是哥哥，我怕……”

山本武道：“不要怕，葵，听哥哥的，你是哥哥最珍爱的人，哥哥是不会让你受到半点伤害的！哥哥一定能接住你！”

山本葵犹豫了好一会儿，都不敢动。

风越来越大，山本武能够感受到暴风雨来临的气息愈发浓烈。

山本武道：“葵！不要怕！你只管松手，相信哥哥！一定要相信哥哥！”

山本葵闭上了眼睛：“我相信哥哥！”

山本武道：“相信我！”

山本葵道：“哥哥一定要接住我。”

山本武道：“一定！”

随后山本葵松手了，幼小的身躯从高空坠落下来，山本武立马找准方位，精准地将山本葵接住了。

可就在那一瞬间，山本武的身体失去重心，朝着山坡的另一侧滚了下去。

而山坡的尽头，便是悬崖，悬崖下面是冰冷的黑色大海。

山本武将妹妹紧紧地抱住，将身体曲成团，让自己的妹妹免受伤害。

他知道一切都来不及了，他无法让自己的身体挺直向下滚落，最后他感到身体一空，身体已经跌出悬崖，整个身子和山本葵一起向下坠落……

山本武从睡梦中惊醒过来的时候已经是中午了。他起床后，第一时间冲向VIP病房看望张大心，此时张大心依旧在沉睡当中。

“我还是不明白……”

一个男人的声音突然传来，山本武一惊，回过头来看到李麦群已经来到了他身后。

山本武问：“不明白什么？”

李麦群道：“我之前问过你，张大心和你毫无瓜葛，你为什么要这样帮她？”

山本武冷冷道：“李先生，你不会明白的。”

他说罢便走开了，只留下李麦群独自一人站在病房的观察窗前。

李麦群隔着观察窗，看着病床上的张大心，沉重地叹了一口气。

他始终无法将眼前这个小女孩当作自己的女儿来看待，即便那是老张临走的嘱托，对李麦群而言这也太难了，因为李雪妮在他心中的地位是无人能够取代的。

下午的时候事情发生了转折，这个转折是出乎所有人意料的。马海恩并没有如约来到私人医疗院，代替他来到这里的是他的女儿，年仅28岁的马伊一。而马伊一给大家带来了一个打破所有人计划的消息：“家父于今天凌晨，在家中突发心梗，已经去世了。”

根据马海恩的遗愿，他的遗体被转交到了香港大学医学院，作为“大体老师”供学生解剖研究。

马海恩在私人医疗院的治疗计划需要家属亲自前来当面签字确认取消，所以马伊一这次来，是负责取消马海恩的后续治疗计划的。

由于马海恩去世了，这是李麦群一行人所始料未及的。也就是说，随着他的去世，之前所制定的一系列计划全都失效了。

当马伊一见到李麦群的时候，她表现出了惊讶的神色：“我好像……在哪儿见过你……”

高木端道：“你一定是在电视上见过他，他就是传说中的梦魂酒酿梦之神，李麦群先生。”

马伊一倒吸了一口气，难以掩饰内心的激动：“李麦群老师，没想到能在这里遇见您，家父一直都是您的狂热粉丝！”

李麦群表达了对马海恩去世的哀悼之情，马伊一却说：“李老师，我想请您帮个忙……当然，还有司马老师和高木君。”

李麦群道：“什么忙？请说。”

马伊一道：“在这里说不太方便，各位能随我去一趟庄园吗？我有很重要的东西要给你们看！”

能进入马海恩庄园，这是一个绝佳的机会，于是李麦群立马答应了下来。

二

山本武留在了私人医疗院，他想要一刻不停地守候在张大心身边。

一个半小时后，马伊一带着李麦群、高木端和司马思礼抵达了马海恩庄园。马海恩庄园是一座巴洛克式风格的城堡型建筑物，城堡一共四层，左右对称，四根如同巴特农神庙的大理石立柱分立于大门两侧。窗与窗之间的白色墙壁上，以欧洲神话为主题的人物浮雕栩栩如生。

城堡位于一座十分宽敞的院落中央，蟹黄色的院墙朝两侧延伸开去，将城堡合围其间。

据说这座庄园原本属于一位英国爵士，后来那位爵士离开了香港，马海恩便花高价将庄园购买了下来。

镂空花纹的黑色铁门缓缓朝两侧打开，黑色林肯载着马伊一、李麦群、高木端和司马思礼进入了院落当中。

下了车，李麦群呼吸着雨后的空气，夹杂着庄园前院两侧草地泥土的气息贯彻肺腑，一下子驱逐了几天的疲惫。

马伊一的管家老唐为大家准备了丰盛的晚餐。

老唐是一个年过六旬、两鬓斑白的老男人，他追随马海恩长达三十年，是马海恩最为信赖的人。整座马海恩庄园只有老唐这么一个管家，他独自一人就将庄园上下打理得井井有条。

解决晚餐之后，马伊一领着李麦群三人走进了位于三楼的书房，在那里开始了密谈。

李麦群、高木端和司马思礼三人坐在沙发椅上，李麦群喝了一口咖啡，然后抬眼环顾周遭。墙壁的书架上摆满了各种厚重的书籍，而在书桌后面的墙壁上，则挂着一张巨幅油画，油画的主角正是年轻时候的马海恩。

马伊一话不多说，径直走向了保险柜，从保险柜里取出了一张羊皮纸，她告诉大家："这是家父的遗嘱。"

遗嘱是用鹅毛笔写的，正文部分是用的英文，但是签名却是"马海恩"的中文。

司马思礼用纯正的伦敦腔，将这封英文遗嘱念了出来："待我离世之后，我的全部资产以及在海恩集团的全部股权，将归于我的爱女马伊一名下。但前提条件是，马伊一必须在七日之内，找到我在曼哈顿银行预设的遗产转让书的确认密码，否则我的所有遗产将会全部捐献给联合国儿童基金会，时间从我确认死亡那一刻开始计算。还记得小时候的藏宝游戏吗？那个夏天的午后，你把爱德华藏在哪儿了？——马海恩。”

马伊一道：“爱德华是我小时候给一个洋娃娃取的名字。小时候我最喜欢和妈妈一起在庄园里玩藏宝游戏，那是唯一一次，我把爱德华当做宝藏藏了起来。那次妈妈输了，她没能找到爱德华，最后我领着妈妈，将爱德华从三楼和四楼阶梯之间的一个暗格里取了出来。我是无意间发现那个暗格的，之前也并不知道那是干吗用的，家里人也不知道暗格的存在，不得不说，那是一个绝佳的藏宝点。”

李麦群道：“所以马海恩先生是在暗指，他将密码放在了暗格里？”

马伊一道：“我找到了那个暗格，打开之后在里面发现了这个……”她说着，从柜子里取出了一瓶没有贴标的酒。

李麦群道：“我看看。”

马伊一将酒递给了李麦群。

李麦群问：“我可以打开吗？”

马伊一点了点头：“可以。”

李麦群拧开酒瓶，闻了闻然后说：“这是一瓶梦魂酒。”

说罢他将酒递给了司马思礼，司马思礼闻了闻，点了点头道：“没错，是梦魂酒。”

高木端也得出了相同的结论。

马伊一道：“家父一直热衷于酿制梦魂酒，拿到这瓶酒的时候，我也猜到了，家父没准是将密码藏在了梦魂酒的梦中。但是我喝过之后，竟然出奇地一夜无梦。”

高木端道：“白日梦魂。”

所有人都愣住了：“什么？”

高木端道："有件事情我一直忘了告诉你们。一个月前马海恩先生光临我的酒室时，曾经异常兴奋地对我说，他酿制出了一种不同于以往的梦魂酒。他说这种梦魂酒可以让人喝过之后，醒着做梦。所以他将其取名为，白日梦魂。"

司马思礼道："醒着做梦？醒着怎么做梦？"

高木端道："当时他给我喝了一小杯，但我什么反应都没有，然后他带我去了一个地方……"

一个月前的那天夜里，香港的天空飘着小雨，高木端跟随马海恩离开了酒室，上了马海恩的车。司机将车开了出去，在夜幕的掩护下，他们来到了郊外的一座拥有40年历史，却已经废弃的艺术馆前。

马海恩和高木端下了车，二人朝艺术馆的正门走去。

高木端道："马先生，我不明白我们为什么大晚上的来这儿？这座艺术馆一年前就已经废弃掉了。"

马海恩耸了耸肩："半年前我把它买下来了。"

高木端感到不解："您为什么要买一座已经废弃的艺术馆？"

马海恩露出了神秘的微笑："待会儿你就知道了。"

说着，他们已经来到了艺术馆的玻璃门前。马海恩在门上输入了自己的指纹，随后门缓缓打开，高木端跟随马海恩走了进去。

可是，在走进艺术馆的一刹那，高木端瞬间感觉到自己的周遭被一片明亮的白光笼罩。几秒钟后，白光渐渐消散，高木端听到了来自某个安静环境下的窃窃私语声，像是在讨论着什么，而且这种窃窃私语来自不同的方向。

他睁开了眼，却发现艺术馆内人来人往。橙黄色的阳光从艺术馆的窗外透射进来，展厅里挂满了油画，摆满了各种艺术品。

这到底是……怎么一回事儿？

高木端发现马海恩不见了，他开始在人群中慌乱地寻找着马海恩。而艺术馆里的人仿佛全都对他充满了敌意，纷纷朝他拥挤了过来，阻碍他的前行。

最终他艰难地突破了人群，人群又一下子自动散开了，回到了自己原本的位置。

高木端看到眼前的墙壁上挂着一幅画，那幅画正是梵高的名作《雏菊与罂粟花》，而在那幅画前站着两个人，一男一女，他们似乎正在愉快地交谈着什么。

他注意到那个男人看上去格外眼熟，过了好一会儿，他终于认出那个男人似乎正是马海恩，年轻时候的马海恩！

“马先生！”

高木端朝马海恩冲了过去，尽管他已经来到了马海恩身旁，马海恩却依旧像是没有看见他那般，和那个年轻女人继续交谈着。

“马先生！马先生！这到底是怎么一回事儿？”

高木端焦急地冲着马海恩大喊，可是马海恩依旧并不理会他。

高木端急了，用手拍了一下马海恩的肩膀，就在这时，艺术馆内的人群全都聚拢了过来，将高木端拉到了一旁，随后越来越多的人聚集过来，将高木端挤在了正中央。如同海潮一般，高木端被包裹其中，就要被人潮吞噬。他感到了窒息，紧接着，是无边的黑暗。

高木端清醒过来的时候发现自己躺在冰凉的地板上，他立马坐起身来，大口大口地喘息着。他发现自己面前的那面墙壁上空空如也，而艺术馆里也是空空如也，淡蓝色的月光从窗外透射进来。

马海恩缓缓来到他身旁，对他道：“怎么样？感觉还好吗？”

高木端道：“刚才……这到底是怎么一回事儿？”

马海恩问：“你看到了什么？”

高木端道：“我看到……这里到处都是人，而且时间是白天，我还看到了马先生您，更年轻时候的您，在这面墙前和一个年轻女人交谈着什么。而且这面墙上还挂着一幅画，好像是梵高的《雏菊与罂粟花》。”

马海恩道：“这就是白日梦魂，你已经体验到了。”

高木端惊道：“您的意思是说，刚才……都是梦？”

马海恩点了点头道：“一场醒着的梦。”

高木端道：“可是，在梦里我跟您说话，您并不理会我，然后我就被梦里的人簇拥到了一起……之后我就醒了过来。”

马海恩笑了笑道：“我当然不会理你，因为这场梦并不是给你准备的。”

马海恩庄园内，众人听罢高木端的叙述，基本已经明白【白日梦魂】是怎么一回事儿了。马伊一道：“也就是说，家父酿制的这种白日梦魂酒，喝过之后需要在特定的地点，才能够触发酒中的梦境，对吗？”

高木端点了点头道：“我一直没明白马先生当时对我说的话，‘这场梦，并不是给你准备的’，那么这场梦究竟是为谁准备的呢？现在我大概明白了。”

马伊一道：“这场梦是为我准备的？”

高木端道：“是的，马小姐。”

马伊一道：“那座艺术馆在哪儿？带我去！”

三

私人医疗院内，山本武一直守在VIP病房外，隔着观察窗他凝视着病床上昏迷不醒的张大心，心里只求李麦群他们能够尽快弄到德川家70

年。而他并不知道，此时的张大心正在做着一个怎样的梦。

在张大心的梦里，世界是一片平静如镜面的海。蔚蓝色的大海与天空连成一片，天空中没有云，大海与苍穹化作了相同的颜色，此时此刻，就连海平线都变得模糊不清，仿佛整个世界就是一面巨大的镜子，而一艘小木舟就航行在镜面的中央。

小木舟上坐着两个人，是两个小女孩。

她们在船的两端相对而坐。

其中一个女孩是张大心，而另外一个，她并不认识。对于张大心来说，那是一个十分陌生的女孩。

张大心问："你要带我去哪儿？"

陌生女孩没有说话，只是微笑地看着她。

张大心道："你别这么冲着我笑，怪瘆人的，你笑起来一点儿也不好看！"

陌生女孩终于开口说话了："你就那么讨厌我吗？"

张大心点了点头道："对！我非常讨厌你！"

陌生女孩道："其实我们可以成为朋友的，很好很好的朋友。"

张大心道："我才不要和你成为朋友呢！快放我回去！快放我回去！我要回去找小武哥哥！"

陌生女孩歪了歪脑袋："你为什么那么喜欢小武哥哥呀？"

张大心道："哼！我不喜欢小武哥哥，难道还要喜欢你不成？"

陌生女孩微微一笑，淡淡道："其实，我比你更想回去。"

张大心天真道："啊，你要回去跟我抢小武哥哥吗？不行！绝对不行！小武哥哥是我的！"

陌生女孩没再继续说话，而是将目光挪向一侧，凝视着远方的大海与天空。

小木舟，静静地在这片镜面上漂泊着。一切仿佛都是静止的一般。

马伊一不想让秘密被司机知道，所以她亲自驾驶保时捷，载着李麦群、高木端和司马思礼前往那座已经废弃的艺术馆。

银色保时捷穿过几个街区便上了高架桥，高木端坐在副驾驶座，他看了看后视镜，然后道：“你看后面那辆车。”

马伊一看了看后视镜，后视镜内，有一辆黑色奥迪一直跟着。

高木端道：“几个街区之前那辆车就一直跟着我们，现在一路跟上了高架桥，我可以肯定，那辆奥迪是在跟踪我们。”

司马思礼和李麦群也扭头看向后面，李麦群道：“一定是德川家集团的人！”

马伊一一边开车一边道：“德川家集团？你是说日本的那个德川家酒业集团？”

李麦群道：“是的。”

马伊一道：“他们为什么要跟踪我们？”

李麦群道：“这事儿说来话长，之后我会详细解释。他们手里有枪，能甩掉他们吗？”

马伊一道：“各位，坐稳了！”

马伊一说罢，便将档位提到最高，用力将油门踩到了底。银色保时捷陡然加速，伴随着引擎的轰鸣声，整个车身都如同飞起一般，在高架桥上飞奔起来。这种突然的加速给人一种错觉，仿佛刚才一直处于静止状态。

高架桥两侧的路灯飞速闪过，保时捷超越了前方一辆又一辆常速行驶的车。而身后，那辆黑色奥迪也加速追了上来，那辆车咬得很紧，看来并不容易甩掉。

银色保时捷飞快地下了高架，那辆黑色奥迪也紧跟了下来，一连追了好几个街区。

马伊一看了看后视镜道：“这帮家伙可真难甩掉！”

银色保时捷又驶上了另一座高架桥，黑色奥迪车也追了上来。

高木端道："他们可真是穷追不舍，既然这样，那就对不起了！"

高木端说着从腰间抽出那把从德川家杀手那里缴获的手枪，将子弹上膛。

马伊一看了眼高木端，惊道："你有枪？"

高木端没说话，他将副驾驶的车窗降了下来，然后将半个身子探了出去，随后他伸出手，向后连放了四枪。

头两枪打在了黑色奥迪车的车前盖上，迸射出金色的火花。

奥迪车瞬间有些失控，车头开始左右摇摆。

就在这时，高木端瞄准奥迪车的挡风玻璃又是一枪，挡风玻璃瞬间被击碎。

随后的第四枪打在了奥迪车的右前轮上，车胎"啪"的一声爆开了。在如此高的速度下爆胎，奥迪车顷刻间失去控制，整个车身撞到了内侧的防护栏上，又弹了回来。这时一辆货车驶来，还来不及刹车就猛地撞在了奥迪车的侧面，奥迪车立刻向高架桥外侧冲去，撞破护栏后从十几米高的高架桥上坠落而下。

所有人都惊呆了，只见高木端收了枪，坐回座椅上，将车窗升了上去，长吁了一口气："总算解决了。"

下了高架桥，马伊一将车停在了一旁，她有些惊魂未定："下车！都给我下车！"

高木端道："马小姐，我知道刚才吓到你了……"

马伊一道："吓到我？何止是吓到我！你竟然在香港的市区开枪！你知道那是什么后果吗？"

高木端道："如果我不这么做，又会是什么后果？马小姐，您想清楚，那帮家伙来者不善，他们就是来杀我们的！"

马伊一道："是杀你们！不是我！你们之前和德川家有什么过节和

我没关系！现在你们把我卷了进来！”

就在这时，马伊一的手机突然响了起来，马伊一深吸了一口气接通电话。电话那头响起了管家老唐的声音，老唐的声音听上去很痛苦，也很虚弱，一连串的喘息声，语言模糊不清。

马伊一紧张地问：“老唐，你怎么了？”

老唐憋着嗓子，艰难道：“有人……有人知道那个秘密了！”

马伊一道：“谁？什么秘密？”

老唐道：“马海恩先生一直隐瞒的秘密……有关这个世界的秘密……我……不知道……他们是谁……别回来……他们在找你……别让他们……找到你……不要报警……不能让更多人……知道那个秘密！”

老唐说罢，电话那头便没了声音。

马伊一道：“老唐！老唐！老唐！”

电话那头，再也无人应答。

崎岛狂风大作，暴雨倾盆而下，就在山本武抱着山本葵从悬崖上坠落的那一刻，一双有力的手一把抓住了山本武的胳膊。

山本武猛地睁开眼，向上看去，那个抓住他的，正是福山南。

福山南咬紧牙关，用力向上提，将山本武和山本葵救了回来。

山本武倒在地上大口大口地喘息着，而山本葵已经吓得晕厥了过去。

福山南抱起山本葵，和山本武一起，冒着狂风骤雨，顺着山坡往上爬。山坡顶端的那棵大树，在狂风中折弯了腰。

当他们爬到山坡顶端的时候，看到成片的向日葵在狂风中被连根拔起。福山南和山本武有些站不住了，此时距离家还有两公里的距离，他们已经无力走完这两公里，只好艰难地走进了不远处的森林中。

森林的树木阻挡了一部分风雨，福山南和山本武在森林里找到了一个山洞，山洞遮蔽了外面的风雨，他们总算能够歇息下来。

福山南在山洞里找来了干燥的木材和干草，然后用随身携带的打火机点燃了火。火光影影绰绰，驱散了近处的黑暗。

山本葵还在昏睡当中，山本武却感觉自己要冻僵了，于是本能地将双手伸向火焰，火焰的暖流令他感觉舒服了很多。

福山南道："我看到暴风雨要来了，到处寻找你们，找到山坡上时，我刚好看见你们滚了下去，于是立马追赶上去，还好追上了，要是晚了一步，你和你妹妹就……"

山本武道："葵被困住了，我必须救她。"

福山南看了看山洞外的风雨在森林间穿梭，叹了口气道："岛上已经很久都没有来过这么大的暴风雨了。"

山本武道："家……还好吗？"

福山南道："不知道那房子能不能坚持得住。"

山本武低下头道："对不起。"

福山南问："为什么要道歉？"

山本武道："都是我的错，是我把厄运带到了这座岛上。"

福山南道："这和你没关系，孩子，这是大自然在宣誓它的权威，它需要定期警示我们，谁才是这个世界真正的主宰。"

暴风雨刮了整整一个晚上，终于离去了。福山南说，这是幸运的，因为很多时候，暴风雨一来就是一周。

被暴风雨激荡后的崎岛小镇有些残破，福山南的家被掀掉了大半个屋顶。

他们回到家门口的时候，山本葵刚好在山本武的怀里醒了过来，她睁开蒙眬的睡眼道："哥哥，我做了个梦。"

山本武问："什么梦？"

山本葵道："我梦到自己正在画向日葵，为了找到更好的视角，我去了山坡，还爬到了树上，可没一会儿就刮了很大的风，我下不了树，哥哥你来救我，然后我们两个一起跌下了悬崖，实在是太恐怖了。”

山本武笑了笑说：“还好只是一个梦！”

山本葵道：“对呀对呀！还好只是一个梦，不然我就再也不能和哥哥在一起了。”

福山南和山本武花了一周的时间修复了整个屋顶，两人为了庆祝这一刻，坐在屋顶上喝起了啤酒。

那天傍晚，海平线上的晚霞格外鲜艳，红色的晚霞打在山本武和福山南的脸上，两个人吹着屋顶上的风，感到格外恬适。

山本武看着远处的风景，喝光了最后一口啤酒，然后道：“我决定留下来。”

四

马伊一调转车头，将车飞快地驶回了马海恩庄园。尽管李麦群一行人一再劝阻她此时回去非常危险，但马伊一并没有听：“老唐是我最亲近的人！我必须回去！”

银色保时捷停在了庄园前院的大门前，马伊一降下车窗，用门前的对话器呼叫老唐，但是并没有人回应。于是她输入了自己的指纹密码，门缓缓打开，她将车开了进去。

下了车，他们一行人来到了庄园城堡的正门，马伊一刚要开门，高木端拦住了她的手，然后递给她一把枪——高木端一共从德川家杀手那儿收缴了四把枪，给了李麦群和司马思礼各一把，自己手上有两把。然后道：“会用枪吗？”

马伊一用娴熟的动作将子弹上膛，摆了一个标准的持枪射击的姿势，表示她会。

随后，她打开了门。

“老唐！老唐！”

马伊一高喊着。

老唐打来的那个电话号码显示是书房的座机，于是他们直接来到了三楼的书房，在这里他们发现了老唐的尸体。只见老唐仰面倒在书房的地上，血向外流出，将地毯染红了一大片，而电话听筒顺着书桌坠落到了地板上。

“老唐！”

马伊一冲上去，拼命地摇着老唐的身体，此时老唐的躯体已经凉了。

高木端看了眼老唐的腹部，然后道：“腹部中弹而死。”

就在这时，书房里突然冲进了十名持枪的黑衣人。

他们纷纷举起手中的枪。

马伊一一行人也迅速持枪对准了这帮黑衣人，双方瞬间处在了剑拔弩张的对峙状态。

领头的那名黑衣人道：“我们已经在这里恭候各位多时了。”

马伊一问：“你们到底是什么人？”

领头黑衣人道：“你认为呢？”

李麦群道：“这事儿跟她没关系，有什么冲我来。”

领头黑衣人看了眼李麦群，然后冷笑道：“你又是谁？这事儿跟马海恩家族的人没有关系，难道和你有关系？”

李麦群道：“你们不就是要给德川樱子报仇吗？这事儿和马海恩家族的人无关！”

领头黑衣人道：“德川樱子？我不明白你在说什么。”

李麦群道：“你们……不是德川家集团的人？”

领头黑衣人道：“我们是什么人并不重要，重要的是，那个秘密！

马海恩到底把那个秘密藏在哪儿了？”

他说着将目光移向马伊一。

马伊一道：“什么秘密？”

领头黑衣人道：“别装蒜了，你不可能不知道！”

马伊一道：“我真的不明白你说的那个秘密到底是什么，我也很好奇！”

领头黑衣人像是明白了什么，然后问：“你知道你是谁吗？”

马伊一道：“我是马伊一，马海恩的女儿！”

领头黑衣人道：“明白了，看来你还活在梦里。真是可怜。”他深吸了一口气，接着道，“那么作为马海恩的女儿，你真的对那个秘密一无所知？”

马伊一道：“我不知道你在说什么。”

领头黑衣人道：“那就把你们带回去，慢慢审吧。”

说着，黑衣人开始向他们靠拢。

“别过来！”

马伊一四人举着枪，扫视着眼前十名黑衣人。

领头黑衣人道：“你们似乎还没有搞清楚现在的形势，我们有十个人，十把枪，而你们只有四个人，四把枪。你们觉得是你们的胜算更大，还是我们的胜算更大？我劝你们放下枪，束手就擒！”

就在这时，庄园外传来了警笛声，领头黑衣人走到窗前一看，已经有好几辆警车闪烁着警灯，停在了庄园外。

“是警察！”

领头黑衣人道。

然而，警察已经冲破了前院的大门，闯进了庄园。

马伊一笑了笑道：“这个时候你我双方交火，可不太明智。”

领头黑衣人道：“你们敢开枪吗？”

马伊一道："你们敢吗？我们可不会乖乖束手就擒。警察就要进来了，我相信你们的老板，并不希望你们和香港警察发生火拼。"

领头黑衣人骂道："该死的条子，来得可真是时候！"

马伊一道："友情提醒一下，现在从后门溜走，还来得及。"

领头黑衣人恶狠狠地瞪了马伊一一眼，然后道："今天算你们走运！撤！"

十名黑衣人迅速离开，脚步声在门外的走廊内消失了。

李麦群问马伊一道："你报警了？"

马伊一道："并没有，不过，某人可是在我的车上开过枪的，警方一定是通过高架桥上的监控摄像头锁定了我的车，很快就查到这里来了。"

高木端尴尬地笑了笑。

马伊一道："不想被警方逮捕的话我们也赶紧撤吧。"

说着她便领着众人离开了书房，顺着走廊朝楼梯走去。

高木端问："我们也从后门走？"

马伊一笑道："后门？马海恩庄园压根就没有后门，那帮家伙到了那儿，只能发现是死路一条。"

高木端道："那我们……"

就在这时，一楼传来了破门声。

马伊一做了个噤声的手势。

一楼大堂内，二十名荷枪实弹的警察闯进了庄园城堡，他们分成四队，每队五人，一队在一楼搜寻，另外三队顺着楼梯上了楼，分别负责搜寻二、三、四楼。

三楼走廊，马伊一等四人听到了警队上楼的脚步声。

马伊一不慌不忙，打了个手势，示意大家紧跟着她。

在马海恩庄园的后院，那十名黑衣人发现被骗了。马海恩庄园并不存在什么后门，横在他们面前的，是那堵密不透风的蟹黄色墙壁。

“那个贱女人骗了我们！”

领头黑衣人怒骂道。

现在，他们只剩下翻墙这一条路可走，可是当第一名黑衣人翻上墙头的时候，他们意识到这是一个错误的决定。

墙头隐藏的高压电线立马将那名黑衣人电晕了过去，随着一声惨叫，那名黑衣人从高墙上坠落而下。

马海恩庄园城堡三楼，负责搜寻三楼的五名警察很快便在书房内发现了老唐的尸体，他们将整个三楼都搜了个遍，并没有发现马伊一等人的踪迹。他们立马向位于一楼的吴霆探长汇报了这一情况。

吴霆觉得今晚非比寻常，他本来只是奉命调查高架桥上的那起枪击案，却惊讶地发现那辆银色保时捷竟然归属于马海恩名下。可马海恩已经去世了，那么驾车的只有可能是马海恩的家人。

而遭受枪击、从高架桥上坠落的那辆奥迪轿车，更是无法查到归属人，因为那辆车使用的是一张假牌照。车内四人全部死亡，现场没有查到驾照或任何身份信息。令人感到惊恐的是，这四个人全都持有枪械。

当他带队赶到马海恩庄园后，却在三楼书房发现了马海恩庄园管家的尸体，就在他准备上楼查勘犯罪现场的时候，他突然听到庄园的后院传来了一声惨叫。

他立马带队冲出城堡朝后院狂奔了过去，与那群黑衣人发生了遭遇战。紧接着二十名警察都会聚到了后院，与那伙黑衣人展开火拼。

火拼的结果是警方阵亡八人，而黑衣人阵亡九人，其中领头那名黑衣人被警方逼入绝路，饮弹自尽了。

在交火中，吴霆的左臂被子弹擦伤，但是他完全顾不上包扎伤口，而是来到了那名因误触高压电而陷入深度昏迷的黑衣人身前。他摸了摸那名黑衣人的脉搏，然后道："还活着！赶紧送医院抢救！"

五

十五分钟前，当警队抵达马海恩庄园城堡三楼的时候，马伊一领着李麦群三人打开了三楼一道隐秘的、不为人知的暗门。他们通过暗门内的竖梯快速爬到了一楼，然后趁着警方全都在后院和那伙黑衣人交火的空当，从正门迅速离开了马海恩庄园，消失在了夜色当中。

在两个街区之外，他们拦下了一辆计程车，让计程车司机送他们回私人医疗院。

李麦群坐在车后座，他还是有些惊魂未定。今晚的一切都已经完全超出了一开始的计划，那帮持枪的黑衣人如果并不是德川家集团的人，那么又会是谁派来的呢？又或者说，此刻香港一共有两伙人，一伙是前来追杀他和山本武的德川家集团的杀手，而另一伙，就是在高架桥上跟踪他们，以及在马海恩庄园内出现的那帮持枪黑衣人。这伙人显然不是来干掉李麦群和山本武的，他们是冲着马海恩家族来的，是冲着那个被马海恩家族隐藏已久的秘密而来。

那究竟是一个怎样的秘密呢？以至于这帮人为了得到它，已经到了丧心病狂的地步？

香港的夜空突然下起了雨，雨顷刻间下大了。李麦群看着车窗外在雨流中变得模糊的街景，闭上了眼，他实在是太疲惫了。

他做了一个短暂的梦。

梦里，他深陷进了白色的流沙当中，紧接着他被流沙掩埋。就在他行将窒息的那一刻，沙层突然崩塌，他的整个身体都向下坠落而去。

最后，他坠落到了一座沙桥上，那座沙桥悬浮在半空中，完全由沙子构成。李麦群每往前走一步，身后的沙桥就会崩塌一点，他不停地向前走，身后的沙桥就不停地崩塌。他顺着沙桥来到了一条画廊内，这条画廊向前延伸，看不到尽头。画廊墙壁的两侧挂满了油画，有些油画十分写实，写实得如同照片一样，颇具文艺复兴时期米开朗基罗、达·芬奇等著名艺术家的绘画风格。而有些油画则格外印象派，仿佛梵高甚至莫奈的风格。还有些绘画则是不明含义的抽象派风格。再有些则更像是后现代先锋艺术那样，将一堆杂乱不堪的颜料胡乱泼洒在画板上。

很快，他从那些写实风格的油画中认出，这些画并不是普通的油画，而是他脑海中一个又一个的回忆。清晰的回忆，便是写实风格。模糊的回忆，便是印象派风格。一些模棱两可的意识，则是抽象派风格。而一些杂乱无章的思绪，则变成了后现代风格。在这些油画中，占据最多的便是他的妻子和女儿。

他凝视着关于妻子和女儿的油画群，有些出神。

就在这时，画廊深处传来了一个声音："李麦群先生，李麦群先生。"

李麦群睁开了眼，呼唤他名字的是司马思礼。司马思礼对他道："我们到了。"

雨还在持续不断地下着，打开车门，一股潮湿的气息涌来。

司马思礼问："梦到什么了？"

李麦群道："一条画廊，画廊里满是油画，而那些油画，似乎都是我的回忆。"

司马思礼倒抽了一口凉气道："没想到德川一康这么厉害。"

李麦群问："怎么了？"

司马思礼道："德川一康创造的梦境已经开始向你的意识深处渗透了。"

李麦群紧张道："这意味着什么？"

司马思礼道："这意味着，这场梦境正在侵蚀你最深层的意识世界，甚至是侵蚀你的全部回忆。"

山本武和山本葵在崎岛上生活了两年，他们已经将福山南当成了自己的父亲。可是这一切，都在那天清晨被打破了。

社团的杀手还是通过多方打探找到了岛上。

那天清晨，睡意惺忪间，山本武听到客厅传来了争吵声。

陌生男子的声音，听上去粗鲁、无礼："把他们交出来！"

福山南道："我不明白你们说什么，这里没有你们要找的人！"

陌生男子道："搜一搜不就知道了？"

福山南道："你们不能进去！这是我的私人住宅！"

紧接着传来了打斗的声音，那动静持续了一阵子便停止了。

过了一会儿，传来了福山南的告饶声："求求你们了，放过那两个孩子吧！"

走廊内传来了一连串的脚步声，紧接着，山本武房间的门被拉开了。

四名黑衣人站在门口，领头的那名举起了枪，对准了山本武。

那名黑衣人刚要开枪，山本葵就从另一个房间冲了过来："不许伤害我哥哥！"

她说着一把扑在了那个黑衣人身上。

黑衣人身子一抖，子弹打偏了。

"葵！"

山本武紧张地大喊了一声。

那名黑衣人将山本葵用力甩开，只见山本葵那幼小的身躯撞到了走廊的墙上，晕厥了过去。

他正准备朝山本葵开枪，走廊的一端便传来了福山南的怒喝声：

“不许伤害她！”

只见福山南手持一把武士刀冲了上来，将最靠外面的那名杀手砍倒在地，紧接着又砍倒了一个。

剩下两名杀手立马后退数步，举枪朝福山南凶猛地射击，一连串的子弹之后，福山南终于倒在了地上，他的双眼没有瞑目，而是透过门看向房间内的山本武，嘴唇在喃喃地蠕动。

山本武看出福山南是在说：“对不起……”

“应该对不起的，是我！”

山本武情绪失控，冲到了福山南的尸体旁：“该对不起的是我！该对不起的是我！是我把厄运带到了这里！”

其中一名杀手捡起了地上的武士刀，刀刃上沾满了猩红色的血。他饶有兴致地端详着刀刃，仿佛是在欣赏一件绝美的艺术品：“真是一把好刀啊！”

山本武转过头，怒视着眼前这个杀人的恶魔，喝道：“为什么？！为什么？！为什么你们要这么做？！”

那名杀手将刀架在了山本武的脖子上，轻蔑道：“世界就是这么残酷，斩草必须除根，才能永绝后患。”

他说着，将武士刀的刀刃高高举起，往下劈……

山本武闭上了眼睛。

当他睁开眼的时候，他看到自己的妹妹挡在了他面前。

“葵——！”

鲜血从山本葵柔软的脖颈喷涌而出，她如同一朵坠落的向日葵一般，轻盈地倒在了山本武的怀里。

山本葵的嘴里含着血，艰难地吐出两个字：“哥哥……”

然后她便脑袋一偏，死去了。

“葵——！”

山本武抱着妹妹的尸体，声嘶力竭地号叫着：“葵——！”

那名杀手道：“好了，现在你可以去陪你妹妹了。”

他说着，再度举起了手中的武士刀。

山本武猛地惊醒了过来，他发现自己的脸上还挂着泪。他立马起身，冲进房间自带的卫生间，在盥洗台前用冷水猛冲自己的脸。

他抬起头，看着镜中自己那张仿佛早已陌生的脸，沉重地叹了一口气。他努力想要保护自己所珍视的一切，但命运似乎一定要击碎他所有的珍藏，这种巨大的无力感，令他觉得自己是那样孱弱不堪。

身体再强壮又有什么用？枪法再好又有什么用？刀术再精湛又有什么用？现在，他连自己仅存于世间的珍宝都无法保护和拯救。

如果张大心无法顺利醒来，甚至是变成了另外一个人，那么他也没有了继续活下去的意义。

他从枕头下面抽出那把自己随身携带的匕首，在镜子前抚摸着，如果张大心离去了，他便会选择切腹自尽。

他离开房间又去看张大心，当他走到病房前时，刚好看到李麦群一行人迎面走来。随后，山本武跟随他们，一起进入了会议室。

会议室内，李麦群等人向马伊一阐明了全部情况，包括他和山本武为何会遭到德川家集团的追杀。

马伊一听罢之后，陷入了良久的沉默当中，过了好一会儿，她终于开口道：“今天晚上的那伙黑衣人是冲着我来的，很抱歉把你们也卷入到这场莫名的纷争中来，那么我们现在也算是一条船上过河了。只要你们帮助我，弄清老唐以及那帮杀手口中所说的秘密究竟是什么，我也愿意满足你们合理范围内的任何要求。”

李麦群道：“任何要求？”

马伊一重复道：“任何合理范围内的要求。”

司马思礼道：“听说德川家集团将会在周六晚八点，于海恩大厦72层的会展中心举行一场拍卖会，拍卖会共展出五件珍品，第一件：双凤纹铜镜。起拍价：30万美金。第二件：双凤犀角杯。起拍价：100万美金。第三件: 徐悲鸿马图立轴。起拍价：200万美金。第四件：德川家70年单一麦芽威士忌。起拍价：500万美金。第五件：梵高《雏菊与罂粟花》。起拍价：7000万美金。”

马伊一道：“你们想要梵高的《雏菊与罂粟花》？这个可不在合理范围内。”

李麦群道：“事实上，我们对梵高的名画并不感兴趣，我们想要的是另外一件珍品，德川家70年单一麦芽威士忌。”

马伊一道：“你们要那瓶酒干什么？”

司马思礼笑了笑说：“可以吗？”

马伊一想了想，然后说：“成交！”

司马思礼道：“那么接下来，我们的计划是这样的。先按照之前的原定计划，前往那家已经废弃的艺术馆，在那里触发马海恩先生给马伊一小姐留下的梦境。我想，如果马海恩先生真的隐藏了什么不为人知的秘密，很有可能就在那场梦境当中。”

高木端道：“事实上我们现在也只有这一条路可以走了，因为这是我们目前能够掌握到的唯一线索！”

山本武依旧选择留下来守护张大心，其他人全都离开后，他独自一人来到张大心的病房前。看着病房内的张大心，山本武回想起了梦中的山本葵，在他眼里，张大心和山本葵似乎早已经变成了同一个人。

梵高的秘密

CHAPTER . 04

一

凌晨三点，高木端亲自驾驶他的爱车玛莎拉蒂，载着马伊一、李麦群和司马思礼驶出了私人医疗院，此时，山里依旧下着很大的雨，雨势丝毫没有减弱的迹象。

马伊一坐在副驾驶座，李麦群和司马思礼坐在后座。

马伊一道："听你们之前那么说，这个山本武就是德川家集团的人，他值得信任吗？"

李麦群道："德川家集团正在追杀的就是他。他背叛了德川家集团，和我们是同一路人，所以是非常值得信赖的。"

马伊一若有所思地点了点头。

凌晨四点的时候，玛莎拉蒂终于停在了那座艺术馆前。

他们下了车，来到了艺术馆的大门前，门上有一个指纹密码锁。

马伊一道："需要输入指纹。"

高木端道："试试看。"

马伊一试探性地伸出手，将自己右手大拇指摁了上去，可是系统却显示无效。

高木端道："试试其他指头。"

马伊一又试了试左手大拇指的指纹，还是无效，她逐一试起了指纹。终于，当她将右手中指摁上去的时候，系统显示指纹有效，门“咔哒”一声打开了。

高木端道：“看来马海恩先生已经为你准备好了。”

马伊一点了点头，走进了艺术馆，其他人赶紧跟了进去。

她在艺术馆里走了没几步，便看到整座艺术馆都在一瞬间亮了起来。白色的光芒驱散了一切的黑暗。

她看到艺术馆内人来人往，白色的墙壁上挂满了油画。落地窗外，橙光色的阳光透射而入。

怎么回事儿？！

当她回过头的时候，发现李麦群、高木端和司马思礼三人全都不见了。时间变成了白天，而从艺术馆内人们的穿着来看，仿佛穿越到了30多年以前。

就在一片茫然之际，她看见艺术馆正中央的那面墙壁上挂着一幅油画。那幅画她认得，是梵高的名作《雏菊与罂粟花》。

她将目光下移，看到《雏菊与罂粟花》下站着一对年轻男女，那对年轻男女似乎正在画前愉快地交谈着什么，但是她听不清他们谈话的内容。

她很快辨认出那个年轻男人正是她的父亲马海恩，而那个年轻女人呢？她看不清那个女人的脸，无论她怎么努力去看，那个女人的五官轮廓似乎都被一团柔软的光晕笼罩着，怎么也无法看清。

她艰难地穿过人群，朝年轻时候的马海恩走了过去，可是当她刚刚来到那幅画下，马海恩和那个女人早已经转身离去了。

她看着他们离去的背影，追了上去，可是却又被不断汹涌而来的人潮挡了回来。

“爸爸！爸爸！”

她冲着自己父亲的背影高喊着，可是年轻的马海恩却搂着那个女人的腰越走越远。

“爸爸！爸爸！”

她喊得更加用力，可是她喊得越是大声，人群就如同丧尸一般挤得愈发用力。她被挤在了人群中，感觉自己就要窒息。

她的身体受到挤压，整个人都蜷缩在了人群的包裹中。就在她的身躯不堪重负要被压碎的一刹那，大地开始陷落。

人潮瞬间向下坠落，如同一个巨大的黑洞将一切的物质全都吸收了进去。但那不是黑洞，而是白洞。纯白的光芒无边无际，她亲眼看到，当那些行尸走肉般的人群坠落进白光的一刹那，全都变成了黑色，紧接着隐没在了白色当中。他们尖叫着、嘶吼着，仿佛那白光是炽热的火球，一瞬间将他们灼烧成了灰烬，甚至是在顷刻间彻底汽化。

只有她还在坠落，白光似乎对她造不成任何伤害。

最后，白光消散，她来到了一条走廊内。橙黄色的光从走廊两侧的窗户穿透进来，她看到一个小女孩，大概十岁大的样子。那个女孩穿着一件粉色的碎花洋裙，迎面朝她跑来。那个女孩似乎看不见她，从她身旁跑了过去，然后一个拐弯，消失在了楼梯口。

她立马转身追了上去，可是眼前的一幕却令她触目惊心。只见那个小女孩脚底一滑，从楼梯上跌落了下去，当她那如同布偶般的身躯停止跌落的时候，她的后脑上缓慢地向外溢出了大量的鲜血。

这时，她终于认出了那个女孩，正是小时候的自己。

我……已经死了吗？

她立马沿着楼梯向下跑去，可是楼梯却在一瞬间无限拉长了，紧接着楼梯开始折叠，一级一级地朝中央折叠起来。

她无路可逃，只能从楼梯上坠落下去。

最终，她坠落进了一片黑色的大海当中，她在这片黑色的大海里无限地沉没了下去。当她睁开眼的时候，发现自己躺在病床上，口鼻罩着呼吸器，药液不断地从吊瓶的软管注射进她的身体。

“为什么？为什么这样做？”

一个男人的声音传来，他的面容在眼前由模糊变得逐渐清晰起来。

“爸爸——！”她轻声喊道。

马海恩看上去才不到四十岁的样子，依旧很年轻。他依旧自顾自地说：“已经不是第一次了，已经不是第一次了，这次要不是渔船把你捞起来，你就已经葬身鱼腹了！”

葬身……鱼腹？……

我……跳海自杀了吗？

马海恩接着说：“伊一的离去我也很难过，但是这不能成为你轻易放弃自己生命的理由！我已经失去了女儿，不能再失去你！”

伊一……离去？……

伊一不就是我吗？

我……已经……死了？

那么，现在这又是什么情况？

难道说……我……并不是……马伊一？

画面突然一下子变成了第三方视角，就像是在看电影一样。她看到了画面中，马伊一幼小的身躯躺在殡仪馆的棺椁内，马海恩的妻子刘茹趴在棺椁前，情绪失控，哭得梨花带雨，而马海恩则站在一旁，抚摸着妻子的后背，低着头，沉默不语。

紧接着画面一转，刘茹和马海恩在房间内激烈地争吵着。

马海恩将刘茹手中的一本经书夺了过来，刘茹抢夺经书，马海恩一把将刘茹推倒在地上，狠狠地撕碎了手中的经书，然后扔在了地上。

刘茹疯狂地捡着地上的碎纸片。

马海恩再度将刘茹推开，大喊道：“伊一已经走了！伊一已经走了！你为什么还这么执迷不悟？！”

刘茹哭着道：“大师说过了，只要每天诵读经书上的内容，女儿就能回来！”

马海恩道：“都什么年代了，你还相信这些鬼东西？！”

刘茹道：“你不希望女儿回来，还不让我为女儿做些事情吗？”

马海恩道：“我不希望伊一回来？我比谁都希望！可是伊一已经回不来了！你难道还不愿意面对现实吗？！”

刘茹道：“我只要我女儿回来！我只要我女儿回来！”

她说着，继续跪在地上，去捡那些碎纸片。

马海恩没了办法，长叹了一口气，摇着头悻悻然离去。

画面再转。

刘茹倒在浴缸当中，浴缸里的水被鲜血染红。马海恩踹门而入，一把将刘茹从浴缸中抱起。下一个画面，便是马海恩在医院里来回踱步。再下一个画面，刘茹躺在病床上。再下一个画面，刘茹已经睁开了眼，躺在病床上，一动也不动。

马海恩站在病房内：“你为什么要这样？”

刘茹道：“我想去见我女儿。”

马海恩道：“你以为你这样就能见到伊一了吗？伊一已经走了，她已经不存在于这个世界上了。”

刘茹道：“我只想见到我女儿。”

之后便陷入漫长的沉默当中。

刘茹又经历了好几次自杀未遂，马海恩将她送进了精神疗养院接受治疗。

画面再转，像是过了许多年。

马海恩出现在了精神病院的病房内，刘茹正坐在病房铺满海绵体的地上玩着一个洋娃娃，她抬起头，看到马海恩的到来，冲着他喊了一声："爸爸！你来啦！"

画面再转，马海恩在医院走廊内和医生对话。

马海恩问："这到底是怎么一回事儿？"

医生耸了耸肩道："正如你所见，刘女士把自己当成了您的女儿，马伊一。"

马海恩问："这该怎么办，医生？"

医生道："我建议您将刘女士接回去，让她接触熟悉的环境，应该就能够找回本来的人格。"

马海恩道："可是她经常自杀……"

医生道："这点马先生大可放心，刘女士已经很久都没有表现出自残和自杀的倾向了。"

马海恩将刘茹接回到了马海恩庄园，刘茹每天都像一个十岁大的小女孩一样，冲着马海恩叫爸爸。

马海恩每天郁郁寡欢，承受着巨大的精神折磨。从画面中可以看到，他每天晚上都会在刘茹的床头给她讲睡前故事，那是他曾经给马伊一讲过无数遍的睡前故事。但每次刘茹都像是从未听过一样，听得津津有味。

故事讲完了，刘茹还在回味当中，她躺在床上对马海恩撒娇道："爸爸，再讲一个嘛，再讲一个嘛，爸爸的故事讲得真是太精彩啦！"

马海恩微微一笑道："好了，乖女儿，时候不早啦，该睡觉啦。"

刘茹道："要抱抱！"

说着，张开了双臂。

马海恩也张开双臂和刘茹拥抱，如同拥抱自己的女儿一般。

他轻轻吻了吻女儿的额头道："晚安，好梦。"

刘茹将身子缩进被子里道："爸爸，晚安！"

马海恩离开了房间，轻轻带上了门，他长叹了一口气，走进了书房。他为自己倒上了一大杯苏格兰威士忌，大口大口地饮了起来。

一杯之后，又是一杯。

几乎每天晚上都是如此，他需要借助酒精才能入眠。

随着时间的推移，刘茹一天天长大，不，准确地说，是她精神世界当中的那个马伊一在一天天长大。

马海恩每天都企盼着，企盼着自己的妻子有一天能够找回真正的自我，可是直到现在，刘茹也没能找回真正的自己。

二

如电影蒙太奇拼接般的画面在她眼前结束之后，她再一次回到了艺术馆内，她看到艺术馆依旧处在下午的某个阳光澄澈的时间，但是却空无一人。不，除了她，还有一个人存在，那个人就站在那幅梵高的《雏菊与罂粟花》下。

那个人便是马海恩，而此时的马海恩已经不是之前那些幻境当中的年轻版本的马海恩，而是一个已经年过六旬的老年马海恩。

“海恩！”

她冲着马海恩跑了过去。

“海恩！是你吗？！”

她来到了马海恩面前。

马海恩冲着她微微一笑道：“茹，你终于想起来自己是谁了。”

她点了点头，那一刻，她身上所有的年轻、所有的稚嫩全都褪去了，变成了一个年近六旬的老人：“海恩，我终于回来了！”

马海恩苦涩一笑：“你离开得太久了，不过，回来就好。”

似乎真的因为离开太久，两个人久别重逢之后的第一次见面，却总显得无话可说，因为谁也不知道该说些什么。

过了好一会儿，马海恩终于开口道："走走吧。"

她道："去哪儿？我都陪你！"

马海恩道："就在这座艺术馆里，四处走走。"

两个人就这样手挽着手在艺术馆里闲逛着，都不怎么说话。直到最后，他们终于将艺术馆的每一个角落都逛了个遍，回到了原点，那幅《雏菊与罂粟花》下。

两个人就这么搂在一起，刘茹的脑袋微微倚靠在马海恩的肩膀上，两个人仿佛一下子回到了年轻的时候。

两人面对着眼前的《雏菊与罂粟花》。

马海恩道："还记不记得我们第一次见面的时候？"

刘茹道："嗯，记得，就是在这里。"

马海恩道："当时为了庆祝这座艺术馆建馆五周年，我特地将自己的珍藏《雏菊与罂粟花》借给艺术馆进行展出。那天我假装是普通游客，在艺术馆里闲逛，当时便看见你站在这幅画前看得入神。"

刘茹笑了笑说："于是你就过来搭讪我了，是吗？"

马海恩道："我只是……想上前和你交流一下梵高的绘画技巧。"

刘茹又笑了："得了吧，你当时可不是这么说的。"

马海恩道："我当时……是怎么说的来着？"

刘茹道："你当时可是非常直接呀，走上来拍了拍我的肩膀，对我说（模仿马海恩语气），'这位小姐，可以认识你吗？因为我觉得你比这幅画还要美！'"

马海恩尴尬地笑了起来："我当时真这么说的？"

刘茹道："我怎么会忘记，你这话我能记一辈子呢！我还是第一次见到这么直接的男人，充满了有钱人家纨绔子弟的风范。"

马海恩道：“其实……那是我第一次主动搭讪异性。”

刘茹道：“啊哈哈，第一次？我怎么就那么不相信呢？我当时感觉你是这方面的老手了，面不红心不跳的，谈话之间也很有套路。”

马海恩笑了笑，看起来不知道该继续说些什么。

两个人就这么依偎着，凝视着《雏菊与罂粟花》。

过了好久，马海恩开口道：“茹茹，我要走了。”

刘茹问：“去哪儿？我和你一块儿去！”

马海恩摇了摇头道：“你得留下，那个地方你去不了。”

刘茹道：“你到底要去哪儿？为什么不能带上我？我们好不容易才……”

话到这里，刘茹哽咽住了，她终于想起，这是一场梦，一场由【白日梦魂】带来的梦境。

马海恩道：“还记得那个我们家族一直保守的秘密吗？”

刘茹道：“梵高的秘密？”

马海恩道：“关于另一个世界的秘密！那个秘密，就藏在这幅画里。”

刘茹又看了眼墙壁上悬挂着的《雏菊与罂粟花》，那一刻，她仿佛真的被那幅画里蕴含的某种强大的魔力吸引住了，看得出了神。

当她回过神来的时候，身旁的马海恩已经不见了，白天骤然变成了黑夜。她的整个身躯都软了下来，跪在了《雏菊与罂粟花》前，掩面而泣。

身后，李麦群、高木端和司马思礼走上前来。

高木端轻轻拍了拍刘茹的肩膀道：“这一切都是马海恩先生的安排。马海恩先生一直在我投资的私人医疗中心接受治疗，他知道以他的身体状况，已经支撑不了多久了。他有一个遗愿，那就是希望能够让你找回真正的自我。你看到的那份遗嘱是假的，是马海恩先生为了让你找到那瓶【白日梦魂】而精心编制的遗嘱，在真正的遗嘱里，他已经将全部的财产转移给了你。我答应了马海恩先生，要配合他完成这场最后的演出，我说服了我的朋友们，李先生以及司马老师，还有那位山本先生，一起来完成这场戏。这场戏的目的，就是为了让你进入到马海恩先生特别为你酿制的梦境当中，让你找回真实的自己。”

就在这时，艺术馆外几束交错的白光直射而入。

他们转过身，看到落地玻璃窗外，四辆黑色吉普车停在了艺术馆门口。紧接着，16名黑衣人从车上下来，他们直接开枪，击碎了玻璃幕墙，以扇形为阵，举枪进入了艺术馆内，将李麦群一行人团团围困。

领头的那名持枪黑衣人道：“看来，你们已经找到那个秘密了对吗，刘女士？”

刘茹问：“你们到底是什么人？”

领头黑衣人道：“告诉我那个秘密我就放过你们，不然……”他说着，“咔哒”一声，将枪的保险下了，然后用枪口扫遍现场的每一位，“不然，你们都得死！”

现场陷入到了沉默当中，几乎所有人的心都提到了嗓子眼儿。

领头的黑衣人道：“给你三秒钟的时间考虑！

“一！”

“二—！”

“三——！”

“《雏菊与罂粟花》！”刘茹喊出声来。

领头黑衣人道：“你是说，那幅画？梵高的那幅画？”

刘茹点了点头道：“秘密，就隐藏在《雏菊与罂粟花》里！”

领头黑衣人道：“据我所知，你们即将拍卖那幅画？”

刘茹道：“对，本周六才会进行拍卖！”

领头黑衣人问：“那幅画现在保存在哪儿？”

刘茹道：“曼哈顿信托银行，香港分行！”

领头黑衣人道："密码！"

刘茹道："必须我亲自去！银行规定，如果不是我本人，没有输入密码的资格！"

领头黑衣人想了想，然后说："你跟我走！"

刘茹道："那我的朋友……"

领头黑衣人道："放心，只要拿到那幅画，我就会放了你的朋友们。"

随后，领头黑衣人便和另外三名黑衣人一起，将刘茹押上了其中一辆吉普车。而李麦群、高木端和司马思礼则被押上了一辆类似于押款车的防弹车内，他们被关在了密闭的车厢里。随后，押款车开了出去，三人谁都不知道他们会被运送到何处，更不知道接下来会有怎样的危险在等待着他们。

三

"葵——！"

山本武又回想起了妹妹的死。当时，葵的身躯轻盈地倒在了他的怀里，猩红色的血将整个画面覆盖。

就在那名杀手再度举起屠刀，准备朝山本武劈下的时候，整个大地都开始颤抖起来。

就在一瞬间，巨大的海浪冲破了墙壁和屋顶，将一切淹没。

那两名杀手瞬间就和山本武冲散了。

山本武在湍急的海流里挣扎着，黑色的大海仿佛海神的咆哮，要将整座崎岛埋葬。

山本武看到妹妹的身体在海啸中漂浮着，他立马奋力朝山本葵游了过去，就在她即将抓住妹妹的手的时候，又一阵巨浪打来，将他整个人都卷入到了海中。

他在海水的包裹中翻滚着，当他再度冒出水面的时候，葵的身躯已经失去了踪迹。

“葵——！”

山本武发出了一声撕心裂肺的喊叫，但就在他喊出妹妹名字的一刹那，又是一阵大浪打来，将他拍入海水当中。

这次，他喝了几大口海水，咸涩的海水灌入到了他的肺腑当中。他整个人都晕厥了过去，沉重的身躯朝着黑色的大海深渊坠落下去。

刘茹坐在吉普车的后座被两名黑衣人夹在中间，领头的黑衣人坐在副驾驶座上，另一名黑衣人开车。

吉普车朝着曼哈顿银行香港分行的所在地飞速开去。

此时已是黎明，天已经蒙蒙亮了，吉普车已经驶入了香港的市区。

而在香港的另一端，押款车的车厢内，李麦群、高木端和司马思礼全都被铐上了手铐，眼睛被蒙住，嘴巴被黑色大力胶封住。

被剥夺了视觉和说话的权利，李麦群坐在冰冷的金属地板上感受着押款车的颠簸。这是一种令人极难忍受的感觉。这种感觉就像是把你扔进了一口巨大的棺椁当中，明明你还活着，可大家都以为你已经死了，你能够听到棺椁外人群的说话声，但是你却无能为力，只能在棺椁的黑暗里慢慢地窒息而后真正死去。

在这种状态下，人往往会陷入到冥想当中，因为冥想是人体出于对自身的保护，而产生的一种本能的自我防御机制。冥想，可以减轻人在极度紧张下的痛苦。

在这种冥想的状态下，黑暗中，李麦群再一次看到了女儿的脸。

那张脸在黑暗中愈发明晰，紧接着所有的黑暗都被驱散，融化在了一片纯白当中。

李麦群看到了雪地，看到了火车，火车在铁路桥上缓缓地穿行而过。但他听不到火车的呼啸声，一切都是那样安静，安静到仿佛是在看一幕无声的电影。

那年，李麦群失去了一切，他购置的那片雪场要被政府没收，根据程序，他需要亲自前往雪场，在当地政府的监督下签字，完成交接。

李雪妮坚持同行，因为她不放心自己的父亲，她担心父亲会因为一时冲动而干出傻事儿。

雪场位于山里，从城里进山，需要坐半日的火车。

李雪妮和李麦群坐在火车上，看着窗外的皑皑白雪，沉默不语。

当火车快要抵达雪场的时候，李雪妮对父亲道："爸爸，待会儿跟他们好好谈。"

李麦群沉重地点了点头，又苦笑了起来："妮妮，你知不知道，他们要拿走爸爸的一切？"

李雪妮道："爸爸，我知道，这很不公平，您辛辛苦苦得到的，他们说拿走就要拿走，可是又能怎么办呢？"

李麦群叹了口气，从衣兜里掏出小瓶装的杰克丹尼，猛灌了几口。

李雪妮道："爸爸，别喝了，您已经喝了那么多了。"

李麦群带着酒气道："妮妮，爸爸现在只有你了，但爸爸觉得……觉得特别对不起你。"

李雪妮道："爸爸，您为什么要这么想？"

李麦群道："妮妮，爸爸唯一的目标，就是想让你过上好日子，可是现在……"

李雪妮道："一直都很好啊，我觉得一直都过得很好，只要爸爸健健康康的，穷点富点又有什么关系呢？"

李雪妮越是这么说，李麦群就越是感到歉疚，他感受到了自己的无能，他觉得自己是个特别没用的男人。

他没能保护好自己的妻子，也没能照顾好自己的女儿。

这种歉疚感压得他喘不过气来，他只能将头偏向窗外，强忍着不让眼泪流淌下来。

火车缓缓地停下了，李麦群和李雪妮下了车，两名便衣警察早已经在车站等候多时。他们一上来就像是对待囚犯一般，将李麦群狠狠地摁在了墙上。

李雪妮在一旁急了："你们凭什么这样对我爸爸？！"

其中一名便衣道："凭什么？就凭你爸爸酿造毒品！"

李雪妮道："可那本来是合法的，那不是毒品！"

便衣道："以前不是，可惜现在是了！"

李麦群的脸紧紧贴着墙，咳嗽了两声，艰难道："没事儿的，妮妮，没事儿的，这是程序。"

李雪妮道："可是爸爸不是犯人！"

这时，两名便衣已经完成了对李麦群的搜身，并且给他反手铐上了手铐，套上了黑色的头套。

如同押送一个即将步入刑场的犯人一般，李麦群被两名便衣押上了一辆警车，李雪妮也跟了上去。

那天在警车上的感觉，就和此时此刻在这辆押款车上的感觉一模一样。

无助、屈辱，以及对未知的恐惧，全都在黑暗中交织在了一起。

这是对人内心，最大的折磨。

与此同时，吉普车已经抵达了曼哈顿信托银行。这座银行位于香港尖沙咀的一幢花岗岩大理石结构的大楼内。

车内，刘茹道："这么多人跟我一块儿进去，太显眼了吧？"

领头黑衣人点了点头道："我和你一起进去，如果你敢耍什么花样，你和你的朋友们全都会没命，懂吗？"

刘茹点了点头，和领头黑衣人一起下了车，然后走进了曼哈顿信托银行。

刘茹和黑衣人穿过大堂，来到前台。

前台的那位美女冲着他们微微一笑道：“请问有什么需要服务的吗？”

刘茹道：“我来取一样存货。”

前台小姐将一台指纹识别器放在了桌面上：“请输入您的指纹。”

刘茹摁下了自己整个右手手掌的指纹。

前台小姐看了看电脑屏幕，然后微笑着说：“马小姐，这边请。”

当时在注册指纹的时候，刘茹输入的是马伊一的名字。

前台小姐领着刘茹和黑衣人走到一台电梯前：“马小姐，请输入您左手大拇指的指纹。”

刘茹在电梯的指纹锁上输入了自己左手大拇指的指纹，紧接着，电梯的门缓缓打开了。

刘茹和黑衣人走进了电梯，电梯并没有显示楼层，就像一个移动的、密闭的金属箱子，让你分不清是在上行还是下行。

在电梯内，黑衣人再次重复：“别耍花样。”

刘茹点了点头。

十秒钟后，电梯门缓缓打开，一位西装革履的背头男士已经站在电梯门口等候：“二位，我是这家银行的经理，请随我来。”

刘茹和领头黑衣人跟随银行经理一起，穿过了一条迷宫般曲折的金属走廊，最终，他们来到了一面巨大的钛合金门前。

门上面有一个密码盘和一个指纹锁。

银行经理道：“请输入指纹确认身份。”

刘茹将自己的右手贴在了指纹锁上，很快，身份得到了确认。

银行经理道：“接下来请输入密码，记住，你只有一次机会，否则系统就会锁死，锁死时间被设定为十年。”

黑衣人看出了刘茹的心思，他对她轻声耳语道：“你敢锁死，我就杀了你和你的朋友。”

刘茹没有多说什么，快速在密码盘上输入了密码，紧接着，这面厚重的钛合金门便缓缓打开了。

刘茹和黑衣人走进保险库，保险库内一共存放着五样东西。第一件：双凤纹铜镜。第二件：双凤犀角杯。第三件：徐悲鸿马图立轴。第四件：德川家70年单一麦芽威士忌。第五件：梵高《雏菊与罂粟花》。

《雏菊与罂粟花》以面朝上的躺卧状姿态，存放在真空的储存柜中，在黑衣人的示意下，刘茹将储存柜的抽屉小心翼翼地拉开，那幅令人沉醉的印象派杰作，便徐徐地呈现出来。

半小时后，完成了一切对《雏菊与罂粟花》的封装程序，这幅画被运出了曼哈顿信托银行，但是并没有上吉普车，而是运送到了后续抵达的一辆防弹押款车上。刘茹依旧被押上了吉普车，吉普车跟随着防弹押款车驶离曼哈顿信托银行。

吉普车上，刘茹恶狠狠地对领头黑衣人道：“我们说好的，只要把画交给你们，你们就放了我和我的朋友们！”

领头黑衣人扭过头来冲她微微一笑道：“我们现在只是拿到了画，可是却没有拿到密码。”

刘茹道：“密码就在画里，只需要用红外线进行扫描，便能够看到画中隐藏的内容。”

领头黑衣人道：“那就等扫描完成后，再放了你们。”

他说罢，掏出一个黑色的头罩：“不好意思，暂时委屈你一下。”

说完，他粗鲁地给刘茹套上了头罩。

被阻绝了视线的刘茹感到很惶恐，因为她不知道接下来会被送到何处去，更不知道接下来会发生什么。

但此刻，她已经没有了任何反抗的余地，只能跟随命运的摆布了。

四

崎岛被海水彻底淹没了。二十五年前，宫崎附近海域发生里氏9.0级大地震，地震引发大规模海啸，海啸瞬间淹没宫崎附近海域数百海里内的全部岛屿，并且直抵海岸线，将整个宫崎淹没了三分之一，给宫崎及周边经济带来了惨重损失。

山本武沉没在了大海中，他朝着大海深处坠落而去，就像一个孤寂的木偶，被长大的小主人抛弃在河水里一样，只能无助地朝着黑暗而寒冷的深渊坠落。

和海面上的惊涛骇浪相比，海水深处显得无比阒静。

山本武以为自己就要死了，可是当他醒过来的时候，发现自己已经躺在了某个不知名的海滩上。这里平静无风，只有阳光和蔚蓝色的海水，一切都是那样安静，那样舒适，仿佛来到了天堂。

或许这里就是天堂，而我已经死了？

山本武这么想着，突然他感到一阵作呕，跪在柔软的沙滩上，弓着身子，猛吐了几大口海水，然后剧烈地咳嗽起来。

这种强烈的不适感令他意识到，自己还活着，切切实实地活在这个人世当中。

可是，我不是已经被海啸淹没了吗？

我是如何来到这里的？

山本武怎么也想不明白，他感到头疼，感到阳光突然变得格外刺眼。

他站在海滩边看向远处，突然，他看到不远处的海水中，有什么东西在阳光下闪闪发亮。那亮光并不来自波光，而是来自别的什么，是一种十分光洁的质感。

紧接着，他看到一条海豚从海水里跃起，然后朝他游了过来。

卡鲁！

是卡鲁！

“卡鲁！”

山本武激动地喊了一声海豚的名字，那是福山南一直饲养的海豚，也是山本武的朋友。他立马冲进海里，和卡鲁拥抱在了一起。

他抚摸着卡鲁光滑的肌肤道：“卡鲁，是你救了我，是你救了我对不对？”

卡鲁似乎听懂了山本武的话，用海豚音作了回应。

山本武道：“可是……福山大叔，还有葵……”

这时，卡鲁的声音听上去有些哀伤，像是在悲鸣，它的眼角流下了一滴眼泪。

最后，山本武和卡鲁挥手作别，夕阳下，他看着卡鲁一步三回头地朝着大海远处游去，他俩都感到不舍，但却又必须要在此地分别。

夕阳落下了，卡鲁消失在了大海深处，而山本武也转过身，朝着陆地深处走去。

那之后，山本武再也没见过卡鲁，而卡鲁也终于离开了那座小岛，勇敢地游向了更为广阔的海洋。

在无尽的悲伤中，山本武缓缓地醒了过来，这次的醒来，他显得格外平静。在房间里坐了好一会儿，他才开始洗漱，然后离开房间，前往病房看望张大心。此时的张大心依旧处在昏迷当中。

他看了看时间，现在已经是中午，但是李麦群他们依旧没有回来，他立马给李麦群打去电话，手机关机。

他又给高木端和司马思礼分别打去电话，均得到了手机关机的提示音。

山本武感到不对头，不可能所有人的手机全都关机了，出于职业本能的直觉，他马上意识到，出事了！

十分钟后，山本武向私人医疗所里的一名工作人员借来了一辆黑色别克轿车，驶离了医疗所，朝着那座艺术馆狂奔而去。

当山本武抵达那座艺术馆的时候，眼前的场景印证了他的担心。

他看到艺术馆正面的玻璃幕墙全都被击碎了，现场发现了许多弹壳，地上布满了车辙印和各种不同大小的皮靴留下的脚印。

有人抓走了他们！

山本武本能地会想到是德川家集团的人，但很快他意识到，抓走他们的并不是德川家的人。因为之前在医疗所里，刘茹提到过，香港还有另一伙神秘人对马海恩家族的秘密有所企图。

那么，抓走他们的一定就是那帮家伙了！

我必须救出李麦群他们，因为只有他们才能够拯救张大心，他们是张大心唯一的希望！

山本武这么想着。

可是，该如何找到他们呢？

在这个关键问题上，山本武感到毫无头绪。

眼罩被摘掉的一刹那，李麦群感觉自己的眼睛一阵生疼。他发现自己坐在一张长桌前，长桌上摆满了各色美食佳肴。

他看到高木端坐在他对面，而司马思礼坐在他右手边相隔三个座椅的位置。他抬头环顾周遭，发现此刻他们正身处在一座极具欧式古典风格的宴会大厅内。

当他抬起手的那一刻才终于意识到，手铐已经不知道什么时候被摘掉了。

高木端率先开口道：“谁能给我解释一下……这是个什么情况？”

司马思礼无可奈何地笑了笑，用极其具有英式幽默的腔调道："喔呵呵，那帮抓我们的家伙良心发现了？邀请我们吃皇家大餐？莫非这里是白金汉宫？不知待会儿女皇会不会出来接见我们。"

高木端道："你难道就不怕他们在这顿皇家大餐里下了毒吗？"

司马思礼道："他们有一万种方法可以杀了我们，没必要在菜里下毒。现在问题的关键是，这里是哪儿？"

对呀，这里是哪儿？

李麦群感觉自己的脑袋像是要裂开一样，整个思绪混沌不堪，乱成了一锅粥。

李麦群道："他们去哪儿了？我是说那帮抓我们来的家伙。"

高木端耸了耸肩："不知道，不过既然现在没人看着我们，我们不妨四下转转如何？"

司马思礼道："好主意。"

随后，李麦群便晕晕乎乎地跟随着高木端和司马思礼离开了餐桌，绕着整个宴会大厅逛了一圈。

他们发现，只有宴会大厅左侧中间的那扇门是可以打开的，于是，他们推开了那扇门，来到了外面的一条走廊里。

走廊的尽头有一扇门，于是他们三人朝着那扇门走了过去。

最后，他们推开了那扇门，眼前的景象令李麦群、高木端和司马思礼三人全都大惊失色。

——他们看到了，世界的终极。

五

吉普车终于在颠簸中停了下来，刘茹被押下了车，她看不到眼前画面，只能听到嘈杂的风声和脚步声。

紧接着，风声安静了下来，她能够感觉到自己从户外进入到了室内。

她被人挟持着，如同一个刚刚失明的盲人一般，在黑暗中摸索了好一会儿，终于在某个地方坐了下来。

随后，她的眼罩被摘去了。

一个看上去和她年龄相仿的老男人坐在她的面前，那个男人用一口纯正得听不出任何口音的英语对她道："刘女士，非常感谢您将那个秘密带到了这里。"

刘茹并不认识眼前这个男人，她非常愤怒，但是却努力保持着平静和修养，淡定道："看来，那帮家伙都是你的人？"

老男人点了点头道："是的。我的手下办事有些粗鲁，还请谅解。"

刘茹并不想跟他说太多废话，直截了当道："你到底是谁？"

老男人深吸了一口气道："我曾经是马海恩最好的朋友，当然，只是曾经。"

刘茹道："你是海恩最好的朋友？可我从来没见过你，你在撒谎！"

老男人笑了："你当然会认为我在撒谎，因为你的确没见过我，因为我和马海恩彻底分道扬镳的时候，他和你还没有结识。"

刘茹问："你和海恩为什么决裂？"

老男人道："还能因为什么？生意场上的事情。我一直觉得这个世界很令人感到寒心，人与人之间的关系，淡得跟水一样，有时候说没就没了。"

刘茹道："听你话里的意思，是海恩在商业合作上做了什么对不起你的事情吗？"

老男人长叹了一口气道："倒是并不存在谁对不起谁，商人嘛，都是利益为上的，谁都希望自己的利益更大化，哪怕是亲如兄弟的朋友，也会因为利益而产生巨大的冲突和矛盾。”

刘茹道：“我不管你和海恩之间曾经发生过什么，那都是三十多年前的恩怨了。可你为什么在三十年后，突然对马海恩家族的秘密产生了如此浓厚的兴趣，以至于为了得到它到了不择手段毫无底线的地步！”

老男人道：“马海恩有跟你说起过那个秘密究竟是什么吗？”

刘茹道：“我知道，那个秘密是非常重要的，不然你们不会对它如此重视！”

老男人道：“但你的确不知道那个秘密的具体内容是吗？”

刘茹道：“我不管那个秘密是什么，秘密就在那幅画里，现在画已经给你了，那么按照约定，请你放了我和我的朋友们！可以吗？”

老男人像是被逗乐了，呵呵笑了起来，然后，他笑着道：“看来你比我更心急，好吧，我们现在就来看一看，那幅画里究竟隐藏着一个怎样的秘密。”

随后，老男人起身，打开了房间的门：“刘女士先请。”

刘茹起身离开了房间，老男人随后跟了出来。门外是一条金属结构的走廊，他们穿过这条走廊，拐进了一个玻璃结构的房间当中。

走廊内，四名身穿白大褂如同医生一般的鉴定人员已经准备就绪。

老男人拍了拍手道：“可以开始了。”

那四名鉴定人员小心翼翼地将《雏菊与罂粟花》抬到了房间中央的那台红外线扫描机上，正面朝上，呈仰卧姿态。

随后，鉴定人员摁下了按钮，红外线扫描机在微弱的轰鸣声中开始运转起来。

犹如给名画做核磁共振检查一般，一道红外线光束伴随着红色的可见提示光（因为红外线本身是人的肉眼看不见的，加入红色可见光是为了更直观地看到机器的扫描状态），在画作表面反复地来回扫描起来。

二十分钟后，红外线扫描结果就已经完整地呈现在了电脑屏幕上。

老男人兴奋地看着屏幕："果然有东西，果然有东西。"

在《雏菊与罂粟花》表面的画作下，还隐藏着一幅看不见的画，那是一幅没有上色只有线条勾勒的草图。草图描绘了一座罗马式修道院建筑，建筑前还有成片的向日葵与薰衣草田。

这幅隐藏画作的下方用潦草的荷兰语写着一句非常潦草而简洁的话。

在场一名鉴定人员，将那句荷兰语翻译成了出来——

秘密，在此。

也就是说，秘密就藏在画中的这座罗马式庄园建筑里。可是这座建筑物，到底在哪儿呢?

过了好一会儿，另外一名鉴定人员说："我好像认识这里。"

老男人激动道："快告诉我，是哪儿？！快告诉我！"

那名鉴定人员说："这画的好像是……圣雷米的圣保罗精神疗养院。"

老男人深吸了一口气道："梵高曾经接受过精神治疗的地方！现在被改造成了梵高博物馆。"

刘茹长吁了一口气道："既然你已经知道秘密在哪儿了，现在可以放了我和我的朋友们吧？"

老男人摇了摇头，神秘兮兮地冲着她笑了笑说："你得和我一起去。"

刘茹道："你这是出尔反尔！"

老男人道："我怎么知道，去了就一定能够找到那个秘密呢？"

刘茹道："你还是不相信我？"

老男人露出了沧桑的笑容道："就如同我曾经那么相信你的爱人马海恩一样，可是最后，他还是做出了对不起我的事情。"

此时，在香港市中心的某座综合医院内，吴霆领着四名警员十分兴奋地穿过普通住院病房大楼的走廊，最终来到了ICU重症监护病房区域。

因为就在半小时前，他正在香港警察总部和同事们一起开案情分析会，当时，吴霆作为总部重案组高级督察，被任命为"马海恩庄园特大枪案"的专案组组长，将所有的现场照片都拷贝了多份发给参加会议的每一名警官和警员。

会议上，吴霆对整个案件过程进行了陈述："昨天夜里十点十二分，在西九龙的一座高架桥上发生了枪击案，这是当时高架桥的闭路电视拍摄到的画面……"

紧接着，吴霆摁下遥控器的按钮，电视里开始播放监控录像画面。

只见录像中，两辆车一前一后高速行驶，不断地超越周围正常行驶的车辆。跑在前面的那辆车，是一辆银色保时捷，而跑到后面的那辆车，是一辆黑色奥迪。

两台均为跑车车型。

录像一边播放吴霆一边解说道："很明显，银色保时捷正在和黑色奥迪飙车，根据当时高架上的测速仪显示，当时它们的车速都超过了140迈（约等于时速224公里），这属于严重超速。"

当录像播放了大约半分钟的时候，画面中跑在前面的银色保时捷副驾驶的车窗似乎突然降了下来，然后从车窗内探出了一把手枪向后射击。

一共开了四枪。

头两枪很明显打在了黑色奥迪车的车前盖上，可以看到火花迸溅。

第三枪击碎了黑色奥迪车的前挡风玻璃。

第四枪打在了黑色奥迪车的右前车轮上，因为可以看到是从右前车轮开始爆胎的。

奥迪车顷刻间失去控制，整个车身撞到内侧的防护栏上，又弹了回来。这时一辆货车驶来，还来不及刹车就猛地撞在了奥迪车的侧面，奥迪车立刻向高架桥外侧冲去，撞破护栏后从十几米高的高架桥上坠落而下。

吴霆道："奥迪车上那四个人均为男性，已经全部死亡。他们全都持有枪械，四把P226半自动手枪，手枪的编号被故意磨掉，无法查到来源。他们身上没有找到任何可以证明其身份的证件，指纹数据库内也没有他们的任何资料，具体身份仍然在调查当中。但这件事情还不是最诡异的，最诡异的是接下来发生的事情。"

他说着，将画面中两辆车的车牌放大。

"画面中黑色奥迪车的车牌是假的，也就是俗称的套牌车，但这辆保时捷的车牌令人震惊，因为这辆车的主人是马海恩。然而马海恩已经在昨天凌晨也就是事件发生的十多个小时之前过世了，死于心肌梗塞，我们推测当时开车的应该是马海恩的家人，于是我们立马带队前往马海恩庄园。结果，我们在马海恩庄园内发现了马海恩庄园的老管家唐寅的尸体。唐寅被人杀死在了庄园三楼的书房内，死因是腹部中弹，一枪毙命。随后，我们便在庄园的后院和十名持枪歹徒进行了一番枪战,共击毙九名，剩下的一名大概是在企图翻墙逃跑的过程中被墙上隐藏的高压电击中，当场晕厥，所以并没有参与枪战，现在人还在医院，正处于昏迷当中。如果他醒来，他会是最关键也是最直接的案件突破口……"

就在这时，会议室传来敲门声。

吴霆道："请进。"

一名警员推开门道："吴警官，医院负责看护的同事刚才打来电话，那家伙醒了！”

吴霆立马带上四名警员动身前往医院，和负责嫌疑人看护的四名警员进行了对接。

吴霆问：“那家伙现在什么情况？”

看护警员道：“已经醒了，医生说除了有些高处坠落导致的脑震荡和局部有触电导致的皮外灼伤外，其他的没什么太大问题，现在就能办理出院。”

吴霆点了点头，随后进入了病房内。

那名杀手被手铐铐在了病床上，躺在那里一动不动。

吴霆走过去问：“叫什么名字？”

杀手不说话。

吴霆问：“家住在哪儿？”

杀手还是不说话。

吴霆道：“你在这里说和在警察总部的审讯室里说出来，情况可完全不一样。在这里说，算你主动自首坦白，懂吗？”

杀手冷冷一笑道：“这位警官，你忘了说那句话。”

吴霆道：“哇，看来你不是哑巴呀，我还你以为你不会说话呢。我忘了说什么话？”

杀手道：“你抓人的时候，必须念的那句话。”

吴霆道：“哦，忘了忘了。你有权保持沉默，但你对任何一个警察所说的一切都将可能被作为法庭对你不利的证据。你有权利在接受警察询问之前委托律师，他（她）可以陪伴你受询问的全过程……”

杀手道：“如果你付不起律师费，只要你愿意，在所有询问之前将免费为你提供一名律师。如果你希望跟你对律师谈话，你可以在任何时间停止回答问题，并且你可以让律师一直伴随你询问的全过程。”

（注：中国香港和诸多西方国家，警务人员在逮捕犯罪嫌疑人时，

有义务和责任宣读米兰达宣言，让犯罪嫌疑人清楚自己享有哪些权利，但这在中国大陆地区，并不适用）

吴霆道："你背得还挺清楚。"

杀手道："这位警官，我要保持沉默，我要请律师。我请不起律师，你们帮我请一个吧，律师来之前，我什么都不会说的。"

吴霆笑了笑道："那就只好……请你去我们那儿吃个早茶了，总部的冻奶茶和菠萝包可是全香港最好的。"

梦境共享

CHAPTER . 05

一

私人飞机在万米高空中飞行着，这次飞行的目的地是法国。刘茹坐在沙发椅上，看着椭圆形舷窗外的蓝天白云，飞机的引擎在轰鸣着，搅得人心烦意乱，她索性将舷窗拉了下来，尽管她知道这么做丝毫无法将引擎声减弱半分。

她刚准备闭上眼睛休息一会儿，那个令人厌恶的老男人便端着两杯威士忌走了过来，在她面前坐下了。

他将其中一杯威士忌递给刘茹道："我们会在巴黎降落，我已经安排好了人在巴黎戴高乐机场等候我们。飞机在巴黎降落后，我们就会马不停蹄地赶往那座法国南部小镇——圣雷米。"

刘茹接过那杯威士忌，狐疑地打量了两下，然后将威士忌放下。

老男人风趣一笑道："放心，这只是一杯普通的威士忌，格兰菲迪21年，不是梦魂酒，我也没在酒里下药。我可不是那种卑鄙的人，况且毫无必要。"

你不是那种卑鄙的人吗？

刘茹用冷眼瞥了一下面前这个老男人，她还是没有喝那杯酒，因为她根本就不相信眼前这个老男人，在她看来，这个男人所做的一切都是极端利己主义的，是完全不值得信任的。

她将那杯威士忌推到一边，淡淡道："如果你在圣雷米的圣保罗精神疗养院没有找到那个秘密的答案，会怎样？"

老男人喝了一口威士忌道："你的意思是说，秘密的答案不在那儿？"

刘茹耸了耸肩道："我不知道，我连那个秘密究竟是什么都不知道，马海恩几乎什么也没告诉我。可以说，在这件事情上，我知道的还没你多。"

老男人道："但他却告诉你了秘密所在。"

刘茹道："我不明白，既然秘密藏在那幅画里，海恩为什么还要拍卖那幅画？"

老男人笑了笑道："这就是他狡猾的地方，当年他就是用这种方式欺骗了我。"

刘茹道："狡猾？我听不懂你在说些什么。"

老男人道："女人永远也无法理解男人的思维。女人保护一件自己珍视的东西，会将那个东西死死地攥在手中，而男人保护一件自己珍视的东西，通常会让其远离。马海恩拍卖那幅画，是为了让所有人知道，那幅画对于马海恩家族来说，并不算是重要的东西，所以也就没有人会认为，秘密藏在那幅画里。"

刘茹深吸了一口气道："看来你比我更懂他。"

老男人道："我只是比你更了解他的狡诈而已。"

刘茹道："你还没回答我那个问题，如果你没能找到那个秘密的答案呢？"

老男人又喝了一口威士忌，然后道："如果在圣保罗精神疗养院没有能找到那个秘密的答案，或者说，没能找到更多能够指向答案的线索，那么不好意思，我会毫不犹豫地杀了你和你的那几个朋友。"

刘茹道："我的朋友被你的人抓到哪里去了？他们现在在哪儿？"

老男人将杯子里剩下的威士忌一饮而尽，微微一笑道："他们现在正处在一个非常奇特的领域当中。"

李麦群、高木端和司马思礼三人推开了走廊尽头的那扇门，他们看到了"无"。

门外什么都没有。

只有白色，从上到下，从左到右，朝着任何方向蔓延，看不到边际的白色。仿佛整个世界，都被白色笼罩。

李麦群怔住了："这到底是……怎么一回事儿？"

司马思礼不慌不忙，他从衣兜里掏出一枚硬币朝门外扔了出去。硬币在空中旋转了半晌，便飞速向下坠落，最终消失在了极深的白色当中。

司马思礼拍了拍手道："看来，的确很深。"

高木端道："深到看不见底。"

李麦群道："现实中不可能出现这样的情景。"

高木端道："你的意思是，现在是在梦里？"

李麦群点了点头："只有在梦里，这种情景才能够得到解释。"

司马思礼道："可是，我们三个人同时处在同一场梦境中，这难道不奇怪吗？"

高木端道："的确，我也感到疑惑。梦魂酒酿造出来的梦境，只能独享，而不能多人共享。也就是说，梦魂酒本身的特质是无法让多个人一起参与同一个梦境的，即便是马海恩新研制出来的白日梦魂，也无法做到这一点。"

李麦群陷入到了沉思当中。

司马思礼道："先不考虑这些，我们先找出路。"

随后，他们三人便转身朝走廊的另一头走去。走廊的另一头并没有门，却有一扇十字窗户。

他们快步来到十字窗户前看向外面，窗外依旧是一片白色。

司马思礼试了试，窗户是可以推开的，于是他推开窗户，又向外扔了一枚硬币。这次，硬币并没有向下坠落，而是在空中旋转了半晌，朝上方垂直急速飞去，然后消失在了上方极深的白色当中。

高木端点了点头道：“我现在相信了，这的确是一场梦。”

司马思礼道：“也有可能，并不是梦，而是……我们正身处在某个由高科技控制的巨大的白色密闭空间内。”

高木端道：“可是硬币垂直向上飞，违反了物理常识。”

司马思礼道：“也许，这个空间内拥有着好几种不同的引力场。窗外这个引力场和我们所理解的正常的引力作用方向是完全相反的，这种情况下，在我们看来硬币的确是往天上飞了，但是对于硬币本身来说，实际它是在往下掉的，这是符合物理基本规则的。牛顿最早认为引力是一种无形的力，可牛顿始终无法解释引力是如何产生的，但后来爱因斯坦确定了引力并不是某种力，而是大质量的物体造成空间弯曲导致的几何效应。所以简单来解释，制造一个完全相反的引力场，就是将空间倒转成与我们所处正常空间完全相反的方向。”

高木端问：“司马老师，你怎么会懂这些？”

司马思礼扬了扬眉毛道：“我可是剑桥大学物理系毕业的。”

高木端道：“可是将空间倒转过来，这也实在太难了吧？会不会是这个白色设备上方安装了一个强力磁场，将硬币给吸了上去？”

司马思礼道：“有这种可能，我试试其他材料。”

他说着从兜里掏出一包纸巾，然后扔了出去，这次，这包纸巾依旧向上方飞去。

司马思礼耸了耸肩：“看来和磁场没什么太大关系。”

他们转身，继续寻找出路。

可是除了回到那座宴会大厅内，他们已经别无他路可走。他们又将整座宴会大厅逛了不下十圈，都没能找到其他的出口。

他们意识到似乎被困在了一个奇特的领域，一个巨大的白色空间中，一座由宴会大厅和一条走廊组成的独立建筑物，悬浮在无穷无尽的白色当中。

二

他们精疲力竭，坐回到了餐桌前。

他们实在是饿极了，已经顾不得眼前的食物是否是一个有毒的陷阱，便开始大快朵颐起来。

他们一边吃，一边分析着目前的情况。

最后，李麦群终于开口道："我敢确定，我们此刻就是在一场梦里。"

高木端反驳道："不可能，现在还没有任何一种技术能够达到梦境共享。"

司马思礼点了点头表示认同："我刚才已经说过了自己的观点，我们现在应该是在某个高科技装置当中，没准我们现在的一举一动都在被监视。梦境是无法多人同时共享的。"

李麦群笑了笑道："并没有发生梦境共享，现在只有我一个人在做梦。"

高木端道："那我和司马老师算怎么回事儿？"

李麦群道："你们并不是真正的高木端和司马思礼，而是我的大脑在梦境中编织出来的虚构的高木端和司马思礼。"

司马思礼笑了起来："别逗了，你说这个是梦，你打算怎么醒来？"

李麦群道："在梦里坠落或者死去，就会立马醒来。"

高木端道："这里就是现实，你如果死掉了，就真的永远死掉了，是不可能醒来的！"

李麦群笑了："那就……试试看！"

他说罢，立马起身，朝门外奔去。

"拦住他！"

司马思礼大喝一声，和高木端一起追了上去。

走廊内，李麦群朝着尽头的那扇门狂奔而去，身后，高木端追了上来，司马思礼则紧随其后。

李麦群狂奔着，此时，他感觉这条走廊突然之间被无限拉长了。

那扇门一下子变得极远，在视野中渺小到只剩下一个点。这种极端扭曲的变化更令李麦群坚信这就是一场梦，他被困在了一场精心设计好的梦境当中。

因为他是曾被世人称作酿梦之神的梦魂酒酿梦师，所以他能够很轻易地分出梦境与现实之间的区别。

他继续向前狂奔，可是却感觉自己无论怎么跑都会停留在原地，就像是在一台跑步机上飞奔一样。

他感到精疲力竭，这时高木端和司马思礼轻松地走到他面前，对着还在原地狂奔中的他哈哈大笑。

那两张嘲笑的面容变得狰狞而又扭曲，宛如爱德华·蒙克的著名画作《呐喊》中那个正在呐喊的人！

李麦群气喘吁吁，满头大汗。

就在他感到绝望之际，他突然看到走廊的尽头，有一个魁梧的身影朝他迎面跑来。

是那个战国武将！

只见那名战国武将抽出武士刀，"唰唰"两下将眼前的高木端和司马思礼斩落在地。

紧接着，战国武将开始向李麦群发起攻击。

李麦群僵硬的身体向后一倒，躲过了这一刀，随后他连滚带爬地朝着走廊另一端的窗口飞奔了过去。

战国武将在身后穷追不舍。

李麦群跌跌撞撞，终于来到了那扇十字窗前。可是这次，无论他怎么样去推那面窗，窗户都像是被锁死了一样，怎么也打不开。

他转过身，看到战国武将已经来到了他面前。

李麦群的整个背部都湿透了，紧紧地贴在身后的窗台上，他的整个身子都瘫软了下去，实在是无力继续逃命了。

他抬起头，仰视着眼前这名高大魁梧的战国武将，深吸了一口气道："来吧！"

随后，他闭上了双眼，等待死亡的裁决。

只听到"咔嚓"一声，有什么东西断开了。

李麦群睁开眼，看到那名战国武将的武士刀并没有向他的头颅劈下，而是劈向了十字窗户。随后，那名战国武将收了武士刀，转身离去。

李麦群感到惊魂未定，他看着战国武将离去的背影，立马站起身来，转过身，此时窗户已经向外敞开。

他为什么……要帮我？

已经来不及想明白了，李麦群翻上了窗口，向外纵身一跃。

从窗口看来，就在一瞬间，李麦群朝上方快速飞去。而对于李麦群而言，他是在坠落，他朝着无穷无尽的白色，飞速地坠落而下。

"啊——！"

惊叫声中，李麦群猛地从床上坐了起来。他环顾了一圈周遭，发现自己正身处在一个陌生的房间当中。

不，他发现自己并没有睡在床上，而是睡在榻榻米的床垫上。从房间的陈设和格局来看，这的确是一间典型的日式风格房间。

他立马起身，拉开门，来到了外面的走廊内。那是一道回廊，回廊四面合围，中间是庭院，有假山，有清泉，还有樱花树。

此时是夜晚，不知几点，天空无星无月，飘着濛濛细雨。他感觉自己好像来过这里，就在疑惑间，他突然听到斜后方传来了拉门声。他一惊，立马回过头看去，只见一个熟悉的身影从另一个房间走了出来。

“高木君！”

李麦群冲那人喊道。

“麦群君！”

高木端一脸茫然的样子，朝李麦群走来，然后问道：“这里是哪儿？”

李麦群摇了摇头。

高木端又问：“司马老师呢？”

李麦群依旧摇头，他感到一阵头疼，怎么也想不起自己为什么会来到这儿，于是问高木端道：“我什么也不知道，我一醒来就到这里了……你还记得……我们是怎么来的吗？”

高木端道：“我只记得……我们被一帮持枪歹徒绑架了，押上了一辆押款车……”

李麦群道：“对对对，这个我记得，可是……后来呢？”

高木端眉头紧拧，过了好一会儿，他终于开口道：“我记得他们把我们押到了某个地方，但没让我们下车，根本就不知道那地方是哪儿。然后有人上了车，往我嘴里灌了什么东西，像是威士忌……然后我就睡着了，还做了一个奇怪的梦。”

李麦群道：“你梦到什么了？”

高木端道："我梦到了你还有司马老师，我梦到我们被困在了一个奇特的建筑物当中。"

李麦群问："一个怎样奇特的建筑物？"

高木端道："那个建筑物像是悬浮在一个白色的空间内，那个白色空间非常空阔。我意识到那是一个梦，于是就打开门跳了下去，然后便醒了过来。"

李麦群深吸了一口气道："我也做了相同的梦！他们给我们灌下的并不是普通的威士忌，而是梦魂酒！"

高木端道："那么，司马老师现在很有可能还在那场梦里没能逃出来！"

李麦群道："他应该就在其中一个房间内！"

李麦群和高木端立马动身，将回廊庭院四面的房间全都找了个遍，可是都没能找到司马思礼。

"上别处看看！"

李麦群和高木端离开了庭院，顺着迷宫般的走廊，寻找着司马思礼的下落。很快，李麦群终于意识到这里是哪儿了。

当他们来到走廊的一扇窗前，从窗户的夹角刚好可以看到这座日式城堡的偏楼。李麦群瞬间认出了那幢楼，也由此回忆起了此刻自己的所在："我们现在在白州德川家集团的总部！"

他倒抽了一口凉气："绑架我们的，是德川家集团的人！"

三

在专案组的审讯室里，吴霆对那名杀手的审讯毫无结果，一天的高强度审讯令他感到精疲力竭。

现在是北京时间晚上九点。

香港早已被一片夜色笼罩。

吴霆刚刚走出审讯室就接到了技术组的电话，技术组的同事告诉他，他们已经成功修复了马海恩庄园被人为破坏掉的监控录像。

还没等自己喘口气，吴霆便马不停蹄地来到了位于十五楼的技术组。

在技术组，他看到了案发当日的监控录像，录像来自马海恩庄园的大门监控摄像头。

他将监控录像调到了昨天夜里，就在昨天夜里十点多钟的时候，十名黑衣人强行突破了马海恩庄园的大门进入了庄园内。进门之前，其中一名黑衣人用手枪破坏了摄像头，紧接着，画面便是一片雪花。

随后，他又查看庄园前院的监控录像，这些监控录像均在这些黑衣人进入之后，被人为破坏掉。

吴霆将监控录像的时间调到了更早之前，他几乎是一帧一帧地认真查看。大约在半小时以后，他终于将录像调到了当天夜里九点半。从前院的监控录像当中可以清晰地看到，有四个人从庄园城堡走了出来，然后上了一辆银色保时捷，而那辆银色保时捷正是在高架桥上与黑色奥迪飙车并发生枪战的那辆。

吴霆感到格外兴奋。

上车的一共三男一女，从上车的次序可以看出，是那个女人在开车。

吴霆立马让技术人员启动了先进的面部识别系统，大约十分钟后，电脑精准地识别出了着四个人的信息。

刘茹，女，五十九岁，香港人，海恩集团前董事长马海恩之妻，海恩集团现任董事长。

李麦群，男，五十六岁，上海人，前梦魂酒酿梦师，后因梦魂酒被定义为毒品而失业，曾因故意伤人罪在大陆被判处五年有期徒刑。今年刚刚服刑期满得到释放。

司马思礼，原名海森·波特，男，七十岁，英国苏格兰人，前波特酒业集团董事长兼首席酿酒师，梦魂酒发明者，后因梦魂酒被定义为毒品，导致企业被强制关闭，现业不详。

高木端，男，四十五岁，日本东京人，前梦魂酒酿梦师，后因梦魂酒被定义为毒品而失业，后经营酒吧，并依靠家族遗产四处投资，现定居香港，并在香港投资有一家私人医疗所。其本人便居住于医疗所内，香港诸多富豪都是该医疗所常客。

吴霆的目光锁定在了高木端的资料上，因为从上车的次序来看，正是高木端坐在副驾驶位，所以，开枪者极有可能就是高木端。随后，他让同事帮他查询到了高木端投资的那家私人医疗所的具体所在。

山本武在香港进行了一天的搜寻，他冒险回了一趟司马思礼的住处和马海恩庄园，但他发现这两个地方都已经被警方封锁了起来。他毫无线索，毫无头绪，最终只能回到高木端的私人医疗所。

他让医疗所的工作人员尝试联系高木端，却始终都联系不上。

他们现在究竟在何处？

山本武带着忧虑来到了张大心的病房前，此刻的张大心依旧没有任何要醒来的迹象。已经过去两天了，司马思礼说张大心最多只能支撑一个星期的时间。可这仅仅只是司马思礼的推测，或许，真实的时间比那更短。

此时的张大心，正在做着一个怎样的梦呢？

星空

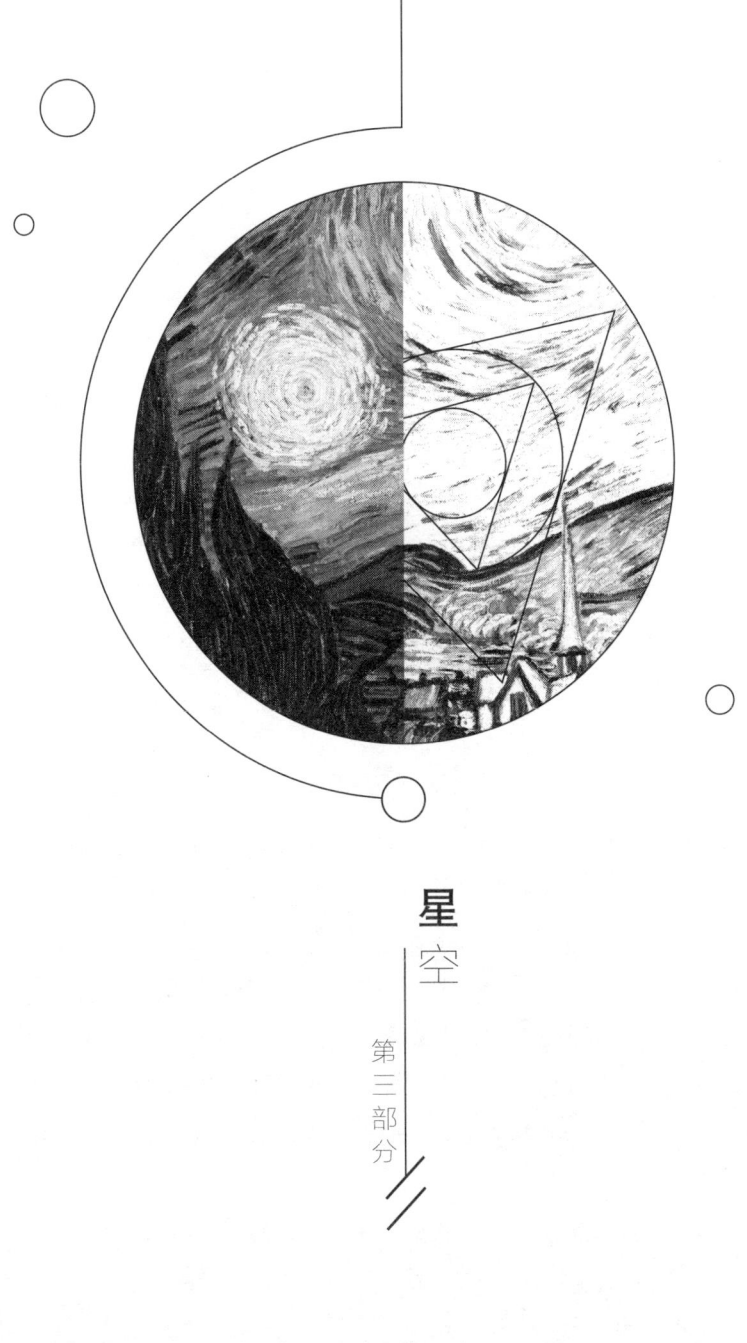

第三部分

灵回

CHAPTER . 01

一

在张大心的梦里，世界依旧是那片平静如镜面般的海，海水与天空连成一片。一艘孤独的小木舟静静地行驶在海面上，在船尾拖出淡淡的涟漪。淡淡的涟漪四散开来，仿佛晶莹的游丝一般。

张大心和那个陌生女孩依旧坐在这条小木舟上，俩人相对而坐。

张大心道："我们还要漂多久？"

陌生女孩道："很快就要到岸了。"

张大心道："你骗人，我才不相信你呢，你看看，你看看，这四面一望无际的，哪里来的什么岸？"

陌生女孩道："当你看到岸的时候，我们自然也就要靠岸了。"

张大心笑了："你这说了和没说有什么区别？"

此时，大海上的天空逐渐暗了下来，紧接着星空出现了。那并不是我们平常所看到的星空，而是犹如梵高笔下的《星空》。月亮就像一轮摊开的蛋黄一般坠落在了深蓝色的天空当中，星云如同水波和涟漪，如同女人的长发，如同晶莹的游丝一般，蜿蜒而来，游走而去，又在某处蜷缩成一团。

就连那深蓝色的夜空，也像是由一条条荡漾着的波纹构成的。

张大心兴奋地在小舟上跳了起来，弄得小木舟前后剧烈地摇晃。

陌生女孩道："你慢点，你慢点，这小船可经不起太大的动静。"

张大心指着星空道："这里的夜空好美呀！"

陌生女孩不以为然地打了个哈欠。

此时，星空完整地倒映在了如镜面般平静的大海上，大海与星空连成了一个整体，小木舟就如同行驶在星空中，行驶在梵高的印象派画作里。

山本武坐在病房外的一把椅子上靠着墙休息。他不打算回房间，今晚他决定守在张大心的病房前，并且等待李麦群他们的消息。

他陷入到了回忆当中。

25年前，发生在宫崎海域的地震所引发的海啸让他失去了自己最后的庇护所。福山南离他而去，山本葵也离他而去，父亲也早已遇害。从那一刻起，他真的什么也没有了。

失去一切的山本武又告别了海豚卡鲁，他离开了海滩，穿过了一片树林，最后来到了一座小镇上。

看了路牌他才知道，此刻的自己并不在宫崎，而是来到了距离宫崎不远的鹿儿岛。

深夜的小镇上已经空无一人，山本武身无分文，他饿坏了，于是他大着胆子，翻进了一座看上去像是有钱人家的别墅当中。

他摸着黑，穿过一楼的客厅，进入厨房内，他小心翼翼地打开冰箱找吃的。

"你是谁？"

身后，一个小女孩的声音传来，山本武的身子猛地一怔，僵在了那里，一动也不敢动。

"你是谁呀？为什么会在我家里？"

山本武深吸了一口气，他大着胆子回过头来，看见一个身穿hello

kitty 睡衣的小女孩站在他面前。

小女孩才十岁大。

那一刻，山本武看花眼了，他激动道："葵！是你吗，葵？！"

山本武冲过去想要一把将葵抱住，可是那个小女孩立马转身躲开了。只见她跑到墙边摁下了开关，客厅的灯一下子全都亮了起来。

明亮的灯光下，山本武终于看清那个小女孩并不是山本葵，而是一个他从未见过的陌生女孩。

山本武立马跪在地上："对不起，对不起，我认错人了，吓到你了。"

小女孩道："你到底是谁？为什么会出现在我家里？你再不告诉我，我就要报警了！"

她说着，举起了墙边的电话。

山本武立马道："不要报警，不要报警，我只是……我只是……我只是……饿了。"

小女孩道："饿了为什么不去饭店，而是跑到我家里来了？"

山本武道："我……我没有钱，我什么也没有，我只想吃点东西。"

小女孩道："所以，你是来我家里找食物的？"

山本武点了点头："不要报警，请千万不要报警，我什么也没拿，我这就走……"

可是山本武还没起身，整个身子就因为太过饥饿和疲惫瘫软在了地上，差点晕厥过去。

小女孩立马紧张起来："喂喂喂，你你你，你可别死了啊，我这就给你找吃的！"

山本武倒在地上，模糊的视线中，他看到这个小女孩手忙脚乱，从冰箱里翻出了一大堆吃的，然后摆在了山本武面前。

小女孩道："有火腿，有吐司面包，有吃剩下的寿司和饭团，还有牛奶，你看看你喜欢哪些？都给你，都给你，够吃了吗？"

山本武立马抓起饭团，大口大口地吃了起来，一下子被噎住了。

小女孩立马拧开牛奶瓶，递到了山本武嘴边："你慢点吃，慢点吃，别急，别急。"

不到五分钟的时间里，山本武犹如风卷残云一般，将面前所有的食物全都吃得一点儿也不剩。

山本武喝掉了最后一点牛奶，深吸了一口气，打了个饱嗝儿，感觉自己整个人瞬间活了过来。

小女孩问："你叫什么名字呀？我看你不像坏人，真的只是饿了，我们交个朋友吧？"

山本武道："我叫山本武。"

小女孩道："我叫德川樱子，请多关照！"

李麦群和高木端刚刚意识到他们正身处在位于日本白州的德川家酒业集团总部，他们的身后就传来了脚步声。

当李麦群和高木端回身看去的时候，李麦群整个人都怔住了。

向他们迎面走来的那个女人，穿着一件樱花色的和服，手里握着一把武士刀。窗外的月光透射进来，从侧面打在那个女人的脸上，一半明亮，一半阴暗。

李麦群认出了那张脸："德川……樱子！"

德川樱子朝他们狂奔了过来，只见她将武士刀抽出刀鞘，露出寒光迸射的刀刃。

李麦群和高木端互相看了一眼，不约而同地喊出了一个字："跑！"

两人转身便逃，而德川樱子则如同李麦群梦里的那名战国武将一般，穷追不舍。

在逃跑的过程中，李麦群感觉一切都混乱了，德川樱子不是已经死了吗？他亲眼看到山本武用那把锋利的武士刀凶狠地扎穿了德川樱子的心脏，那一样完美的贯穿，德川樱子不应该还能够存活于世啊！

这一切，到底是怎么了？

当李麦群回过神来的时候，才发现高木端不见了，不知何时，两个人跑散了，而德川樱子也并没有追上来。

与此同时，他才发现自己已经不在德川家酒业集团的总部古堡，而是来到了一列火车的车厢内。

这是一列十分老旧的日本蒸汽式火车。

怎么回事儿？

场景怎么一瞬间切换到了这里？

李麦群疑惑着。车厢内坐满了乘客，窗外是一片茫茫的白雪。他找了个地方坐下，这时，火车缓缓减速，在一座信号所前停了下来。

坐在他对面的那个年轻女子站起身来，将他身旁的车窗抬了起来。外面的冷风席卷而入，李麦群感到一阵寒冷，打了个哆嗦。

年轻女子将半个身子探出窗外，冲着远方某处喊道："站长先生，站长先生！"

这不正是川端康成的《雪国》的开头吗？

李麦群意识到自己依旧在梦里。他回到了那场名叫【雪国叶子】的梦境当中。

而坐在他对面打开车窗呼唤"站长先生"的姑娘，正是叶子。

叶子和站长交流了片刻，大致意思是，叶子的弟弟在信号站工作，希望站长能够多加照顾。

随后，叶子关上了车窗，火车继续开动了。

李麦群这才看到了叶子的脸，这一次，他彻底怔住了。

因为，他看到了自己的妻子——陈彤的脸。

二

私人飞机已经在万米高空中飞行了十个小时，大约还需要长达五个小时的飞行，飞机才能够在巴黎戴高乐机场降落。刘茹努力想要睡上一觉，尽管十个小时以来，她一直做着这样的尝试，但她却还是怎么也睡不着。

那个老男人大概睡得挺香，只见他拉开自己卧舱的门，打了个满足的哈欠，一边喝着手里的柠檬汽水，一边朝刘茹走了过来，在她面前的沙发椅上坐下。

老男人道："没睡？"

刘茹道："你觉得，我会睡得着吗？"

老男人看了看表，然后说："大概还得飞五小时，聊会儿？"

刘茹冷笑道："我跟你可没什么好聊的。"

老男人扬了扬眉毛，又喝了一口柠檬汽水，然后道："你难道就不想知道我和马海恩之间的那些陈年旧事吗？"

刘茹打了个哈欠，假装漫不经心道："你想说就说吧。"

老男人道："我和马海恩是大学同学，我们一同在英国剑桥大学念书，我们是同一个宿舍的舍友。宿舍就我和他两个人住，所以我们无话不谈，关系可谓是亲密无间。我们总是形影不离，以至于很多人都以为我们是一对同性恋，其实我们彼此都知道，我们不是，我们只是关系太好了而已，亲如兄弟。大学毕业后，我继承了家族企业，而马海恩则自主创业，在香港创立了海恩集团。当然，为了帮助马海恩——实际他家里很有钱，是收藏世家，并不太需要我的帮助——我向他提供了高达一千万美金的创业启动资金，占有马海恩集团25%的股份。得到巨额创业资金的马海恩大力发展房地产业务，几乎是在短短几年的时间内，海恩集团在香港就已经非常壮大了。”

刘茹道：“也就是说，从某种意义上来讲，你是海恩集团的共同创始人之一？”

老男人点了点头道：“可是没多久，我和马海恩在商业上产生了严重的意见分歧，具体的我就不多说了，因为里面涉及的事情太过复杂，一时半会儿也没办法向你说清楚。但真正导致我们彻底决裂的，是他欺骗了我。当时，我的家族企业和海恩集团合作，由海恩集团独家代理我们企业产品在香港和东南亚地区的发行销售权，可是由于产品供不应求导致长期断货，海恩集团竟然瞒着我和我的家族企业，以次充好，将廉价的伪劣产品包装成正品进行销售，结果东窗事发，导致我们的品牌形象一度受到了严重冲击。那之后，我彻底看出了马海恩的为人，他是一个在商业上为追求利益最大化而不择手段的人。于是我卖掉了在海恩集团的全部股权，和马海恩彻底决裂。”

刘茹道：“可那已经是三十多年以前的事情，就像你说的，都是一些陈年旧事。”

老男人将杯子里的柠檬汽水一饮而尽，然后将杯子狠狠地砸在桌面上，道：“陈年旧事最令人难以释怀！”

刘茹道：“不，我的意思是说，你不可能是刚刚得知这个秘密的，你应该在三十多年前，甚至在上大学的时候，就已经从海恩那儿知道这个秘密的存在了。可是，为什么过去这么久了，你才想起去寻找那个所谓的秘密的答案？”

老男人微微一笑道：“等我们找到那个秘密的答案时，我会告诉你的。”

吴霆向上级申请到了搜查令，领着九名警察，分两辆警车，朝高木端的私人医疗所呼啸而来。

此时医疗所内，山本武刚刚从沉思中回过神来。不知为何，他突然感到有些焦虑不安，这种突如其来的不安感，令他觉得心烦意乱，他总感觉，接下来会有事情发生。

果不其然，当他转身看向窗外的时候，刚好看到两辆警车停在了医疗所的大门前。

糟了！警察找到这儿了！

医疗所门口，吴霆向门前的保安出示了搜查令，然后领着一队人马进入医疗所当中。

吴霆走向前台，出示自己的警官证和搜查令，随即问前台小姐道："请问高木端是不是你们老板？"

前台小姐点了点头道："嗯，高木先生是我们的大股东之一。"

吴霆问："那么，高木先生现在在吗？"

前台小姐摇了摇头道："高木先生出去了，一直没回来。"

吴霆问："他是什么时候出去的你知道吗？"

前台小姐说："嗯……这个……昨天不是我值班，所以，我得帮您问问。"

吴霆道："也就是说高木先生是昨天出去的？"

前台小姐说："我不知道，但是今天一整天高木先生都不在。"

吴霆道："那么请问你知不知道高木先生去哪儿了？"

前台小姐摇了摇头道："不知道，警官，不过我可以帮您联系他。"

吴霆道："多谢。"

前台小姐立马用专线拨打了高木端的电话，但是电话是关机状态。

前台小姐放下电话，摇了摇头道："高木先生的电话关机了。"

吴霆道："也就是说联系不上他？"

前台小姐道：“不过，高木先生还有一位朋友在这儿。”

吴霆道：“朋友？”

说着，他给出了一份附有照片的名单，上面分别是：刘茹、李麦群和司马思礼。

吴霆道：“是这三位吗？”

前台小姐道：“这三位也是高木先生的朋友，不过，他们都和高木先生一起出去了。”

吴霆问：“那还有谁在这儿？”

前台小姐道：“是一位姓山本的先生。”

吴霆道：“山本？也是日本人？”

前台小姐点了点头道：“是的。”

吴霆道：“带我去找他。”

前台小姐道：“那我先给他房间打个电话……”

吴霆立马拦住：“别，直接带我上去。”

前台小姐带着吴霆上了楼，其他警员封锁了各个出入口。

他们来到了山本武的房间前。

前台小姐敲了敲门道：“山本先生，山本先生。”

可是，门内无人回应。

吴霆将枪的保险打开，然后用力推开门，结果房间内空无一人。但奇怪的是，吴霆发现房间内的床头柜上的数字电子钟的LED屏幕和芯片被拆掉了。

但他并不明白拆掉电子钟屏幕的含义。

这时一名护士跑了过来，气喘吁吁道：“不好了，不好了，张大心不见了！”

吴霆道：“张大心是谁？”

护士说：“是高木先生和他的那几个朋友带过来的一个小女孩，一直处在昏迷状态，现在人已经不在病房里了！”

吴霆道：“那个叫山本的日本人全名。”

护士道：“山本武。

吴霆问：“年龄？”

护士道：“看上去差不多四十了。”

吴霆问：“身高？”

护士道：“目测178公分。”

吴霆立马用对讲机向所有警员通话：“疑犯失踪，疑犯失踪，山本武，男性，日本人，年龄约为四十岁，身高约为178公分！守好每个出入口，见到可疑人员，直接拦下！”

随后，吴霆在护士的带领下往监控室走去，他要调取监控录像。

就在这时，吴霆的对讲机突然响了起来：“不好了，吴警官，有人强行闯卡！”

吴霆听到了楼下的动静，只见一辆黑色别克从地下停车库冲了出来，冲破了警方的第一道防线。

吴霆立马朝楼下冲去。

黑色别克横冲直撞。

吴霆一边跑，一边对着对讲器喊道：“开枪，开枪，瞄准车轮！”

门口的警员一齐朝别克开枪，但已经来不及了，别克已经冲出了大门，飞快地消失在了山路的拐角。

吴霆立马冲上了警车，驾车追了上去。

三

五分钟前，山本武背着张大心悄悄从安全通道的楼梯下到了一楼。他躲在了一个隐秘的草丛里，等到一名落单的且看上去没什么经验的年轻警员经过的时候，他一把将那名警员拖进了草丛中。

然后他用匕首抵住了那名警员的脖子，将他死死地摁在地上，语调凶狠道："说，你们是怎么找到这里的？"

那名警员吓坏了，怯怯生生的，不敢说话。

山本武将匕首顶得更加用力了，血从警员脖子表面的皮肤流了出来："说不说？不说我杀了你！"

那名警员瑟瑟发抖道："我……我……我不知道，我不知道。放……放过我吧，我今年刚……刚从警校毕业……"

山本武道："不知道？"

警员道："我……我……我……应该是……应该是有人供出来的……"

山本武问："谁？"

警员道："吴警官在马海恩庄园，抓了……抓了一个人……"

山本武问："一个什么人？"

警员道："一个持枪歹徒……当……当时有十个，被我们击毙了九个，还有一个……还有一个活着的，被我们……被我们带走了……"

山本武问："带到哪儿去了？"

警员道："当然……当然是专案组……"

吴霆驾驶着警车疯狂地追逐着前方的别克，其他的警察也驾车追了上去。别克车疯狂地在山路上狂奔着，两辆警车则在后面紧追不舍。

吴霆用警车内的对话机喊道："呼叫总部，呼叫总部，请求支援！疑犯驾驶一辆黑色别克逃亡，车牌号是×××××，按照目前逃亡路线，疑犯应该会从山道南麓出口下山然后进入主道，请火速派人在各大关键路口设卡拦截！嫌犯疑似携带枪支，请务必小心！"

两辆警车追逐着这辆色别克车在山路上蜿蜒狂奔，大约十分钟后，别克已经通过南麓出口进入主道当中。

而此时，警方还未来得及在南麓出口设卡。

吴霆再次呼叫总部，请求尽快在主要路段设卡，然后加大油门追了上去。

这场疯狂的追逐持续了大约半小时的时间，那辆黑色别克终于在一个路口为了冲破警方设置的路卡而方向失控，撞在了马路一侧的护栏上停了下来。

吴霆立马率领一众警察围了上去。

可是，当吴霆拉开车门的时候，车门内那个意识有些模糊的年轻男子道："快走，快走，炸弹……要爆炸了！"

吴霆认出了这名年轻男子，他大惊道："小陈？"

小陈便是那位刚从警校毕业的年轻警员。

吴霆看了一眼小陈脖子上的LED屏幕，上面的数字正在倒计时，即将归零。

他一把将那个LED屏幕扯了下来，然后道："假的！"

随后，他狠狠地将这个"定时炸弹"扔在地上，用力踩碎。

他深吸了一口气，努力稳定住情绪："我们被耍了！"

就在半小时前，山本武将小陈摁在地上，将那个从电子钟上拆下的LED屏幕用电线绑在了小陈的脖子上，然后对他道："这是一枚定时炸弹，时间设定为三十五分钟。现在你去地下车库，那里有辆车牌为×××××的黑色别克，这是钥匙……你直接上车，然后一路开下山，往警察总部完全相反的方向开！记住，你要是敢跟你的同伴说，我就立马引爆炸弹。如果你中途自行摘掉炸弹，炸弹会立即引爆！车上装有GPS，我会看到你的驾驶方位，如果你敢耍我，我随时都会引爆炸弹，如果你完成任务，炸弹便会停止。明白了吗？"

山本武扒掉了小陈的警服，然后和他互换了行头，而后指导小陈避开了所有人，进入地下车库当中。

随后小陈便驾驶那辆黑色别克，引开了现场所有的警察。

而山本武则快速进入地下车库，强行破解了高木端的另一辆豪华跑车——保时捷911。他将张大心放在副驾驶位上用安全带保护好，然后他驾驶着这辆黑色保时捷，飞快地离开了私人医疗所。

二十五分钟后，保时捷911停在了香港警察总部的大楼附近。

然后，他压低帽檐，用从小陈那里抢来的ID卡顺利通过了匝机，进入大楼内部。随后，他直接乘电梯上到了十五楼。

他来到了审讯室前，向审讯室的看守人员出示了自己的ID卡。

那名看守人员睡得有些迷糊，他随便看了眼ID卡，头也没抬道："吴督察让你来的？"

山本武道："吴长官正在外面查案，让我过来负责今晚的审讯。"

看守人员又打了个哈欠道："进去吧，进去吧。"

随后，山本武打开了审讯室的门。

审讯室内，那名杀手坐在那里，他看了一眼山本武，吊儿郎当道："你谁呀？你们吴督察呢？"

山本武微微一笑道："我们吴长官今天在外面查案，他让我来负责今晚的审讯。"

他说着转过身，将审讯室的门反锁了起来。

那名杀手依旧一副不屑的表情："律师你们帮我请好了吗？律师来之前我什么都不会说的。"

山本武没有说话，他来到那名杀手身后，然后将自己的右手摁在了那名杀手的后脑勺上。

那名杀手察觉到了不对头，紧张道："你想干吗？"但是，他被手铐固定住了，无法起身。

山本武微微一笑，二话不说将那名杀手的后脑勺用力向下按去，随后又抓住头发提起来，又摁下去，只听到那名杀手的脑袋在金属桌面上撞得咣咣直响。

就这么连续四次之后，山本武将那名杀手的脑袋向后拉，杀手面部朝上仰起，整张脸都已经血肉模糊。

他身体发颤，嘴里吐着血，奄奄一息道："我……我……我要投诉你，你这是暴力审讯……"

山本武将从小陈那里抢来的手枪顶在了杀手的下巴上："你好好看看我，好好看看我，看看我是警察吗？"

那名杀手眯起眼睛，仔细看了眼眼前这个穿着警察制服的男人，过了好一会儿，他怔住了："你是……你是？！……"

山本武微微一笑道："警察不敢杀你，但我，不是警察！"

杀手整个人都颓了下去："你……你想干吗？"

山本武道："告诉我是谁派你来的？"

杀手浑身发抖："我……我不知道……"

山本武将枪的保险下了："我再问你一遍，是谁派你来的？"

杀手陷入到了沉默当中。

山本武道："你们干这行都是为了钱，为了钱，丢了命，不值当吧？我可没什么耐心也没什么时间和你在这儿干耗着！"

杀手终于开口道："我告诉你……你就放过我？"

山本武道："一言为定！"

随后，杀手说出了那个令山本武怎么也不敢相信的名字。

山本武问："他现在在哪儿？"

杀手道："我……我不知道……"

山本武问："那我上哪儿可以找到他？"

随后，杀手说出了那个地点。

四

李麦群看到了自己妻子陈彤的脸，此刻，陈彤就坐在自己面前，只不过她现在并不是以他妻子的身份出现，而是以叶子的身份出现。

火车离开了信号站，继续往前开，窗外的雪景在夜空下一片白茫茫。远处连绵不断的白色雪山，与黑沉沉的天幕形成了强烈的视觉反差。由于窗外是暗的，而车厢内是明亮的，在此时此刻，火车的窗玻璃仿佛变成了一面镜子，陈彤的脸就这样倒映在窗玻璃上，这份安静令李麦群丝毫不忍去搅扰和打破。

最关键在于，他知道，此刻坐在自己眼前的，并不是自己的妻子，而是叶子。他看了眼叶子怀里那个名叫行男的、病恹恹的日本男人，他知道，即便他是岛村，叶子也并不会喜欢他，因为在这场梦境当中，无论叶子以谁的形象出现，她所爱的，始终只有行男一个。

李麦群就这样静静地看着，他希望这场梦境能够永恒地持续下去，他希望这列火车永远也不会到站。

山本武快速离开了警察总部大楼，然后驾驶保时捷911飞速离去。他看了一眼副驾上此时依旧昏迷不醒的张大心，他突然意识到，带上张大心恐怕是一个错误，因为此时的张大心需要先进的医疗设备来维持她的生命延续。而且带着张大心一起行动，始终不便。

明明只用自己逃走的呀！

警方根本就不会为难张大心。

可是，我为什么会将张大心带上一起逃亡呢？

此刻他感到格外懊恼，因为他做了一个极为错误的决定，他不明白自己当时为什么要这样做！

很快，他便明白了这种情感。他已经失去了太多，几乎失去了一切，所以他不想再失去张大心。

他总有一种感觉，一旦张大心离开他的视线范围，便会彻底从他的世界当中消失。

他决不允许这样的事情发生！

二十五年前，日本鹿儿岛，山本武第一次见到了德川樱子。他觉得德川樱子就像他所珍爱的妹妹山本葵一样，是那样可爱，那样善良，那样纯白无瑕。

德川樱子问："你为什么会在这儿啊？我是说，你看上去并不像鹿儿岛人。"

山本武道："我本来住在宫崎，和我妹妹葵一起。我已经不记得是两年前还是三年前了，我爸爸被当地的黑社会杀害了，我和妹妹逃了出来被迫跳海，醒来的时候已经在崎岛上。"

德川樱子道："崎岛？"

山本武点了点头道："崎岛是距离宫崎不远的一座海岛，我和妹妹被岛上的福山南大叔救了起来。我们在一起生活了两三年的时间，可以说，这两三年是我最为快乐的时光。可是那帮杀害我爸爸的黑社会的人还是找到了岛上，福山大叔和我妹妹为了保护我被杀害了。我本来也是要死的，可是海上起了很大的海啸，把我们全都冲散了，当我醒来的时候就来到了鹿儿岛，是一条海豚救了我。"

德川樱子道："海豚？"

山本武道："是福山大叔养的海豚，叫卡鲁，是它救了我，可是我已经失去了全部的一切。"

德川樱子道："小武哥哥真是太可怜了。"

山本武道："你叫我什么？"

德川樱子道："我叫你小武哥哥呀，我可以这么叫你吗？"

山本武愣了一下，点了点头："那我就叫你樱子妹妹吧！"

德川樱子笑了起来："哈哈。"

突然她想到了什么，然后道："小武哥哥，你是说，今天宫崎附近爆发海啸了是吗？"

德川樱子立马转身打开电视，此时电视里全都是宫崎爆发地震和大规模海啸的新闻。新闻画面中，海水淹没了大半个宫崎，房屋不断地倒塌。

德川樱子道："今天上午我也感受到了地震，但是日本经常地震不是吗？所以我没有在意，可没想到……"

山本武道："还好你并不在宫崎。"

但是德川樱子急得不知所措："可是，可是，可是我妈妈昨天去了宫崎！我和妈妈是来鹿儿岛度假的，并不长住在这里，昨晚妈妈因为要谈工作，所以临时去了宫崎！"

山本武道："你爸爸呢？"

德川樱子道："爸爸出差了，现在还在美国呢！对，给爸爸打电话！"她说着，拨打了一个电话，可是电话却打不通。她又打了一遍，可是电话还是打不通，"美国……美国现在应该是白天啊，为什么会没人接电话呢？"

德川樱子急得哭了出来："小武哥哥，我该怎么办，爸爸的电话打不通，妈妈还在宫崎，我也联系不上我妈妈，我该怎么办？"

山本武道："我们去找警察帮忙！"

山本武说完，拉着德川樱子去了附近的警署，要求警察帮他们寻找德川樱子母亲德川静香的下落，可是警察却将他们拒绝了。说这种事情不归鹿儿岛县的管辖，而是宫崎县政府的职责。

离开了警署，德川樱子哭得更加厉害了："我想见妈妈，我想见妈妈，我想见妈妈！"

山本武问："你知不知道你妈妈现在是在宫崎县的哪个市？"

德川樱子道："宫崎县的宫崎市！"

刚才新闻里说，整个宫崎县，宫崎市的受灾是最严重的，因为它沿海，又刚好在海啸的最大波及范围内。

山本武道："别哭了，樱子妹妹，我带你找妈妈去！"

德川樱子道："要怎么找？"

山本武环顾了一下路边，他发现一辆黑色摩托车，随后，他用铁丝插入摩托车的锁眼，将摩托车顺利发动了。

德川樱子道："小武哥哥，你这是偷车，不行的！"

山本武问："你还想不想见到你妈妈？"

德川樱子抹着眼泪道："想。"

山本武道："那就上车！"

随后德川樱子上了车，坐在了后座上。

山本武道："坐稳了！我们去宫崎市！"

德川樱子将山本武的腰紧紧抱住，最后，山本武发动摩托车，飞速地开了出去。

那天，山本武一边对照着地图一边骑着摩托车，在深夜的公路上奔驰着，身后，德川樱子紧紧地抱住他，头发在风中散乱飞舞。

他们没能抵达宫崎市，便被警察拦了下来。

警方已经在全部通往宫崎的道路上设限，除了政府救援车辆，其他车辆和人员一律不得进入宫崎县境内。

最后，他们被强制送到宫崎县界的一个警署待了一晚上。第二天下午，接到警方通知后姗姗来迟的德川一康出现在了警署。

德川樱子一见到自己的父亲，便冲过去哭着捶打父亲的胸膛道："爸爸，你为什么不接电话？为什么不接电话？"

德川一康道："爸爸在飞机上，我一看到新闻，就买了昨天最快一班飞机，今天上午才回到日本！”

德川樱子声音沙哑道：“爸爸，妈妈她……妈妈她在宫崎！”

德川一康抚摸着德川樱子的后脑勺道：“我知道，我知道，没事儿的，妈妈一定没事儿的。”

说着，他将目光投向了山本武，他朝山本武快步走了过去：“就是你，带着樱子来到这儿的？”

山本武点了点头。

德川一康伸出手，狠狠地扇了山本武一耳光：“你知不知道这样做有多危险？！”

山本武低下头没有说话。

德川樱子冲了过来，拦在了山本武面前：“爸爸，你不许打小武哥哥，是我让小武哥哥带我找妈妈的！”

山本武道：“对不起，对不起，我只是……想为樱子妹妹做些事情，我只是，不想看到樱子妹妹难过……”

随后，德川一康了解了山本武的全部身世。他很感动，于是拍了拍山本武的肩膀道：“小子，以后就去我那儿吧。”

山本武道：“去您那儿？……”

德川一康道：“怎么，你小子还不愿意啊？”

山本武道：“不不，不是，不是，我只是不知道……不知道我能为您干些什么。”

德川一康道：“哈哈哈哈，你要干的事情，可是非常重要啊！”

山本武道：“重要？我也能干重要的事情？”

德川一康道：“以后，你就负责保护我的女儿。”

山本武道：“您是说保护樱子妹妹？”

德川一康道：“没错，你能胜任吗？”

山本武道：“当然！我愿意用生命保护樱子妹妹！”

五

北京时间13号凌晨一点。

巴黎时间12号下午六点。

私人飞机稳稳地在巴黎戴高乐机场降落了，降落前，飞机横穿整个巴黎上空。那天巴黎的天气极好，视野非常干净，透过舷窗，可以看到，傍晚血红色夕阳染色的云在天空中蔓延开来，城市的建筑物饱含着浓浓的浪漫主义文艺气息，朝着四面八方规则地辐射开来。三十多年前，她来过这里，和马海恩一起。两个人一同在埃菲尔铁塔前合影，在卢浮宫内漫游欣赏大师杰作，在午夜的塞纳河畔深情拥吻……那是她一生中最美好的时光。

而此刻和她一同来到巴黎这个浪漫之都的，是一个令她厌恶至极的老男人。

老男人道："好了，欢迎来到巴黎，不过我们可没时间欣赏巴黎风光了，我们得立马赶往普罗旺斯的圣雷米！"

随后，在老男人的催促下，刘茹一脸不满地走下了飞机，上了早已经在停机坪上等候的一辆黑色悍马车。

老男人坐在副驾，刘茹坐在后座，左右两边分别坐着一名身材魁梧的保镖。此刻，他们不是来保护刘茹的，而是来看住刘茹不让她趁机逃跑的。

黑色悍马车通过特别通道离开了机场。

老男人问司机道："到普罗旺斯的圣雷米需要多久？"

司机道："一般需要大约七小时。"

老男人道："能不能更快！"

司机道："我竭尽全力，先生！"

刘茹冷笑道："没有人会来跟你抢，你何必那么抢时间呢？"

老男人扭过头来笑了笑道："这就和你们女人一定要第一时间买到新出的LV是一个道理。LV总会有的，可你总想更快得到。"

刘茹打了个哈欠道："如果最后那个到手的LV包你并不满意怎么办？"

老男人笑了笑，他用枪口轻佻地在刘茹面前扬了扬，然后道："你应该比我更希望它会令我感到满意，不是吗？"

刘茹注意到，她的确无路可逃，因为在这辆车前后，还有两辆悍马陪同。

李麦群依旧沉浸在梦中，那列老式蒸汽火车在夜空下缓慢地行驶着，窗外是一片白茫茫的雪野。他不好意思正眼去瞧陈彤，不对，应该是叶子，于是只能通过窗玻璃的倒影，去看自己妻子那张模糊的脸。而这张脸，此刻正低垂下去，凝视着她怀里的行男。

李麦群叹了一口气，扭头看向窗外，他看到窗玻璃上倒映出的自己的脸。他感觉这张脸变得格外陌生，甚至令他愣住了那么好几秒。就如同眼前的陈彤一样，眼前的这张脸回到了年轻的时候，不再是一副饱经沧桑的模样。

窗玻璃倒映出的这个自己，看上去也就二十来岁不满三十岁的样子，而此刻的李麦群，已经五十六岁了。

一颗苍老的心配合上一副年轻的躯体，这感觉令李麦群不由得苦笑起来。他看着窗玻璃中那张年轻的、嘴角微微上扬的脸，看上去，在这张脸上，就连苦笑都是那样迷人。

火车减速了，最后稳稳地在汤泽的火车站停了下来。眼前的叶子搀扶着行男起身，两个人走入过道，跟随着其他要下车的人一起下车了。李麦群立马起身跟了上去。这种旧式的日本乡村火车站，很多时候火车都不会直接停靠在站台上，中间可能会相隔一两道铁轨。

李麦群跟随着人流下车的时候，叶子已经搀扶着行男越过了第一条轨道。李麦群刚要跟上去，就被站务员扬手制止了。

紧接着，一辆货运列车缓缓驶过，挡住了视线中叶子搀扶着行男的背影。

此刻，李麦群感到这列货运列车格外的长，好像长到首尾都没有尽头，就如同那漫长的没有尽头的时间。

好像过了五分钟，又好像过了一个小时，甚至像是过了整整一个世纪那么久，那列货运列车终于全部驶过。

而李麦群眼前，叶子早已经消失得不见踪迹了。

那一瞬间，李麦群感觉自己的内心空荡荡的，像是有什么东西一下子落空掉了，只剩下硕大的雪花，在站台前缓慢地坠落着。时间仿佛静止了，那片雪花坠落得格外缓慢，李麦群就这样静静地站在那里，站在两道铁轨之间。他凝视着眼前的站台，站台上人来人往，变得像是丢帧了一般，一顿一顿地运行着，一顿一顿地变得格外模糊，仿佛只剩下棉袄的灰色和白色相间地流动着，仿佛梵高早期的阴暗派画作。就连站在站台边负责指挥的站务员，也像是定在了那里，整个身体都在不连续地闪动着。

就在这时，他看到站台上出现了一个人。那个人的形象并不是卡顿的，而是连续的，就像我们在正常环境中看到的人物动作一样，那个人流畅地穿过了那模糊的人流，朝站台边慢慢地走了过来。

那个人来到了站台边，冲着李麦群莞尔一笑，并向他挥了挥手。

“彤！”

那个人便是叶子，陈彤模样的叶子。

“彤！”

李麦群立马迈开腿向前跑去，就在他的双腿即将跨越面前那道铁轨的时候，硕大的雪花一瞬间落地了。

“呿——！”

站务员立马吹响口哨。

在这刺耳的口哨声中，雪花在落地的一刹那融入雪地里，一列黑色的蒸汽火车“吭哧吭哧”地呼啸而来，狠狠地撞在了李麦群的身上……

李麦群被惊醒了过来，他猛地睁开眼，发现自己此刻正身处在一个黑暗的领域当中。这是一个十分狭窄的密闭的空间，他只能躺在那里，只要一抬头脑袋便会撞到天花板，手脚也无法得到完全的伸展，就好像自己被关在了一尊棺椁当中。

或许，我就是在一尊棺材里！

李麦群这么想着，突然他感受到了颠簸。看来，有人正在运送这尊棺材，难道说，那帮家伙正打算将我活埋？！

他为此感到很恐慌，这是每一个深处陌生密闭环境中的人都会有的本能反应，每个人都是潜在的幽闭恐惧症患者。

他开始用脚奋力去踹，用手拼命去打，努力将动静制造到最大，想要引起外面人的注意。仿佛是在大喊：“喂，我还活着呢！我还活着呢！快放我出去！快放我出去！”

可是无论他怎么努力，都没能得到任何人的回应。他逐渐感到精疲力竭，呼吸都变得有些困难。最后，他只好放弃了，因为无畏的挣扎除了消耗氧气让自己死得更快，基本没有其他任何效用。

他只能安静地躺下，躺在这黑暗的牢笼里，失去了全部的自由。

四个吃饭的农民

CHAPTER . 02

一

巴黎时间13号凌晨一点，地中海的蓝色海岸已经陷入沉睡，成片的紫色薰衣草在道路两侧的花田里，朝着彼端星空蔓延开去。

整个普罗旺斯都已经进入了梦乡，而一列由三辆黑色悍马组成的车队却突兀地闯进了这场安静而又祥和的梦中。

在中间的那辆悍马车内，刘茹陷入到了短暂的沉睡当中。她梦到了马海恩，马海恩朝她走了过来，牵住她的手，似乎要对她说些什么，但她还没来得及听清马海恩的话，就被推醒了过来。

“刘女士，我们到了。”

推醒她的是那个令她感到格外厌恶的老男人。在这个老男人的催促下，她下了车，此时，三辆车上一共十名保镖全都下了车，老男人指了指眼前的建筑物道：“就是这儿了。”

刘茹抬眼望去，只见眼前这座古老的罗马式修道院伫立在漫天的繁星之下。这里便是圣雷米的圣保罗精神疗养院，如今的文森特·威廉·梵·高博物馆。

刘茹道：“这个点早就闭馆了，我们天亮再来吧。”

老男人笑了笑道：“我早就和馆长约好了。不过……为了方便接下来的工作进展，我还带了三个朋友过来。”

刘茹道：“你还带了其他人？他们在哪儿？”

老男人笑了笑，拍了拍手，三辆悍马车的后备箱一同打开。三名保镖分别将那三个人从后备箱里拽了出来。

刘茹愣在了原地。

是李麦群、高木端和司马思礼。

这三个人刚从后备箱里放出来，像是虚脱了一般，全都瘫跪在地。

刘茹对老男人道：“这是……怎么一回事儿？”

老男人道：“还记得你问我把他们关在哪儿的时候，我说过，他们被关在了一个十分奇特的领域吗？他们是和我们坐同一架飞机过来的，这难道还不够奇特吗？只不过，我把他们关在了货舱里，一下飞机就提前将他们塞进了悍马车的后备箱，目的是为了给你一个惊喜，女人不都喜欢惊喜吗？”

此刻，李麦群感到自己的意识有些模糊，他跪在地上，捂着脑袋，过了好一会儿，意识才逐渐清晰起来。

他抬起头，晃了晃脑袋，终于看清了眼前的画面。他看到高木端和司马思礼被两名持枪者控制着，而他自己身后也有一名持枪者。

三辆悍马车，周围站着其余七名持枪者，而中间那辆悍马前，刘茹和另一个男人站在那里，似乎正在激烈地说着什么。

那个男人看上去已经年过六旬，长着一张亚洲脸，但分不清是中国人、韩国人还是日本人，因为那个男人正在用一口标准的英式英语说话。

但李麦群总感觉这个陌生男人似乎在哪儿见过，但一时之间又想不起来。

这时，那个陌生老男人朝他们三人走了过来。

李麦群准备站起身来，但是却被身后的保镖强行摁了下去，另外两位也是如此。

李麦群听到身旁司马思礼的惊叹声："怎么可能？这怎么可能？"

只见那个陌生老男人冲司马思礼微微一笑道："司马先生，好久不见了。"

司马思礼深吸了一口气，整个表情和语气都显得难以置信："德川一康？！"

德川一康点了点头道："正是。"

这个人，是德川一康？

李麦群、高木端和刘茹全都怔住了，德川一康不是已经死了吗？

很明显德川一康看出了他们的心思，嘴角微微上扬道："从法律层面来讲，我的确已经死了。"

李麦群忍不住开口问："可你明明没有死，又为什么要对外宣布自己的死亡？"

德川一康走向李麦群："李麦群先生，久仰大名，今天我们终于算是正式见面了。"

李麦群强笑起来："你管这种形式叫见面？"

德川一康扬了扬眉毛："其实我是为了报答你，报答你对我的恩情。"

李麦群没听明白："报答我？"

德川一康点了点头道："你专门为我酿制的梦魂酒【雪国叶子】，让我的爱人回到了我的身边。"

李麦群道："果然，你酿制出了那种新型梦魂酒是吗？"

德川一康笑了笑："新型梦魂酒？这名字一定是山本武告诉你的，这孩子什么都好，就是缺乏想象力。其实，我给这种酒取了一个非常富有诗意的名字，我叫它'灵回'，象征着所爱之人，灵魂回来。"

李麦群道："所以山本说得没错，你让我为你酿制【雪国叶子】并不是为了帮你找回做梦的能力，【雪国叶子】只是你酿制【灵回】的一环。”

德川一康道：“重要一环！在酿制【灵回】的过程中，总是缺少那么一点什么，我怎么也无法解决这个问题，而你的【雪国叶子】，刚好帮我解决了这个问题，我把那瓶【灵回】以我妻子的名字命名为【静香】。”

李麦群道：“于是你为了让你妻子德川静香回来，你把【静香】给你女儿德川樱子喝了下去。结果德川樱子的本格被彻底抹杀，取而代之的是你在【灵回】中虚构出来的你妻子德川静香的人格！是这样吗？！”

德川一康看了看星空，漫天的繁星闪耀着：“基本上是这样，但有一点你说错了。我并没有打算给我女儿樱子喝下【静香】，我原本打算物色一个和静香长相相似的女人来作为人格的宿主，可是樱子却将【静香】误以为是能够让她梦到妈妈的梦魂酒，于是她在我不注意的时候误饮了那杯【灵回】……结果，樱子的人格彻底被静香取代。”

李麦群道：“可你竟然接受了这个事实，还和你女儿发生了……”

德川一康道：“我一开始当然不接受，我是完全抗拒的！我开始想办法，想办法解决这个错误，可是却没有任何效果。逐渐地，我开始接受了这个事实，因为她实在是太像静香了，没有人能够比樱子更像静香。再加上，她的人格已经完全变成了我所熟知的那个静香，所以最后我无可抗拒，你明白那种感觉吗？在我眼里，她不是我女儿，她就是我最深爱的那个女人，静香！”

李麦群道：“可你为什么要带走张大心那个小姑娘，还要欺骗我饮下【灵回】，甚至还要强迫一个小女孩喝下【灵回】？”

德川一康道：“我是为了报答你，我一开始就说过了，我所做的那些事情都是为了报答你，报答你帮助我的爱人回来。你的女儿不幸去世，我深感难过。我得知你入狱，就派人进监狱进行了一些打点，你还记得老张吧？”

李麦群道：“他是张大心的父亲，是我最好的兄弟！”

德川一康道：“你知道他为什么唯独不伤害你，还拼了命地保护你吗？”

李麦群道：“他……”

德川一康笑了笑道：“你以为他是你梦魂酒的粉丝？你太天真了，要不是我派人带走了他的女儿，要求他对你进行无微不至的保护，不然你以为一个狱霸他良心发现，和你称兄道弟？甚至为了保护你，不惜在监狱里杀人？”

李麦群的身子颤了一下，因为他一直认为老张和他是纯粹的友谊，可没想到现实竟然是这样？他不敢相信，也不愿意去相信。

德川一康似乎看穿了他的心思，于是道：“我知道你不肯相信，但事实就是如此。你不接受也改变不了事实。”

李麦群道：“可是，你为什么要害我们？”

德川一康道：“我不是很明白，你为什么一定认为，我是在害你？”

李麦群道：“【父的重生】和【女儿】这两瓶【灵回】，难道不是……等一下……”

德川一康笑了：“你不会从一开始就认为【父的重生】里面所蕴含的，是我德川一康的人格吧？”

李麦群看着眼前的德川一康，怔住了。

德川一康道：“现在你看到我活生生地站在你面前，是不是应该打消这种愚蠢的想法了呢？即便我真的死了，我想要让自己的人格继续活下去，也不会挑选你的身体作为宿主啊。你没想过这个问题吗？”

李麦群道：“那……【父的重生】里的父，究竟指的是什么？”

德川一康弯下腰，将脸凑到了李麦群面前："这么久了，你难道就没有看到梦里那个一直在追杀你的战国武将面具下的脸吗？那是你自己，李麦群先生。"

李麦群愣住了："父，是指，我自己？我自己的人格，侵占我自己？"

德川一康道："是一个全新的你，一个忘记了自己女儿已经死掉的你，那个你依旧和你的女儿李雪妮幸福地生活在一起。"

李麦群道："可我不想忘记，那些都是我的回忆，重要的回忆！即便我真的忘记了那一切，可我的女儿已经离开人世，这个事实是永远也无法改变的！"

德川一康道："所以我还特地酿制了【女儿】，相信你已经猜到了，【女儿】指的是你的女儿李雪妮。"

李麦群道："所以你给张大心喝下了【女儿】，是为了让张大心变成我女儿妮妮？可是，你怎么知道我女儿是什么样的，我又是什么样的？你如果不了解这些东西，你根本无法组建出我们的人格。"

德川一康笑了笑道："你忘了，你为自己酿造过两款梦魂酒，一款是关于你和你妻子的回忆，一款是关于你和你女儿的回忆。我在你家里找到了这两款酒，我通过这两款酒构建了你和你女儿的人格。"

李麦群道："这就是你的报答？"

德川一康道："是的，没错。一个重生的你，和一个重生的你女儿，你们幸福地生活在了一起，这就是我对你的报答，李麦群先生。"

李麦群对此毫不领情，他情绪激动道："我不需要你这所谓的报答！你给我听着，从头到尾我都被你们德川家给骗了！我就是我，我不需要变成所谓的全新的自己！我的女儿也是无可替代的，无论谁都无法替代我女儿！如果你真的想要报答我，就帮我和张大心回归原状！"

德川一康深吸了一口气，他轻轻地拍了拍李麦群的肩膀，看上去语重心长道："我这一切都是为你好，到时候你就会明白的。况且，礼物已经送出去了，就没有收回来的道理。"

德川一康直起身来，这时，刘茹朝他快步走了过来，对他道："这是马海恩家族的秘密，和他们三个没有关系，不要为难他们。"

德川一康笑了笑道："刘女士，你误会了。我把他们三位一起带到这里来，是考虑到接下来的工作，很有可能会用到他们三位在专业领域上的知识。因为他们三位，都是这个世界上最为杰出的酿梦师！"

刘茹道："我不明白，这个秘密和酿梦师有什么关系？"

德川一康道："这个秘密和梵高有关，而梵高就是一位杰出的酿梦师。"

所有人都愣住了。

司马思礼道："你说什么？梵高是酿梦师？别胡扯了，梦魂酒可是我发明出来的，我才是世界上第一位酿梦师！"

德川一康微微一笑道："司马先生，您的确是世界上第一个用酒来酿梦的酿梦师。而文森特·梵高，他酿梦并不用酒，而是用画。"

二

一名身高几乎达到两米的巨人一般的欧洲男性从梵高博物馆的正门走了出来，他阔步来到了德川一康身旁，此时两人站在一起，德川一康简直像是一个侏儒。他半跪下来，毕恭毕敬地对德川一康道："德川先生，他全都说出来了。"

德川一康兴奋地笑道："太好了，我就知道那老家伙挨不了两拳！"

随后，德川一康让保镖给李麦群、高木端和司马思礼三人反手拷上手铐，然后押送着他们进入梵高博物馆内。

他们沿着博物馆的罗马式回廊行进着。李麦群注意到，回廊斑驳的墙壁上每隔一段距离都挂着一幅梵高的画作，不过全都是仿制品。

有《星空》《杏花》《向日葵》《天蚕蛾》《麦田群鸦》《吃土豆的人》《绿色的葡萄园》《四个吃饭的农民》《德伦特黄昏时的石南地》《泥炭地里的两个女人和手推车》等，还有梵高不同时期的自画像。

普罗旺斯的月光洒在中庭的花园内，穿透回廊，投射在这些著名画作前，尽管这些全都是不值钱的仿作，但足以令人为之痴迷，心驰神往。

他们穿过回廊，进入内室，然后由一条向下的阶梯，进入地下室内。

只见地下室内，一个白发苍苍的法国老人坐在一把椅子上，他的双手和双脚全都被镣铐固定着，此刻，他的脸已经被打得血肉模糊，面目全非。这个可怜的老人，就这样奄奄一息地瘫坐在那里。他身旁另一名身高达两米的欧洲打手，摘掉手上带血的金属套环，甩了甩手，让到一旁。

德川一康面带着绅士般的笑容，缓缓走到那个老人面前，用手帕轻轻擦拭老人嘴角上的血，然后道："雷诺先生，您要是一开始就肯配合我们，也不至于沦落到这样的下场。"

听到雷诺二字，李麦群便知道这个老人是谁了，他就是梵高博物馆的馆长，肖恩·雷诺。

雷诺馆长的脸上挂满了痛苦和惊恐。

德川一康道："说吧，那幅画在哪儿？"

雷诺馆长含着血，声音沙哑、模糊，很难听清。

德川一康将耳朵凑近道："快告诉我，是哪一幅？"

雷诺馆长艰难道："四个……吃饭的……农民……"

德川一康问："那幅画在哪儿？"

雷诺馆长道："回……回廊的墙上那幅……"

德川一康深吸了一口气道："原来那幅是真迹？"

雷诺馆长点了点头，整个人虚脱地晕厥了过去。

德川一康哈哈大笑："四个人，对应四个人，我早该想到的，我早该想到的！哈哈哈哈！"

德川一康疯了一般转过身，大步流星地冲出了地下室，其他人也跟着出去了。只见德川一康在回廊的墙壁上激动地寻找着，终于，他在一幅画前停了下来："就是这幅画！《四个吃饭的农民》！"

这幅画的色调比较暗，以黑色和暗绿色、灰白色的冷色调为主，有别于梵高其他诸多作品的明亮色调，画中主要描绘了四名质朴的农民正围坐在一个方桌前吃饭。屋内陈设简陋，一盏破旧的吊灯在天花板上摇摇欲坠。

刘茹感到难以置信："这是梵高的真迹，梵高的真迹就这样不加保护地挂在这里？这怎么可能呢？！"

德川一康笑了笑道："以我多年对画作的鉴赏经验，这就是梵高的真迹没错。你们女人果然还是不懂男人，这就和马海恩拍卖《雏菊与罂粟花》是一个道理。保护一个东西最好的办法，就是假装不珍视它，那样，就没有人会认为那个东西非常重要了。"

他说着，就命令四名保镖小心翼翼地将这幅《四个吃饭的农民》从墙壁上取了下来。

这幅画下的介绍如此写道：

四个吃饭的农民（食土豆者的初稿）

Four Peasants at a Meal (First Study for 'The potato Eaters')

布面油画 33.5cm × 44.4 cm

纽南：1885年2–3月

真迹现存于阿姆斯特丹：荷兰国立梵高博物馆

李麦群叹道："如果这是真迹，那么也就是说，荷兰国立梵高博物馆里的那幅是假的？"

德川一康陷入到了自我的激动当中，并没有理会李麦群，而是自顾自道："秘密的答案，就在这幅画中！"

刘茹道："对它进行红外线扫描？"

德川一康摇了摇头道："这次不一样，这次，我需要李麦群先生、高木端先生和司马先生的帮助。这个秘密的答案，需要我们四个人共同揭开！"

司马思礼冷笑了一下："我实在不明白，德川先生你这么神通广大，还需要我们三个帮助你什么？"

德川一康道："三十七年前，我和马海恩还是挚友的时候，有一次，我在马海恩家里喝酒，我们两个人都喝多了。马海恩不知是出于炫耀还是怎么回事儿，他向我展示了他那作为收藏家的父母所珍藏的一封信，而那封信，正是梵高的亲笔手稿。是文森特・梵高写给他弟弟提奥・梵高的最后一封书信。书信中明确写到了文森特・梵高是一名用画作酿梦的酿梦师。"

李麦群立马反驳道："不对，你说的不对。最后一封写给提奥的信并没有寄出去，那封信是在梵高离世的时候，在他身上发现的。1890年7月27日，梵高在奥维尔小城的一处麦田内饮弹自尽，那封信的落款日期是1890年7月24日，是在梵高开枪自杀的前三天写下的。而那封信并没有寄到提奥・梵高手中，那封信里，也丝毫没有提到过文森特・梵高本人是酿梦师之类的任何事情！"

文森特·梵高写给其弟提奥·梵高的最后一封书信：

1890年7月24日——

坦白地说，画家只能用画来说话。不过，亲爱的弟弟，就像我反复和你说过的那样，我再次严肃地向你强调——用一个人的头脑经过思考后所能尽力表达出的那种严肃——再说一次：我永远都不会把你看作一个只会卖柯罗作品的艺术商人。对于我，在我很多作品的创作中，你都扮演了至关重要的角色。没有你，这些画不可能在不幸和颠沛流离中仍保持一份平静。这就是我们的关系。

现在，画商们主要经营已去世艺术家的作品，所以他们和在世艺术家的关系变得很紧张。面对这样的关系危机，上面的话就是我一定要告诉你的事情。我为自己的事业付出了所有，还为此搭上了一半理智——搭上就搭上吧——但是据我所知，你并不在那些唯利是图的经销商之列。在我看来，你可以选择你的立场，并且你的行为都是出自纯真的人性，但是，你又能做些什么呢？

（注：书信摘自《梵高手稿》，由57° N艺术小组翻译）

德川一康笑了笑道："没错，历史上公认的最后一封写给他弟弟的信，的确就是你说的那封在梵高尸体上发现的那封信。但我所说的这封信，是最后一封被他弟弟提奥收到的信。"

李麦群道："梵高和他弟弟所有的往来信件都是公开的，我全都看过，里面并没有提到过关于酿梦的只言片语。"

德川一康道："我当时也是这么问马海恩的，马海恩当时的确喝多了，那天晚上，他向我吐露了很多秘密。他告诉我，那封信是1890年7月22日写的，也就是梵高自杀的五天前，信上的落款时间也的确如此。那封信被梵高视为绝密，只有他弟弟提奥才能开启，并且，他在信中要求提奥保守那个秘密。我将那份手稿借走了，直到和马海恩关系决裂，都没有归还。”他说着，将那份手稿的复印件拿了出来，念出了手稿上的内容：

有个至关重要的秘密要向你坦白，我最亲爱的弟弟，我最信任的伙伴，当你看完这封信的内容后，务必替我保守这个秘密！不知何时，我开始具备了某种特殊的能力，我发现自己具备这种能力的时候，已经是我住进圣保罗修道院（即圣雷米的圣保罗精神疗养院）后许久的事情了。

我不承认自己有病，我割掉自己的一只耳，无非是为了献给我最心爱的女人。尽管她看上去吓坏了，尽管她似乎并不接受我的赠礼，但一切都无所谓，我已然用实际行动表达了自己对她的深切爱意。但我还是执意要来到这里，因为只有这里，才能让我平静地创作更新的画作。

我和那些真正的病人住在一起。我观察他们，发现自己的确和他们大有区别，我和他们是格格不入的。所以，我敢断言，我是正常的，没有任何精神上的疾病。我画了很多油画，逐渐地，我开始发现，我接下来所创作的每一幅油画都是一个梦境。我能够进入到画中，就像是进入画里的世界一般。一开始，我以为那仅仅只是白日梦般的神游，可是很快，我发现那都是真的，那一个个的梦境的世界，都是真的。

但这些梦的格局都太小了，无法满足我的创作欲望。

于是，我想要创作一个更大的世界。每一个人，都能够在那个世界里找到自己已经离世的所爱之人，这是一个伟大的想法，或许你会觉得这个想法非常疯狂，但我已经实现了它，我将那个世界，藏在了一幅画中，但我并不能直截了当地告诉你那幅画到底是什么。我只能告诉你，开启那幅画的钥匙，藏在了另一幅画——======（画名被人为抹去）中。但你无法通过那幅画，找到开启那个世界的钥匙，因为只有四名具备和我相同能力的人会聚一堂时，才能开启画中的秘密。如果他们能够在毫无商议的情况下，写下相同的答案，那么那个答案，便是开启那个世界的钥匙。

这是我为这个世界，留下的最后的致意。

你的哥哥，文森特

1890年7月22日

三

当德川一康念完这封不知真假的梵高书信的时候，所有人都明白了一个事实。德川一康疯狂寻找的那个秘密的答案，其实就是通向梵高所创造的梦境世界的钥匙。而每一个人，都能够在那个虚幻的世界中，和自己最深爱的人永恒地待在一起。

德川一康道："这封信中所指的那幅藏有钥匙的画，名字被人用钢笔抹去了，我猜抹去这个秘密的，正是提奥。一直以来，没有人知道那幅画的名字。直到昨天上午，我们在《雏菊与罂粟花》中发现了秘密藏在圣保罗精神疗养院，也就是这里的时候，我立马想到，这里的雷诺馆长是不是应该知道这个秘密呢？于是，我让法国的朋友们调查了雷诺的身份，发现他的祖籍并不在法国，而在荷兰，而他也并不姓雷诺，他姓梵高，肖恩·梵高。"

所有人都怔住了。

德川一康得意道："他就是文森特·梵高的弟弟——提奥·梵高的玄孙。所以我猜测，他一定知道这个祖辈流传下来的秘密，事实看来，果真如此。"

李麦群道："这就是你需要我们三个的理由，对吗？"

德川一康道："没错。"他又念了一遍梵高书信中的原话，"'只有四名具备和我相同能力的人会聚一堂时，才能开启画中的秘密。’我想，梵高在这里所指的能力，并不是指作画的能力。因为在他所处的那个时代，具备绘制油画能力的天才实在是太多了。”

李麦群道：“所以，这个能力指的是创造梦境的能力。”

德川一康道：“是的，而我们四个人，刚好都具备这种能力，我感觉，这就仿佛是天意。”

他说着像是发了疯一般，领着所有人回到了地下室，包括那幅《四个吃饭的农民》也由保镖们拿着，进入地下室内。

此时，雷诺馆长已经晕厥了过去。

德川一康道：“把他弄醒！”

一名保镖拧开一瓶矿泉水，朝雷诺的面部猛泼了过去。雷诺馆长在凉水的刺激下惊醒了过来，睁开了眼。

德川一康道：“现在我们有四个人，全都具备创造梦境的能力，我问你，我们要如何才能开启这幅画中的秘密？”

雷诺馆长大口大口地喘息着，过了好一会儿，他才开口道：“那幅画……里面……那四个人……围坐在桌前……把画正面朝上……想象画为桌面……”

德川一康道：“我懂了，只要按照画里人物的姿态完成匹配就行了，对吗？”

雷诺馆长点了点头。

德川一康兴奋起来，他立马命人将那幅画放在了桌上，摆平。

然后命令李麦群、高木端和德川一康，分别坐在画的一边，自己则在画的东侧坐了下来。

德川一康道：“没有任何效果啊！你骗了我？”

雷诺馆长道：“必须……和画中人的姿态，匹配……”

德川一康这才注意到，画中有两个人的双手是放在桌面上的，而此刻，李麦群三人的手全都被手铐反铐着。

他自己的双手是解放的，而坐在他对面的，正是高木端。

德川一康指了指高木端道："帮他把手铐解开！"

一名保镖上前，帮高木端解开了手铐。

没想到高木端在手铐被解开的一瞬间，猛地将画掀翻在地，并迅速翻越桌面。德川一康刚要拔枪就被高木端绕到身后扼住了脖颈，并且收缴了枪。

所有人都没反应过来。

高木端已经用那把枪顶住了德川一康的太阳穴，而所有的保镖都举起枪，对准了高木端。

高木端大喝道："都把枪扔掉，否则我杀了他！"

德川一康笑了起来："忘了告诉你一件事情，我从来都不亲手杀人。"

高木端道："什么意思？"

德川一康道："意思就是，我的枪只起到恐吓作用，从来都不装实弹。"

德川一康说着，用肘部猛击高木端的腹部，高木端闪躲之下，本能地开了枪。可是德川一康却并没有倒下，他又朝着德川一康连开数枪，德川一康的身上连个血窟窿都没有多上哪怕一个。

德川一康嘲讽道："说过了，我的枪里装的是空包弹。"

与此同时，数名保镖上前，将德川一康从高木端手里解救了出来。

德川一康退到了一旁，看着高木端和自己的保镖们搏斗了起来。最后，高木端竟然不知从哪里摸出了一把刀，左劈右砍，一下子干掉了三个人。

其中一个保镖被惹怒了，朝高木端举起了枪。

德川一康见势不妙，大喊道："别开枪！别开枪！我需要他！"

可是，他喊晚了一步。

那名保镖情绪失控，冲着高木端连开四枪。

只见高木端身体颤抖了几下，倒在了一片猩红色的血泊当中。

“啊——！”

刘茹尖叫起来。

李麦群和司马思礼都傻眼了，高木端就这样在他们眼前被子弹打成了血窟窿，死在了他们面前。

这并不能怪高木端冲动，如果当时德川一康的枪里是实弹，那么，所有人都将得救。只可惜，谁都没能料到，德川一康的枪里装的会是空包弹。

李麦群敬佩高木端的果断，因为这的确是他们唯一能够逃走的机会。谁都知道“狡兔死，走狗烹”这个道理。当他们帮助德川一康找到了打开秘密的钥匙之后，他们也就没有了任何作用和利用价值，只能遭遇被德川一康灭口的命运。

高木端死了，也就是说四个人少了一个，在这里无法完成这个类似于仪式一般的行为了。德川一康决定将他们全都带回日本，然后在日本境内寻找一位酿梦师。临走前，德川一康命人杀掉了雷诺馆长。

他们快速离开了梵高博物馆，回到了三辆悍马车前。就在这时，李麦群感到自己的后脖颈遭到了重击，紧接着他便眼前一抹黑，晕厥了过去。

四

“爸爸！爸爸！爸爸！”

李麦群听到了自己女儿的呼唤，当他睁开眼的时候，看到自己的女儿李雪妮就坐在他面前。这是一列绿皮火车的车厢，窗外是绵延不断的雪野和远处的雪山，大雪纷纷扬扬地下着，满世界的白色将整个视野覆盖。

这是返程的火车，李麦群刚刚在当地政府提供的几份文件上签下了自己的名字，转眼间，那片雪场便不再属于他了。

李雪妮道："爸爸，别难过了，虽然雪场不属于爸爸了，但是如果爸爸想妈妈了，我以后都会陪爸爸来这儿的。"

李麦群深吸了一口气，他看着眼前的李雪妮，看着她那张动人的脸，那张脸上有着几分陈彤的轮廓。窗外白雪的反光穿透蒙上一层水雾的玻璃，打在李雪妮的脸上，散发出无瑕的光晕，这令李麦群感觉到，这个世界上可能不存在比他的女儿李雪妮更加善良的女孩了。

李麦群叹了一口气道："妮妮，谢谢你这么关心爸爸，只是，我们以后恐怕回不来了。"

李雪妮道："为什么回不来呢？政府难道禁止您回到这里吗？如果真是那样，那是没道理的事情呀！"

李麦群深吸了一口气，看了看天花板，然后道："他们要改造雪场，雪场已经被转手给了军方，要改造成军方的雪地野练场。所以，以后我们再也回不来了。"

李雪妮垂下了眼睛，她盯着桌面看了好一会儿，终于开口道："他们怎么能这样？那座雪场是爸爸和妈妈约定终身的地方啊，他们为什么要这样对爸爸？"

看得出，李雪妮在说这话的时候，整个身子都在发颤。

李麦群无奈道："接下来，他们还会从我这里拿走更多，必须得习惯。"

李雪妮情绪激动道："可是那些，都是爸爸依靠努力得来的啊，爸爸从来没有坑害过任何人！他们凭什么拿走爸爸的东西？"

李麦群苦笑起来："其实，那些东西失去了，也就失去了，但最令我感到难过的是……"

李雪妮道："是爸爸的梦想对吗？爸爸毕生的梦想就是成为一名杰出的梦魂酒酿梦师，爸爸成功了，可是他们却要全部拿走！"

李麦群掏出小瓶装的杰克丹尼猛灌了两口，然后道："我所为之努力的一切，都已经被否定掉了，现在唯一留下的、值得我为之继续努力的便是你。妮妮，记住你一定要好好地活着，活得比谁都精彩，你是爸爸在这个世界上唯一奋斗下去的目的，如果连你都失去了，我便失去了全部的人生意义！"

李麦群说完这句话，哭了起来。李雪妮也哭了起来。

就在这时，李麦群看到李雪妮的胸膛被染成了猩红色。猩红色的血在她的胸口绽放开来，只见一把锋利的武士刀穿透了李雪妮的胸膛。

李麦群抬起头，这才发现车厢里的其他乘客全都不见了，而在李雪妮的座椅背面，那名身穿红色铠甲的战国武将再一次出现了。

"不——！"

李麦群冲着李雪妮声嘶力竭地大吼起来，只见李雪妮冲着自己的父亲微微一笑，嘴里吐出一口鲜血，然后便歪下头，闭上了双眼。

那把武士刀穿透了椅背，贯穿了李雪妮的整颗心脏。

随后，那名战国武将将那把沾满鲜血的武士刀，缓缓地抽了出去。

紧接着，他来到了李麦群面前，扬起武士刀，就要向他刺下。

李麦群死死地盯着眼前战国武将的面具，面具后的那双眼睛黑暗无光。他冲着面具后的那张脸大吼道："我知道你是谁！我知道你是谁！"

战国武将愣住了，他正准备向下刺的武士刀在半空中停了下来。

李麦群冷笑道："摘掉你的面具吧，为什么要躲在面具之下？你这个可怜的胆小鬼。你永远也成为不了真正的我！因为只有我，才是那个真正的我！”

战国武将面具下的双眼开始闪动起来，最后，他索性摘掉了面具，露出了那张脸。

李麦群看到了那张脸。德川一康果然没有欺骗他，那就是他自己的脸，只不过那张脸看上去更为年轻，更为精神，并没有那饱受女儿去世之苦折磨的沧桑感。

李麦群大喝道：“你以为你杀掉我，你就可以取代我吗？你只是德川一康虚构出来的人格而已，你永远也无法成为真正的我！”

战国武将开口道：“我，才是真正的我！”

说着，他将面具扣上，将武士刀向李麦群刺了下来。

李麦群立马向内侧一闪，武士刀锋利的刀刃从正面扎穿了座椅的靠背。

这种在山区中行驶的最老式的绿皮火车，车窗是可以打开的。李麦群向上抬起车窗，外面的冷风伴随着雪花席卷而入。

在呼啸的风声中，李麦群看着窗外飞逝而过的雪景，对自己默默念了一句：“这是一场梦！”

就在这时，那名战国武将已经将武士刀从座椅靠背中抽了出来，再度朝李麦群刺来。

李麦群闭上眼睛，翻越车窗，寒风呼啸而过，只剩下隆隆的风声在耳畔呼呼作响……

李麦群惊醒了过来，当他睁开眼的时候，发现自己躺在一架私人飞机的卧舱内。他立马坐起身来，推开卧舱的门，发现此时司马思礼和刘茹正在客舱内和德川一康交谈着什么。

德川一康向李麦群招了招手，邀请他一同加入这场“谈话会”。

李麦群在刘茹和司马思礼身旁的沙发椅上坐下。

德川一康为他要来了一杯柠檬汽水，但是李麦群没有喝。

德川一康道："飞机还有半个小时就要在东京羽田机场降落了。"

现在是——

法国巴黎时间，14号凌晨四点。

日本东京时间，14号正午十二点。

也就是说，李麦群一共睡了差不多二十四小时，可是他却感觉自己仅仅做了一个短暂而又令人感到惊悚的梦。

此时，舷窗外阳光穿透蔚蓝色的天幕，打在李麦群的脸上。

李麦群眯起眼睛，深吸了一口气，最终还是选择了喝下那杯柠檬水。因为他的喉咙很干，并且头疼欲裂。

他捏了捏自己的鼻梁，对德川一康道："我做了个梦，梦里出现了我女儿，也出现了那个战国武将。"

德川一康问："然后呢？"

李麦群道："他杀了我女儿，那个战国武将，他用那把武士刀，刺穿了我女儿的心脏。这次我看到了他的脸，他摘下了面具。"

德川一康问："面具下那张脸长什么样？"

李麦群又捏了捏鼻梁，眉头紧蹙道："他和我长得一模一样，只是看上去，他更年轻一些。"

德川一康笑了笑道："他就是你，我说过，他是我在这场梦境中专门为你而设的。他是一个全新的你，他会抹除掉有关你过去的一切，然后彻底取代你。"

李麦群道："可我说过了，我不想忘记，我不想忘记任何事情，因为那对于我来说，都是最为珍贵的回忆！我也不想变成另外一个人，因为我知道，那个人不是我！"

德川一康垂下眼睛，过了一会儿，他抬眼看向李麦群道："那就战胜他。"

李麦群准备把德川家70年单一麦芽威士忌合成杀手梦境，然后干掉梦境中的另一个自己的事情说出来，他想直接向德川一康索要德川家70年。但司马思礼似乎看出了这一点，立马给他使了个眼色，警告他：德川一康不值得相信，对他开诚布公，是极大的错误。

李麦群立马将到嘴边的话咽了回去。

德川一康笑了笑道："可惜，单凭你自己根本没办法战胜另一个你，他注定在各方面都比你强大，所以他才能取代你。"

司马思礼道："德川先生，我教会你酿造梦魂酒，教会你酿造【灵回】的方法。但你当时向我承诺过，你只希望你的妻子静香女士能够回到你身边，可是你却用它来坑害无辜的人。"

德川一康突然情绪激动道："我没有坑害李麦群先生，我说过，我所做的一切都是为了帮助李先生。因为李先生曾经帮助我，让我的爱人得以归来。我知道了李先生的痛苦，知道李先生失去了自己的女儿，我能够体会那种痛苦，我感同身受。所以，我只是为李先生提供帮助……"

李麦群道："可是，我不需要你这样的帮助！"

德川一康笑了起来："我可是为你好，你不领情我又能有什么办法呢？"他说着，站起身来，"飞机就要降落了，请各位系好安全带。"

他说罢，便快步离开了客舱。

五

德川家的私人飞机在东京羽田国际机场稳稳地降落了。刘茹、李麦群和司马思礼一下飞机便被押上了一辆押运车的后车厢内。谁都不曾想过，在法国还是四个人，回来的时候，就只剩下三个人了。高木端就这样死在了异国他乡，死在了遥远的法国普罗旺斯的圣雷米。

刘茹也非常清楚，她的失踪以及马海恩庄园发生的枪案、高架桥飙车枪击案，一定已经成为了各大媒体的头版头条。

此刻，海恩集团上下一定已经乱作一团，因为所有人都会认为，刘茹畏罪潜逃了。

不知过了多久，或许很长，也或许很短，因为在密闭的空间内，人对时间的感知会变得格外模糊。总之，他们能感受到，车子停了下来。

当他们下了车，李麦群这才发现，他们来到了白州，德川家酒业集团的总部，那座古老且雅致的日式城堡。

一切，似乎又回到了起点。

晚上的时候，德川一康在宴会厅举行晚宴，面对满桌的日本料理，李麦群、刘茹和司马思礼三人可以说是毫无胃口。

晚宴上，李麦群突然向德川一康问出了那个他一直想问的问题："德川先生，你为什么要对外宣布自己的死亡？"

德川一康道："为了静香！"

李麦群道："我不明白。"

德川一康道："彻底掌管德川家集团，是静香的愿望。"

李麦群道："可是，你不是已经把位子让给她了吗？"

德川一康道："那样还远远不够。你知道，在日本这样一个高度男权化的社会，人们本能地不相信女人的能力。只要我还活着，静香就永远不可能像真正的一把手那样，在德川家集团拥有绝对的话语权。没办法，这就是日本社会的现实。"

李麦群对此不敢相信，德川一康竟然会为了一个女人而放弃权力，甚至是不惜伪造自己的死亡？

这听上去是那样滑稽可笑，但又是那样令人感到动容。德川一康，竟然是这样的一个男人吗？

李麦群又问："那么，既然你三十多年前就知道梵高的秘密，为什么直到现在，你才去寻找那个秘密的答案呢？”

德川一康道：“因为一直以来我并不需要找到那个秘密的答案，尽管静香已经离去，但是我找到了别的方法让静香活在我的世界当中。”他说着，看向司马思礼。

司马思礼点了点头道：“当时你到香港请教我，我教会了你酿梦的能力。”

德川一康道：“没错，那之后，我每天晚上都能够在梦中和静香相会，那让我感觉到静香并没有从我的身边离开，我最爱的人依旧还活在我身边。直到有一天，我无法做梦了，准确地说，我无法梦到静香了，一下子，我整个人都颓废了下去，就像是回到了静香刚刚离世的那一年的状态。后来，我又找到了您，司马老师，您教会了我创造【灵回】的能力。于是，静香又一次回到了我身边。但是，就在几天前，静香死了，那个叫山本武的叛徒杀掉了她，我失去了自己最爱的女人。所以，为了能够和静香永远在一起，我突然想到了三十多年前在马海恩家中看到的梵高的书信，我想，也许这正是让我和静香永恒在一起的唯一办法。”

李麦群道：“我明白了。可是，你其实完全可以再找一个相似的女人作为宿主，然后利用【灵回】将她变成德川静香女士啊，没必要那么大费周章去寻找通向梵高梦境世界的钥匙啊！”

德川一康的语气突然变得很重，像是在强调什么：“我的确这么想过，但是我立马发现，静香是无可替代的……”

李麦群道：“您知道，其实她的肉体依旧是樱子小姐……”

德川一康道：“没错，正是这样，我认为这个世界上不会存在其他女性，能够像我女儿樱子那样，和静香完美地匹配在一起。所以，从那一刻开始，静香就是无可替代的，是这个世界上任何一个女人都无法替代的！”

就在这时，一名保镖上前来对德川一康耳语了几句，随后德川一康道：“大家都吃好了吗？我们移步到大堂，准备开始吧。”

刘茹问：“开始什么？”

德川一康兴奋道：“你觉得还能是什么呢？”

随后，刘茹、李麦群和司马思礼跟随着德川一康以及那名保镖一同离开了宴会大厅，移步到了大堂。

此时，大堂内已经有一名日本男子在那里等待了。这个日本男子便是世界排名第六的梦魂酒酿梦师，阿部进三。

阿部进三立马认出了李麦群和司马思礼，毕恭毕敬道：“司马老师，李先生，久仰久仰，没想到今日竟在这里相见。”

看来阿部进三是被德川一康用高价骗来了，他完全弄不清现在的情况有多危险。李麦群和司马思礼只是冲他点了点头，没有多说什么，只是打心里觉得这家伙很可怜。他一定还觉得这是个轻松的美差呢。

德川一康拍了拍手，两名和服侍女便将那幅著名的《四个吃饭的农民》小心翼翼地端了出来，并且稳稳地放在了一个方桌上。

德川一康指挥李麦群、司马思礼和阿部进三分别在那幅画的北、西、东三侧坐下，而德川一康本人则坐在了画的南侧。

德川一康对阿部进三道：“规则，我的人已经给你讲清楚了吧？”

阿部进三点了点头道：“清楚，相当清楚，放心吧德川先生，我全都记住了。”

德川一康信任地点了点头：“那么，开始吧。”

随后，他们全都做出了和画中人物相匹配的动作。

起初，李麦群并没有觉得有任何异样，直到大概半分钟后，他眼前的世界变成了一片白色。而在这片白色当中，陈放着一个木桌，木桌上放着一个看上去十分古老且斑驳的木匣。

李麦群走过去，轻轻地掀开了木匣的盒盖。

他看到匣子里放着一把斑驳的枪，他将那把枪从匣子里拿了出来，看到了匣子底部刻着的那行字。

那行字竟然不是用荷兰语，而是用英语写下的。或许梵高想让每一个寻找钥匙的人，都能够在进入钥匙后，读懂匣子里的字。

那行字，便是秘密的答案。

李麦群将手枪放回到了匣子里，关上了盖子。一瞬间，白光消散，他回到了现实当中，其他人也都陆续回来了。

随后，他们全都背过身去，用笔在自己的手掌心里，写下了那个秘密的答案。

而后，他们转过身来，面对面，摊开了手掌。

四个人的手掌上，不约而同地写着一句话——

死在星空之下。

死在星空之下。

这就是通往梵高梦境世界的钥匙。

所有人都陷入到了沉默当中。

就在这时，一串急促的手机铃声打破了这份沉寂。

“不好意思啊，老婆打来的！”

阿部进三笑盈盈地举起手机，接通了电话，他激动得站起身来：“哎呀，老婆啊，我跟你说啊，德川先生对我们家真是太好了，这个任务太简单了，我已经顺利完成啦。嗯嗯，是的，一百万美金啊，德川先生答应给一百万美金呢。爸爸的病有救了，有救了，我们有钱可以送爸爸去美国做这台手术了。嗯嗯，老婆，我爱——”

“砰——！”

枪声响起，阿部进三的身体颤了一下，说完了最后一句话：“老婆，我爱——你。”

然后，他便倒在了地上。

手机依旧还在通话中，里面阿部进三的妻子情绪激动：“老公，我也爱你呀。老公？老公？你还在吗，老公？刚才是雷声吗？老公，你还在吗？”

是那名持枪保镖开的枪。

德川一康朝阿部进三的尸体走了过去，然后捡起了地上的手机，关闭了通话，随后，他责问那名保镖道：“为什么没有收掉他的手机？”

持枪保镖连忙跪拜道歉：“是属下的疏忽，请德川先生责罚。”

德川一康深吸了一口气道：“不必了，你通知下去，派人去阿部进三家里，一个都不能留。”

持枪保镖道：“是！”

持枪保镖起身，突然想到什么，于是道：“那么这三个人……”

他说着，扫视了一眼刘茹、李麦群、司马思礼三人。此刻，这三个人已经吓得怔在了原地，一动也不敢动，就连呼吸都似乎停滞了。

德川一康看向他们，然后道：“哦，差点忘了，还有你们三位。”

刘茹道：“德川一康，你不会连我们都想杀吧？我可是海恩集团的董事长，你杀了我，知道是什么后果吗？”

德川一康笑了笑道：“当然知道。但是又会有谁知道，是我杀了你呢？”他说着，笑容变得格外阴险。

刘茹道：“你！”

德川一康又冲着李麦群和司马思礼假模假样地鞠了一躬，然后道：“不好意思了，二位。虽然二位都是我的恩人，但你们知道的实在是太多了。所以……不好意思了，非常抱歉，非常抱歉！”

李麦群看到那名持枪保镖举起枪，枪口首先对准了他。他浑身犹如过电一般，瞬间麻掉了，仿佛一个木头人呆立在那里，只能静静地等待着眼前的死亡到来。

“砰——！”

一声震耳欲聋的枪响，李麦群闭上了眼睛，等待着灼烫的子弹击穿头骨贯透大脑的那一刻。

可是这一刻，却并没有随着枪响而到来。

当李麦群睁开眼的时候，他看到面前的持枪保镖并没有开枪，只见他的身体颤抖了两下，便跌倒在地，鲜红色的血液从他的躯体下方渗透出来，流淌了一地。

所有人都循着枪声传来的方向看去。

只见一个熟悉的身影举着枪快步朝德川一康冲过去，紧接着，他从后面扼住了德川一康的脖子，然后将枪口死死地顶在了德川一康的太阳穴上。

李麦群和司马思礼不约而同地大喊道：“山本！”

没错，是山本武！

这时，一群持枪保镖从两侧冲了过来，刘茹、李麦群和司马思礼立马躲到山本武身后。

山本武对德川一康道：“让你的人退下……”

德川一康吓坏了：“山……山本，你……你是怎么进来的？”

山本武道：“整个城堡的安保系统都是我建设的，我想来便来，想走便走！快让你的人把枪放在地上！快！”

他说着，将枪口顶得更用力了，并且在德川一康的太阳穴上来回拧动。

德川一康深吸了一口气，大喝道：“都把枪扔了！”

那些持枪保镖陷入到了迟疑当中。

德川一康道："都给我扔枪！"

随后，那些保镖全都将手里的枪小心翼翼地放在了地上。

山本武道："让他们退下！有多远滚多远！如果在我们离开这里前，有哪怕一个人追上来，我立马杀了你！"

德川一康冲着那群保镖大喝道："都给我退下，不许追上来！"

随后，那群保镖便迅速退去了。

李麦群、司马思礼和刘茹在山本武的示意下，一人捡了两把枪，然后跟随山本武通过地下密道快速离开了城堡。之所以走密道，是因为密道鲜有人知，那些保镖都不知道。在密道外，早已有一辆黑色悍马车等候在那里。

山本武将德川一康打晕之后五花大绑，扔在了后座上，嘴巴用大力胶封住。司马思礼和李麦群分坐德川一康两侧，一人用一把枪，顶着他。

刘茹坐在副驾，山本武踩下油门，将悍马车飞快地开了出去。

李麦群问："山本，你为什么会突然出现在这里？"

山本武一边开车，一边道："警察找到了高木端的私人医疗所，我在那里抓了个警察，警察告诉我马海恩庄园枪战中，有一名杀手落到了警方手里，正在审讯。我设计引开了警察，然后换上警察制服进入到了警察总部，在审讯室里，我从那名杀手口中问出了幕后主使，竟然是德川一康。我当时也跟震惊，因为就连我也以为德川一康已经死掉了。那个杀手告诉我，德川一康会回到这里重新执掌德川家集团大权，于是我带着大心找到了之前我花钱雇佣的特别通道的老板。他跟我是特别好的朋友，我向他讲明了自己的困难，之后，他答应为我开启通道，等我问题解决之后，再把费用付给他。随后，我就通过特别通道绕过了海关，乘坐他的私人飞机回到了日本，然后便来了这儿。"

司马思礼半开玩笑道："听上去挺像一部好莱坞动作大片的。"

李麦群问："对了，大心呢？"

山本武通过后视镜，看了眼后座上的德川一康，此时德川一康依旧双眸紧闭，但不知道是真的昏睡还是假的昏睡，然后道："待会儿说。高木君去哪儿了？"

李麦群深吸了一口气道："高木为了救我们，被德川一康的手下杀害了。"

山本武沉默了半晌，然后说："我会永远记住他的。"

李麦群问："那个问题，你一直避开，没有回答我。你为什么愿意为了张大心，付出如此巨大的代价？"

山本武道："我给你讲个故事吧，李先生。"

随后，山本武给李麦群以及车上的所有人讲述了他父亲山本龙海被黑帮杀害，他和他妹妹山本葵逃到崎岛，而后妹妹和崎岛的福山南大叔全都惨死的故事。

李麦群听罢，愣住了，像是有什么话要说，但是欲言又止。

山本武道："当我见到大心第一眼的时候，我就觉得她实在是太像我妹妹阿葵了。逐渐地，我把她当成了自己的亲妹妹一样。她是我在这个世界上唯一的亲人，所以我一定不能失去她！我要用生命去保护她！"

德川一康的身体突然颤抖起来，他嘴里支吾作响，像是有什么话要说。

司马思礼直接把德川一康嘴上的大力胶揭开了。

只听到德川一康哈哈大笑起来，像是突然疯了一般。

李麦群用枪口狠狠地顶住德川一康的脑袋："我劝你给我老实一点儿！"

德川一康不以为然，继续发笑道："哈哈哈哈哈，实在是太可笑了，李麦群，你没告诉他吗？你没有告诉这个可怜的家伙吗？”

李麦群知道德川一康说的是什么，没有说话。

山本武问：“什么？”

德川一康笑道：“黑帮社团杀父，兄妹逃亡跳海，崎岛、福山南、海豚卡鲁……这些实在是太可笑了！”

山本武感觉受到了侮辱，愤怒地停下车。

随后，他将德川一康拖下了车。

其他人都劝道：“山本，冷静！”

山本武将德川一康拖到了路边荒地深处，其他人也飞快地跟了上去，生怕山本武做出什么冲动的事情。

德川一康跪在地上，还在狂笑不止，山本武掏出手枪，将子弹上膛，用力顶在了山本武的前额上：“你笑什么？”

德川一康似乎并不为此感到恐惧，他仰起头死死地盯着山本武的眼睛，继续用讥讽的语气道：“崎岛，是不存在的。”

山本武道：“你说什么？”

德川一康笑得更厉害了：“李麦群真的什么都没给你讲吗？”

山本武回头看了一眼李麦群：“你有什么事情瞒着我，对吗？”

李麦群深吸了一口气道：“我也是刚刚听了你的故事，才知道的。”

山本武大喝道：“到底是什么？告诉我！”

李麦群不知该如何开口。

德川一康道：“还是我来告诉你吧！”

山本武扭过头对着德川一康大吼：“快说！”

德川一康道：“一直以来你所以为的这些回忆，关于你小时候的这些愚蠢的回忆，都是假的，都是不存在的。”

山本武难以置信：“你说什么？”

德川一康道："那些回忆全都来自一个地方，那就是李麦群的梦魂酒，【向日葵】。"

山本武不敢相信，他转过头，看着李麦群："告诉我，他说的是假的，告诉我，他说的是假的，他在说谎，是吗？"

李麦群沉默了片刻，然后道："那些，的确都是我的梦魂酒【向日葵】中的梦境内容。"

山本武愣住了："你说什么？"

德川一康又笑了起来："哈哈哈哈哈哈，所以我说，你真是一个可怜的家伙。你为了蒙蔽自己真实的回忆，竟然将梦魂酒里的梦境当成了自己的回忆，你实在可悲！"

山本武一下子崩溃了，他冲着所有人大吼起来："撒谎！你们在撒谎！你们都在撒谎！阿葵不可能是假的！阿葵不可能是假的！"

德川一康深吸了一口气道："你只是把现实和梦境相结合，最后就连你自己也分不清哪些是梦境哪些是现实了。我告诉你真相是什么吧。你的妹妹山本葵，是真实存在的，只不过，她并不是死于黑帮的屠刀之下，而是……"

死在星空之下 CHAPTER.03

一

三十年前，宫崎还未遭遇海啸的侵袭，那年四月，正是樱花开得最盛的时候，德川一康来到了那家地下道场。

地下道场是日本黑市上专门为名门贵族和黑道社团培养最忠实奴仆和冷血杀手的非法机构。

德川一康坐在道场的观众席上，观看着笼中的一场大乱斗。

只见十名十来岁的小孩赤膊上阵，在几米高的铁笼中殊死搏斗着。搏斗长达十五分钟，最后，只有一个看上去瘦骨嶙峋的小男孩存活了下来。

道场的经纪人领着这个遍体鳞伤的小男孩来到了德川一康面前，向他介绍道：“德川先生，这孩子叫山本武，今年才十岁。”

德川一康点了点头，对山本竖起了大拇指道：“你才十岁就打败了那么多比你年纪更大、身体更为强壮的大哥哥们，可以说是非常了不起！”

山本武向德川一康深深地鞠了一躬：“谢谢德川先生夸奖！”

德川一康笑了。

经纪人说：“这孩子非常听话，您让他干什么他就干什么。”

“哥哥！”

这时，一个小女孩朝着山本武跑了过来，小女孩五岁大，她拉着山本武的手说："哥哥，哥哥，该去吃饭啦！"

德川一康看了一眼小女孩，然后道："这位是……"

经纪人道："哦，这位是山本武的妹妹，山本葵。"

德川一康摸了摸下巴，做了个严肃的表情："不是说孤儿吗？"

经纪人点了点头道："是孤儿，是孤儿，他们的家人早就没了。"

德川一康失望地摇了摇头道："有妹妹可不行。"

说罢，德川一康便转身要走，可刚走没几步，他就听到后面传来了山本葵的尖叫声。

"哥哥！你要干什么？哥哥，放手，放手！"

德川一康转过身，只见山本武将自己的妹妹山本葵摁在地上，双手死死地掐在山本葵的脖子上。

山本葵拼命挣扎着，但她越是挣扎，她哥哥就掐得越是用力。

最后，山本葵挣扎的幅度越来越小，直到彻底停止，整个身子都不再动弹。

一切都变得格外安静。

只有窗外的樱花在缓慢地坠落着。

听完德川一康的叙述，山本武彻底怔住了，他的思路在飞快地闪回着，真实的记忆一瞬间犹如潮水一般涌来。

德川一康道："是你，杀了你妹妹。"

山本武举着枪，向后退了两步："不……不，这不是真的！这不是真的！"他的情绪彻底崩溃。

德川一康道："那时候，我彻底被十岁的那个你震撼住了，我从未见过如此冷血的人，冷血到为了达到自己的目的，连自己的亲妹妹都能够亲手杀害。"

山本武大吼道：“别再说了！别再说了！”

可德川一康偏要说：“正是因为这一点，我当时就买下了你，可不知道从什么时候开始，你竟然学会逃避那段回忆。告诉我，你这条冷血的毒蛇，是什么时候开始有了人性？”

山本武道：“我和你不一样！”

德川一康笑了：“哈哈哈哈哈，不要再活在梦中了，你早就应该醒来，只有醒来你才能清醒地认识到真正的自己，那个冷血无情的、连自己亲妹妹都能杀掉的山本武！”

“我杀了你！”

山本武再次用枪，顶住了德川一康的前额，他顶得非常用力，但他的整个身子都在剧烈地颤抖着。

德川一康好像丝毫没有惧色：“对，就是这样，杀了我，就是这样，回到最真实的那个你！哈哈哈哈哈！这才是真正的你，撕掉一切虚伪假面下的你！”

山本武咬着牙道：“那我就成全你！”

他说着，将扳机缓缓往下扣。

就在这时，山本武的面前突然出现了一个人，是一个小女孩，一个五岁大的小女孩，那个小女孩浑身发着光。

山本武看傻了：“葵？”

小女孩道：“哥哥，不要再杀人了。”

山本武道：“葵！是你吗？葵！”

小女孩道：“哥哥，不要再杀人了，不要再错下去了。”

随后，小女孩便随风消散了。

“葵——！”

两行热泪从山本武的眼角流淌而下，他咬着牙，浑身都在抖动着。片刻之后，他还是扣下了扳机，开枪了。

“砰——！”

所有人都怔住了，枪声在荒地回荡着，消逝在了黑色的夜空当中。随之而来的，便是德川一康的惨叫声。

德川一康倒在地上，痛苦地惨叫着，他的右小腿在冒血。

原来山本武并没有开枪杀掉德川一康，而是打中了他的小腿。

在德川一康的号叫声中，山本武收了枪，转身离去了。李麦群、司马思礼和刘茹也快步跟着他离去，然后上了车，消失在了道路的拐弯处。

接下来，所有人都没有继续说话，只是任由情绪失控的山本武开着车在深夜的公路上飞驰着。

最后，他们在白州市的一座诊所前停了下来。

山本武让所有人在车上等候，然后他下车冲进了诊所，那座诊所是山本武最信赖的朋友开的。当他出来的时候，他的怀里抱着一个昏迷中的小女孩，那个小女孩便是张大心。

山本武深吸了一口气，温柔地看着怀里的张大心，然后道：“无论我曾经是一个怎样的人，但现在，那个人早已经死掉了。在我眼里，大心就是我的一切。”

那天晚上，刘茹终于和海恩集团取得了联系汇报了自己的平安，她让海恩集团在东京羽田机场准备好了飞回香港的私人飞机。

凌晨四点，他们终于赶到了羽田机场，并且登上了私人飞机。

刘茹承诺，一到香港便会立马将德川家70年单一麦芽威士忌交给他们。所有人都太累了，一上飞机，便全都睡着了。

四小时后，北京时间上午七点，飞机在香港国际机场降落了。

清晨的香港飘着蒙蒙的雨雾，走出机舱的一刹那，李麦群贪婪地吮吸着清凉的空气，那是一种贯彻肺腑的舒适感，仿佛一下子驱散掉了一切的疲劳和惊惶。

马海恩集团的董事长助理对刘茹道："刘女士，记者全都在外面，我们走私人通道。"

刘茹点了点头。

刘茹领着李麦群一行人，在一众保镖的簇拥下，顺着私人通道快步走着。

这时，通道的正前方出现了一个人，那个人正是吴霆督察。

他向众人出示了自己的警官证。

刘茹道："你是来抓我们的吗？"

吴霆摇了摇头道："我们抓到了当天在海恩庄园的枪手，他全都招了，这一切都是德川家集团指使的，你们的行为都可以被认定为正当防卫。"

刘茹松了一口气："辛苦你们了。"

吴霆道："我们警方分内的事儿。只是，还有一些细节需要刘女士以及各位到专案组帮助我们详细了解一下，各位最好能够出庭作证。"

刘茹道："没问题，但现在我们还有急事儿。"

吴霆点了点头道："明白，刘女士刚回国，肯定有很多集团的事务要处理，刘女士什么时候有时间，请联系我们。"

随后，吴霆便让开了。

刘茹领着众人快步穿过了通道，直接上了通道外早已安排好的一辆黑色奔驰商务车。商务车成功避开了记者们，朝市区驶去。

张大心还在山本武的怀抱里，酣睡得格外恬适。

山本武温柔地看着张大心，默默道："很快，你就要得救了。"

李麦群看着车窗外忙碌的车流和来往的人群，他靠着椅背，长吁了一口气，看来一切终于要结束了。

四十分钟后，奔驰商务车在曼哈顿信托银行香港分行前停了下来，刘茹从保险柜里取出了那瓶德川家70年单一麦芽威士忌，交到了李麦群手里。

李麦群感觉这酒格外沉重，但却顿觉如释重负。

终于拿到了。

他将酒递给了司马思礼：“司马老师，接下来，全看您的了！”

司马思礼点了点头：“放心，包在我身上！”

刘茹为他们安排了一处安全的居所，同时作为感谢，还往他们的账户上分别打了一千万港币。

之后的几天，李麦群和山本武都在焦急地等待着司马思礼成功的好消息。

因为张大心所剩的时间，已经不多了。

二

两天后的一个晴朗的上午，一架私人飞机在纽约肯尼迪机场降落了。一个日本老男人拄着拐杖，在助理的搀扶下，一瘸一拐地走下了飞机的舷梯，然后径直上了一辆黑色凯迪拉克。

凯迪拉克离开机场，朝着纽约曼哈顿驶去。

一小时后，穿过茫茫车流，凯迪拉克终于在纽约现代艺术博物馆前停了下来。

这个日本老男人在助理的搀扶下下了车，随后，他打了个手势，让助理不必跟随，而后自己一个人步上了台阶，进入艺术馆中。

由于是工作时间，又是一大早，所以艺术馆内的参观者并不多。

他穿过走廊，穿过一件件杰出的现代艺术品，当快要靠近目标的时候，他迫不及待地加快了步伐。

最后，这个日本老男人在那幅画前停了下来。

那幅画，便是梵高的《星空》。

他站在《星空》前，凝视着这幅伟大的印象派画作，就这样一直站了好几个小时，仿佛整个灵魂就被吸入了画中。

随后，他从兜里掏出一粒药丸，他看着那枚绿色的药丸，嘴里默念出了那句话——

“死在星空之下。”

他将那粒绿色药丸塞进了嘴里，咽了下去。

三秒钟后，鲜血便从他的嘴角淌了出来。

他带着满足的微笑，倒在了那幅画前。

死在了，星空之下。

小木舟在《星空》般的大海与天空间缓缓地漂泊着，硕大的星云静静地流动。张大心睡着了，而那位陌生女孩，依旧目光如炬地凝视着前方。

小木舟摇摇晃晃、摇摇晃晃，靠岸了。

陌生女孩没有惊醒张大心，而是独自一人下了船。

她看了看床上睡得正香的张大心，轻声道：“再见了。”

随后，她用力将小木舟推向了大海，目送着，小木舟消失在了星空当中。

“成功了，成功了！”

李麦群被一个激动的声音惊醒了过来，他发现自己在沙发上睡着了，此时正是傍晚，血红色夕阳刚好穿透窗玻璃，打在他的脸上。

司马思礼端着一杯酒来到了李麦群面前。

司马思礼道："成功了，我已经成功在德川家70年里创造出了杀手人格，它将会帮助你和张大心干掉另一个人格！"

他说着，给李麦群倒上了一杯："你先试试看！"

李麦群接过酒杯，将杯子里的酒一饮而尽。

如同喝下麻药一般，李麦群立马昏睡了过去。

他做了一个梦，梦到自己在一片冰原上被那名战国武将追杀。他竭力逃亡，可最后还是因为体力不支，脚下一滑，跌倒在了白色的茫茫雪地上。

战国武将举起手中的武士刀，就要向李麦群劈下。

就在这时，李麦群看到冰原上顿时风雪大作，狂风中，一个手持武士刀的黑影出现了。

黑影用武士刀挡住了战国武将劈下的刀刃，紧接着，二者在风雪中激烈地打斗了起来。

刀光剑影、你来我往。

最后，黑影以他精湛的刀法，将战国武将斩杀在了冰原上。

而后，黑影向李麦群深深地鞠了一躬，如同烟雾一般，消散在了风雪当中。

梦境结束了，李麦群慢慢醒来，此时已经是晚上了，司马思礼一直守候在他身旁，待他醒来的一瞬间，便迫不及待问道："怎么样？"

李麦群点了点头道："成功了，快给张大心喝下去！"

李麦群和司马思礼立马端着酒，冲向张大心的房间，这时，却看到山本武从房间内走了出来，表情十分难看。

司马思礼道："我做出解药了！"

山本武点了点头，然后道："她醒了。"

李麦群道："好事儿啊，你怎么表情这么难看？"

山本武道："醒来的那个，不是大心，而是……"

他看着李麦群，然后从门口让开了。

李麦群推开了门。

只见门内张大心扭头看向李麦群，兴奋地大喊道：“爸爸！你回来啦！”

李麦群和司马思礼都怔住了。

张大心下了床，光着脚跑向李麦群，一把将他抱住，对他道：“爸爸，这段时间你上哪儿去了？”

李麦群愣住了，看着眼前的张大心，不知该如何回答：“呃……”

张大心道：“不管爸爸去了哪儿，只要回来就好啦，我可担心爸爸了呢，妈妈走后，爸爸就一直不开心，我希望爸爸能够一直开开心心地生活下去！”

那一刻，李麦群真的产生了一种幻觉，眼前这个小女孩似乎真的已经不再是张大心，而是他的女儿李雪妮。

李麦群不由自主地念出了那两个字：“妮妮……”

这时司马思礼走到李麦群身旁，对他耳语道：“张大心的人格应该还存在，现在给她喝下去，还来得及。”

李麦群低声道：“你是要杀了妮妮吗？”

司马思礼道：“你比我更清楚，你女儿已经不在了，这人不是你女儿，活在现实中吧！我们经历了这一连串的事情，冒着生命危险不就是为了这一刻吗？”

李麦群沉默了，他看着眼前张大心的眼睛，此刻，张大心正用李雪妮那般干净无瑕的眼神看着他。

随后，李麦群淡淡道：“给我一晚上的时间好吗？我想和妮妮单独待一晚，可以吗？”

司马思礼拍了拍李麦群的肩膀道：“就一晚。”

说完，他便和山本武离开了房间，并关上了门。

门关上的一刹那，李麦群便蹲下身，将张大心紧紧地抱在怀里，老泪纵横，甚至到最后号啕大哭起来：“妮妮，你终于回来了，妮妮，你终于回来了！”

张大心一脸茫然的样子：“爸爸，我一直都在呀，我一直都在的。爸爸，别哭了，别哭了，我一直都在的，爸爸。”

李麦群道：“答应我，永远也不要离开爸爸！”

张大心道：“爸爸，你说什么傻话呀，爸爸是我最亲爱的人，我怎么可能会离开爸爸呢？我会永远和爸爸在一起，爸爸也会永远和我在一起，对不对？”

李麦群哭着道：“没错，爸爸永远都不会离开妮妮！”

第二天清晨，司马思礼和山本武来到了房间门口。

司马思礼敲了敲门道：“李先生，李先生？”

可是门内无人回应。

山本武直接推开了门，这才发现，房间内已经是空无一人。

“啊——！”

山本武愤怒地砸烂了整个房间，情绪失控地大吼道：“他把大心带走了！他把大心带走了！我要杀了他！我要杀了他！”

那天晚上，李麦群的确做了一番激烈的矛盾挣扎，他在道德的理智和情感的冲突边缘挣扎着。

最后，情感占了上风，他已经不顾一切，他已经失去了一切，不能够再失去刚刚回来的李雪妮。

他不能再让李雪妮从他身边永远消失！

于是，他连夜带着张大心，悄悄离开了香港。

为了躲避山本武，李麦群带着张大心躲到了中国东南沿海的一座小岛上，两个人在海岛的小镇上生活了两年时间。

这两年对于李麦群来说，是最为快乐的时光。

在李麦群眼里，张大心就是李雪妮，他已经彻底忘掉了张大心这个人的存在。

三

两年后某个夏季的傍晚，李麦群正在厨房里做饭，李雪妮（张大心）走进厨房道：“爸爸，在做什么好吃的呀？”

李麦群道：“妮妮昨晚不是说想喝鱼汤吗？菜市场的鱼不够肥，爸爸今天特地去海上打的鱼，又肥又美，保准煮出来的鱼汤啊，又鲜又好喝！”

李雪妮（张大心）从身后抱了李麦群一下，笑着道：“哈哈，爸爸真好！对了爸爸，我得出门小会儿，可以吗？”

李麦群一边做菜，一边问：“这都快要吃饭了，爸爸做着你喜欢吃的鱼汤呢。”

李雪妮（张大心）道：“我刚刚发现，放学的时候不小心把我同桌的作业本收到自己书包里去了，我得给他还回去。”

李麦群道：“爸爸这菜马上就要做好啦，不能吃完再去吗？”

李雪妮（张大心）道：“嗯……我同学作业本不见了，现在一定很着急呢，我不尽快给他送过去，他作业本丢了，会被他爸爸妈妈责罚的，他爸爸妈妈可凶了。”

女儿就是这样，处处都替他人着想。

李麦群打心里替自己有这么一个女儿感到高兴，他点了点头道：“嗯，妮妮说得有道理！确实不能让同学着急，去吧去吧，尽快回来啊！”

李雪妮（张大心）：“好的爸爸！爸爸最好啦！”

随后，李雪妮（张大心）转身拿着作业本，跑出了家门。

李麦群美滋滋地继续做着菜，做完了这道鱼汤他听到门外有人进来，便立马将锅里的鱼汤倒进汤碗里，端着鱼汤，乐呵呵地从厨房里出来：“妮妮，鱼汤做好了，快尝尝爸爸的手艺……”

突然，李麦群愣住了，他的整个身体如同过电一般，双手猛一颤，汤碗跌落在地，砸了个粉碎，鱼汤溅得到处都是。

只见餐桌前坐着的那个人并不是李雪妮（张大心），而是一个熟悉而又陌生的故人。

那个故人一脸冷漠，将一把武士刀用力横拍在了桌面上。

那人没有看李麦群，而是抚摸着桌面上的武士刀，淡淡道：“好久不见了，李先生。”

李麦群艰难地吐出了那个名字：“山……山本……武？！”

山本武依旧没有看他：“正是在下。两年了，我足足找了你两年，没想到，你躲到了这么一个难找的地方。”

李麦群道：“你……你想干吗？”

山本武冷笑了一下：“把大心还给我。”

李麦群道：“这里没有你要找的人。”

山本武突然站起身来：“大心呢？大心在哪儿？”

他说着，如一头捕食的猛虎朝着李麦群猛扑了过去。他一把将李麦群摁在了墙壁上，死死地掐住了他的脖子，恶狠狠地质问道：“大心在哪儿？”

山本武感觉自己的脖子要被捏碎了，血管都要爆开，他艰难道：“这里……没有……你要找的人！”

山本武掐得更加用力了：“把大心交出来！”

李麦群说不出话了，他感觉自己就要窒息而死。

山本武怒目相视，用另一只手朝李麦群的腹部猛击一拳，然后将他朝屋子的另一头扔了过去。

李麦群重重地摔在了地上，他感觉自己的胃里一阵翻江倒海，大脑也是一片眩晕的状态。

模糊的视线中，他看到山本武朝他走了过来。

“你把大心藏到哪里去了？”

山本武怒喝道。

李麦群倒在地上，摇着头说：“我……不知道……我……不知道……我……说过了……这里……没有……你要找的人！”

随后，山本武像是发疯了一般，开始用腿凶狠地踢向李麦群的身体，一边踢一边道：“把大心还给我！把大心还给我！把大心还给我！把大心还给我！”

李麦群被踢得奄奄一息，意识格外模糊了，他嘴里含着血，不断地重复着那句话：“这里没有你要找的人……这里没有你要找的人……这里没有你要找的人……”

山本武终于放弃了，他停止了对李麦群的拳打脚踢，只见他转过身，朝餐桌走去，随后，他拿起了那把武士刀，将刀刃抽出了刀鞘。

武士刀被擦得锃亮的刀刃，反射着傍晚夕阳血红色的光。

那是满含着愤怒和杀意的光。

此时的山本武已经不顾一切了，他愿意为了张大心回归到过去，变回那个冷血杀手的形象。

他抚摸着手里的武士刀，来到了李麦群面前。

李麦群意识模糊地看着眼前的山本武，他知道，自己已经在劫难逃，他觉得这或许就是宿命，所以没有挣扎，也无力反抗，而是就这么静静地倒在那里，等待着死亡的到来。而他心中唯一不舍的，便是李雪妮。但此刻，死亡已经无可避免。

妮妮，爸爸对不起你，这次，是爸爸要离开你了。很抱歉，妮妮，爸爸无法继续陪在你身边了，你一个人要好好地走下去。

李麦群这么想着，慢慢地闭上了眼睛，似乎接受了这一切。

“去死吧！”

山本武大吼着，扬起了手中的武士刀，向下刺了过去。

“不要伤害我爸爸！”

当山本武反应过来的时候，李雪妮（张大心）已经挡在了武士刀前。

山本武停手了，可是停手的那一刻，已经来不及了。

武士刀的刀刃刺穿了她的胸膛。

李麦群倒在地上，不能动弹，而他却用尽全身力量声嘶力竭地喊出了女儿的小名：“妮妮！妮妮！妮妮！”

那声音中透露着绝望，以及对山本武的憎恨！

“大心！大心！大心！”

张大心向下倒去，山本武立马将她接住，鲜血淌满了他的双手。

山本武抱着张大心，拼命摇晃这她的身体：“大心！大心！大心！”

张大心原本已经闭上的眼睛又睁开了，这一次，从她的眼神中，山本武看到的不再是李雪妮，而是张大心。

张大心冲着山本武微微一笑：“小武……哥哥。”

山本武哭了出来：“大心。”

张大心带着满足的笑意，一顿一顿道：“小武哥哥，你怎么……哭了？”

山本武强忍着泪水道：“小武哥哥见到大心，高兴，高兴，小武哥哥是高兴得哭了。”

张大心含着血道：“我不喜欢……小武……哥哥……哭。我想让……小武哥哥……开开心心的……我希望……小武哥哥笑。”

山本武立马强挤出笑容：“大心，小武哥哥不哭了，小武哥哥不哭了。”

张大心满意地笑了起来：“小武哥哥，真好。”

随后，张大心闭上了眼睛，这次，她再也没能醒来。

“大心——！大心——！啊——！”

山本武抱着已经死去的张大心，跪在一片血泊当中，声嘶力竭地哭号着，仿佛要将自己的心脏呕出。

李麦群倒在地上，两行热泪从他的脸上滑落，游离的视线中，他看到山本武从怀里掏出了什么，像是一把匕首，一把锋利的匕首。

随后，他将那把匕首深深地捅进了自己的腹部，倒在了张大心身旁。

四

李麦群被邻居发现后送到了小镇上的医院，经过抢救，他总算是挺了过来。就这样，他在病床上躺了足足有三个月的时间。这三个月他一直在做噩梦，他无数次地梦到自己正在和李雪妮过着幸福的生活，而山本武却在梦境中无数次地打破这份难得的美好。他一度想自己为什么要挺过来呢？为什么不随着妮妮而去呢？

三个月后，李麦群终于出院了。

他离开了岛上小镇，回到了陆地上。他回了一趟上海，却发现早已是物是人非。他的房子，他的一切，早就已经没有了，他是一个真正无家可归的人。

我该何去何从呢？

李麦群这么想着。

他开始了环球旅行，他并不是想借助旅行来冲淡内心的伤痛，因为他深知，这种伤痛是没有任何方法减轻的，只会随着时间的推移变得愈发沉重，沉重到令人无法呼吸。他知道，唯有死亡才能令这一切得到彻底的解脱。也许，环球旅行的过程，正是一个寻找死亡归宿的过程。

一年里，他去了许多国家，在瑞士他购买了一把瑞士军刀，便一直随身携带。直到最后，他终于又一次来到了法国。这次，他没有去普罗旺斯，没有去圣雷米，而是去了一座名叫奥维尔的小镇，那座小镇，就位于巴黎郊外。

那座小镇，还有个独特的名字——“梵高小镇”。

因为那是梵高生命的终点。

那天下午，李麦群在奥维尔小镇的一家花店买了一束鲜花。傍晚的时候，他来到了梵高墓前，为梵高这位伟大的艺术家献上了那束鲜花。

不知为何，他突然想到梵高饮弹自杀的那个麦田去看看。

他沿着小镇道路独自走着，夜幕降临，笼罩了整个大地，他终于来到了那片麦田。

麦田里的麦子，长得老高。

他闯入麦田，惊起了一群黑色乌鸦，乌鸦四散飞去，消失在了深色的夜空中。这令他不由得想起了梵高的著名画作《麦田群鸦》里描绘的景象。

他站在麦田中央，仰望着夜空。

突然，他感觉夜空开始发生变化，那片星幕逐渐变得扭曲起来。很快，星辰犹如延时摄影照片一样，连成了一条又一条密集的银色丝线，这些银色丝线如同在水中散开一样，跟随着水波的流向，蜿蜒而来，游走而去。此刻，月亮大得犹如一张摊开来的鸡蛋饼，在水波一般流动的深蓝色夜空中闪烁。

星空！

梵高的星空！

原本平静的夜空，顷刻之间变成了一幅在宁静中沸腾的印象派油画，而这幅油画正是梵高的著名画作——《星空》！

此刻，李麦群终于明白了钥匙的含义。

死在星空之下，星空，并不是指那幅悬挂在纽约现代艺术博物馆内的油画。

而是一片真正的，只存在于梵高梦境中的星空。

他回想起了马海恩的【白日梦魂】，也许，梵高才是第一位酿造出【白日梦魂】的酿梦师。

他拿到了钥匙，所以来到这里，便触发了梵高的梦境世界。

他突然明白，梵高为什么会选择在这里自杀。

他突然明白了一切。

他回想起梵高书信里的那句话——

“我想要创作一个更大的世界。每一个人，都能够在那个世界里找到自己已经离世的所爱之人。”

他抬头向往着那片星空，他仿佛在星空中看到了李雪妮的脸，看到了陈彤的脸，随后在波纹中淡淡消散。

或许，这里便是最终的归宿。

他从兜里掏出那把瑞士军刀，弹出锋利的刀刃，对准了自己心脏。

而后，他默默地念出了那句如同咒语般的话——

“死在星空之下。”

番外 奇怪的液体

EXTRA

他做了一个梦，梦里自己被人囚禁在了一个白色的房间里。

房间的正中央放着一个笼子，笼子里面有一只狂躁的猴子正在疯狂地吼叫着，它一边吼叫，一边抓挠着自己，抓得鲜血淋漓。

这时，他听到了脚步声，一个男人朝他走了过来，白色的灯光十分刺眼，他看不清那个男人的脸。

“喝了它！”

男人将一管奇怪的液体递给他，逼迫他喝了下去。

他咽下了那难以下咽的液体，感觉自己喝下的是致命的毒药。

他就要死了。

然后，他醒了过来，发现自己在病房的观察室里睡着了。

一

霍桑看着导管中回流出的那几毫升琥珀色液体，再一次陷入疑惑当中。那到底是什么呢?

此时，在他面前的病房里，病床上躺着一个瘦骨嶙峋的六十岁老大爷。

老人得了脑癌，正在接受一项手术。他的后脑勺被开了一个针眼大的小孔，一根透明的导管通过小孔直插大脑。

药液顺着导管缓慢地涌入老人的大脑当中，这是时下最流行也是最有效的脑癌治疗方法，那些药液可以定向消灭病患大脑中的癌细胞。

霍桑盯着显示器，屏幕上是老人的脑电波图。再一次地，脑电波图开始发生波动，这些波动意味着，老人正在做梦。

这种波动大概持续了一段时间，霍桑注意到，和过去一样，老人后脑勺的小孔内，有琥珀色的半透明液体向导管内回流了出来。

那些琥珀色的液体究竟是什么呢?

这项手术，已经经历了二十年的时间，自2025年发明以来，所有执行过这项手术的医生，都注意到了这一奇怪的现象，但从来没有人深究过，那些奇怪的液体到底是什么。

几乎所有的医生都认为，那应该是脑脊液和患者脑内病变所产生的脓水混合体。

但霍桑并不这么认为，他做了一个大胆的决定：在下一次发生回流的时候，将液体取出，进行化验。

回流又一次发生了，霍桑已经在病床前等候多时，他伸出手，将导管从老人的后脑勺拔了出来，然后迅速将那不到10毫升的琥珀色液体挤进了试管里，最后将导管插回到了老人的后脑勺内。

他知道自己的行为已经违反了规定，甚至是违反了作为医生的职业道德，但是为了弄清液体的成分，他认为自己不得不这么做。

零点的时候他的同事来接班，霍桑下班后并没有直接回家，而是带着试管内的琥珀色液体直接去了检验室。

他提取了2毫升的液体，放入仪器当中进行检测，检测结果需要第二天才能出来。但是将液体存放在医院的检验室里，他对此并不放心，于是，他将剩下的液体带回了家。

霍桑的妻子刘曼迪是一位全职太太，他们育有一子，名叫霍让，今年七岁，还在念小学二年级。

霍桑回到家的时候，已经是凌晨三点了，此时霍让早已经陷入熟睡，刘曼迪还没有睡，她一直在等待自己的老公回家，她咳嗽着说："今天怎么这么晚才回来呀？不是十二点就该换班了吗？"

刘曼迪一边说着一边帮霍桑脱掉了外套。

霍桑道："半夜急诊科来了个病人要动手术，一直忙到现在。"

刘曼迪又咳嗽了两下，问："我让你帮我带的咳嗽药你带了吗？"

霍桑道："带了，一会儿给你，有吃的吗？肚子饿了。"

刘曼迪道："菜早就给你准备好了，都冷了，我去给你热一热。"

她说罢，转身朝厨房走去。

霍桑坐在沙发上，用茶几上的茶壶给自己倒了一杯水，一饮而尽。他倒在沙发上，此刻的他，既疲惫又兴奋。

他有一种预感，自己一定发现了什么不得了的东西。

正沉浸在这种兴奋当中，他突然意识到自己忘了什么，得赶紧把液体放进冰箱冷藏！

于是他赶紧起身："老婆，我外套你刚给我脱下来放哪儿了？"

刘曼迪在厨房里热着菜："哦，就在卧室的衣架上。"

霍桑立马疾步走进卧室，翻了翻自己的外套，却发现装了琥珀色液体的试管并不在外套的荷包里！

不见了？难不成是落在车上了？

他焦急地又翻找起来，就在这时，厨房里传来了妻子的声音："老公，你给我带的咳嗽药该怎么吃啊？"

霍桑焦急地翻找着，快速回复道："哦，全部喝掉就行！"

就在这时，他突然定住了，咳嗽药还在我包里，我没有给她啊！

难道说？！

霍桑立马冲出卧室，穿过客厅冲进了厨房。这时，刘曼迪已经热好了饭菜。

霍桑道："你刚才喝了什么？"

刘曼迪一脸茫然："你给我的咳嗽药啊！"

霍桑道："咳嗽药在我包里，我还没有给你！"

刘曼迪微微一笑："老公，你一定是忙忘了，我是在你外套里找到的！"

霍桑道："是一个试管对吗？琥珀色的液体……"

刘曼迪点了点头。

霍桑道："试管呢？"

刘曼迪指了指垃圾桶，霍桑立马蹲下身，将试管从垃圾桶里捡了出来，试管已经空了："你全喝了？"

刘曼迪咳嗽道："不是你让我全部喝掉的吗？"

霍桑急了："你怎么乱喝东西呀？！喝之前不知道给我看看吗？！这不是止咳药！这是……"

见老公神色紧张，刘曼迪知道自己肯定是喝了什么不好的东西，于是慌张道："老公，我到底……我到底喝了什么？"

她一着急，大口大口地咳嗽了起来。

霍桑深吸了一口气道："跟我去医院，现在！"

二

霍桑拉着刘曼迪直奔医院，在医院的急诊科里折腾到了天亮，也并未发现刘曼迪的身体指标出现什么大的异常。

霍桑算是松了一口气，因为目前看来，那液体对人的身体并不会造成伤害。二人回家的时候，是清晨六点，儿子霍让还在熟睡当中，没有醒来。

刘曼迪一回到家便倒在床上睡着了，而霍桑则顶着一夜未睡的黑眼圈去了医院，上午医院还有个例行会议要开，他不能缺席。

开完了上午的会，霍桑向院里请了一下午的假，他实在是太困了，必须回家睡觉。回家之前，他突然想到昨晚的检验报告应该已经出来了，于是他立马前往检验室，拿到了报告，报告结果却令他既疑惑又欣喜。

疑惑在于，报告结果中，有些元素，仪器显示无法识别。

欣喜在于，正因为无法识别，才能说明液体中的某些元素，是以前从未被发现过的。

这是一个新的发现！

霍桑带着检测报告回了家，一路上他都很兴奋，这种兴奋几乎浇灭了他的睡意。但车刚到楼下，他又突然感到颇为困倦。

他拖着疲惫的身子进了电梯，上了楼，感觉自己已经完全撑不下去了，只要一闭眼，就会昏睡过去。

可是回到家后，家中发生的一切顿时冲散了他沉重的睡意，眼前的画面想必是会令他永生难忘。

他看到自己的儿子霍让倒在客厅的地板上，血肉模糊，浑身上下布满了密集的刀口，猩红色的血向外淌了一地。

沙发上、茶几上、墙壁上、天花板上……全都染满了飞溅的血迹，满目狼藉。

霍桑感到自己的胸口一瞬间被什么东西堵住了，一阵难以遏制的窒息感令他差点晕厥过去。

他突然想到，妻子还在家里！

他立马高喊着妻子的名字，快步冲进了卧室，他看到自己的妻子浑身是血躺在床上。

心跳陡然加速，他立马跑到床边，推了推刘曼迪。

没想到刘曼迪身子抽搐了一下，睁开了眼，她一脸茫然地看着霍桑，睡眼惺忪道：“怎么了，老公？”

霍桑松了口气，因为刘曼迪还活着，但他发现刘曼迪身上并没有半点伤口，也就是说，她身上的血，并不是她自己的，而只有可能是霍让的血……

此刻，霍桑有了一个推断，这是一个令他无法接受的推断。

最后，警方证实了霍桑的推断。

法医检查出霍让的身上一共有十五处刀伤，而凶器是家里的一把西瓜刀。通过死者死亡时间，排除了霍桑的作案嫌疑，而屋内并未有他人闯入的痕迹，所以杀害霍让的凶手，只有可能是刘曼迪。

审讯室里，刘曼迪说自己什么都不记得了，她哭得很厉害，不停地抽泣着：“我，我真的什么都不记得了，我……我不知道……我不知道……我不知道自己为什么会那样，为什么会伤害霍让……我的孩子……我是不会伤害他的……我真的不知道，什么也不知道，不记得了……”

从测谎仪显示的结果来看，刘曼迪并不像是在撒谎，她是真的不知道，也就是说，她很有可能是在一种无意识的状态下将霍让杀害了。

霍桑还沉浸在悲痛之中，悲痛一度冲乱了他的思绪。他终于想到刘曼迪喝下了那管琥珀色的液体，也许正是那液体的作用导致自己的妻子精神失常，于是杀掉了自己的儿子！

他立马驱车赶回到医院。

此时，那位老人依旧躺在病床上，昏迷不醒，对他的脑癌治疗还在持续进行着。

霍桑再一次悄悄取到了从老人大脑中回流出的琥珀色液体。想要弄清到底是不是这液体导致妻子杀掉自己的孩子，就必须找到实验品，喝掉这液体。

于是，他决定在猴子身上做实验。

他将液体喂给了一只母猴，然后将这只母猴和她的孩子关在同一个笼子里。他想要看看，喝了液体的母猴会不会精神失常，亲手杀掉自己的孩子。

可是，他在猴子身上反复做了五组这样的实验，都没有发生他想要看到的结果。

霍桑感到很失望，难道说妻子杀掉自己的儿子并不是由这液体导致的？他不甘心，猜想大概是液体在猴子身上不起作用，于是他决定干脆直接一点，在人身上做这种实验。

在实施这一计划的过程中，霍桑是格外紧张的，这种紧张倒不是源于他害怕被发现，而是源于一种强烈的道德谴责感。

一开始，他想要在自己的同事身上实施这项计划，但他做不到，他无法对自己认识的人下手。于是，他开始在大街上、在咖啡馆里、在一切的公共场合寻觅合适的陌生人。但他发现，对陌生人下手并不能减轻他的罪恶感。

他还是下不了手。

最终，他决定把自己当成实验品。他想看看，如果是自己喝掉了这液体会变成怎样。

那天晚上他去了一家宾馆，开了间房，将那管琥珀色液体喝下之后，便倒在床上沉沉地睡去了。

他做了一个梦，那场梦在之后的许多时日里，一直反复地出现在他的梦境当中。

他梦到自己出现在了一个以前从未去过的房间，自己的妻子倒在沙发上，双眸紧闭，像是在沉睡。

他以第一人称视角走到妻子跟前，伸出手，在妻子身上抚摸，然后手脚笨拙地脱掉了她的衣服，或许是在梦里，他感觉那好像并不是自己的手，一切都是那样不真实，却又是那样真实。

三

“那之后，你就经常梦到自己在一个陌生房间里，和自己的妻子做爱？”心理医生这么问道。

刘曼迪被判处无期徒刑后，霍桑经常去看心理医生，他已经看过各种不同的心理医生了，但几乎都没有什么太大的作用。

霍桑有些心不在焉地点了点头，他并不指望这位心理医生能够给他什么太大的帮助。

心理医生道：“这说明，你很想念你妻子。”

霍桑道：“这我也能想到。”

心理医生道：“至于为什么每次在梦里你都在和你妻子做爱，我想大概是因为你曾经说过，很早以前，医生诊断你有生育障碍，也就是说，你很难让你妻子怀孕，于是你和你妻子反复做了很多的尝试。我觉得，这是你内心最基本的渴望导致的梦境。”

霍桑道：“但我妻子还是怀上了，我们有孩子。”

心理医生道：“我知道，我只是说你有生育障碍，并不是绝对不能生育。所以你在你妻子怀上孩子之前，曾经做过无数次尝试，而这些尝试成为你潜意识里不可磨灭的一部分，以至于反复地出现在你如今的梦里。”

霍桑有些泄气道：“事实上，当时医生判断，我完全不具备生育能力，也就是说，我是无法让我妻子怀孕的，但没想到，她还是怀上了，我一直认为那是上天馈赠给我们的礼物。另外，即便你这套分析是对的，这也对我一点帮助都没有，你能有什么办法让我摆脱这场梦吗？”

心理医生想了想，然后问：“在梦里你还看到其他什么吗？比如，房间里的一些独特的东西？”

霍桑眯起眼睛回忆了片刻，然后道：“一张照片，我看到墙上挂着一张照片。”

心理医生问：“谁的照片？”

霍桑道：“一个男人的，至于那个男人是谁……我不认识……”

心理医生问：“那男人看上去多大年纪？”

霍桑道：“四十来岁吧。”

心理医生道：“你再仔细回忆一下，那个男人你是不是在哪里见过，只是你一时半会儿想不起来了？”

霍桑拧紧眉头，努力去想，然后摇了摇头说：“有点熟悉，像是在哪儿见过，但是……我真的想不起来那个男人是谁，又为什么会出现在我的梦里。”

心理医生道：“希望你能仔细想想，也许，这能够成为你摆脱这个梦境的突破口。”

霍桑从心理医生那儿离开后，心中的郁结非但没有因此解开，反倒愈发难缠了。他开始思考起以前从未思考的问题，梦里墙上的那张照片中的男人究竟是谁呢？如果他从未见过这个男人，那么他又为什么会出现在他的梦中呢？

他回到家后倒头便睡，紧接着，他又做了那个重复的梦。而这一次在梦中，他更加仔细地盯着墙上那幅照片看，可是，他却怎么也认不出那照片中的男人究竟是谁。

“嘟嘟嘟嘟！”

一串急促的电话铃声将他从梦中惊醒，他摸起床头的电话，接了起来，是监狱打来的，说是他妻子刘曼迪想见见他，和他说几句话。

在电话中预约好了时间，霍桑挂断了电话，这时，他才发觉自己的裤裆很凉，他将手向下一抹，摸到了一股湿腻感。

他知道，自己梦遗了。

几天后的周六，霍桑独自驱车来到了监狱。他在监狱的会面室见到了妻子刘曼迪。二人隔着防弹玻璃相对而坐，用对话机对话。

刘曼迪看上去十分憔悴，精神状态很是不好。

霍桑对刘曼迪杀掉霍让的事情耿耿于怀，他本不想来，可是他总感觉刘曼迪有很重要的话要对他说，于是他冷冷道："你找我有事儿？"

刘曼迪道："我想起来了。"

霍桑问："你想起什么来了？"

刘曼迪道："你最想知道的那个问题。"

霍桑道："告诉我，你为什么要杀掉我们的孩子？"

刘曼迪笑了笑，霍桑从那笑容中看出了几丝嘲讽的意味："他是怪物！"

霍桑没听明白："什么怪物？你管我们的孩子叫怪物？"

刘曼迪更加神经质地笑着："我闻到了他身上的味道，是那怪物的味道！我无法忍受那种味道，所以我杀了他！"

霍桑被刘曼迪的言行举止怔住了，过了好一会儿，他才回过神来道："你疯了。"

刘曼迪笑得能加狰狞："我能够闻到，我身上也有那怪物的味道，怎么洗也洗不掉，怎么洗也洗不掉……我讨厌这种味道……我讨厌这种味道……"

霍桑心如死灰，他淡淡了吐出两个字："怪物。"

然后便挂断了对话器的听筒，转身快步离去了。

不多久他便得到消息，刘曼迪在监狱里撞墙自尽了。

四

经过长达半年的治疗，老人的脑癌终于被彻底治愈。老人是一家企业的老总，可他出院后的第一件事儿并不是回到公司打理生意上的事务，而是吩咐自己的助理向警方报了警。

他向警方自首了。

很快，报纸上刊登出新闻。

这位老人向警方交代："我卧病在床这段时间，脑子里一直在反复地做着一个梦，那场梦一直折磨着我。"

警察问："什么梦？"

老人答："我梦回到了八年多前，有个年轻漂亮的女孩儿来我这里面试……然后……"

警察问："然后怎么了？"

老人说："然后我在茶水里下了药，趁她昏迷了过去，就把她给……"

警察问："受害人没报警？"

老人道："她不知道。"

警察问："那你为什么要在八年后把这一切说出来？为什么要自首？"

老人道："因为那场梦……那些梦令我的良心受到了谴责，我一直为此感到后悔，只有说出来，我才能摆脱那场梦！"

霍桑在报纸上看到了这条新闻，立马回想起了一直反复出现在脑子里的那场梦。

难道说？

他上网查到了老人的资料，很快便找到了老人比较年轻时候的一张照片，照片中的男人四十多岁，面露自信的微笑。

霍桑看到照片的那一刻，整个人都怔住了。

就是梦里墙上的那张照片！

紧接着，他找到了老人的微博，他的微博上曾经晒过自己办公室的照片。

一模一样！

一切都和梦里的场景一模一样！

难道说……这个老人曾经……而他口中所提到的那个女孩就是……

可为什么会这样？

霍桑突然感到一阵天旋地转。

当他醒来的时候，发现自己来到了一个白色的房间里。他无法动弹，因为他的身体被五花大绑在了一把结实的铁椅上，而这把椅子是与地面牢牢地固定在一起的。

房间的正中央放着一个笼子，笼子里面有一只狂躁的猴子正在疯狂地吼叫着，它一边吼叫，一边抓挠着自己，抓得鲜血淋漓。

……

等一下，这不是那天的梦吗？

他觉得自己回到了最开始的那场梦中。

他看到一个男人站在他面前，白色的灯光格外刺眼，这次，他看清了这个男人的脸，而这张脸令他再一次确认，这就是一场梦。

因为他看到眼前这个男人是霍桑，而他自己，正是霍桑。

他看到了他自己。

他认为自己看穿了一切，于是道："又是这场梦，我在做梦。"

男人问："你为什么这么确定这是一场梦？"

他道："此刻，我正在和另一个我对话，这难道不是一场梦吗？"

男人笑了："看来，你还没从梦里醒来，你以为你是我？你以为你是霍桑？”

他道：“难道我不是吗？”

男人掏出一面镜子，将镜面对准了霍桑的脸。

霍桑看到镜面里自己的脸，那并不是霍桑的脸，而是……那个老人的脸！

男人道：“看清楚，你是那个迷奸犯，而我，才是霍桑。”

老人一下子惊醒了过来，他不明白之前到底发生了什么：“我做了一场梦，梦里，我变成了你……”

霍桑道：“我让你进入了我的梦里。”

老人没听明白：“我……进入了，你的梦里？”

霍桑道：“还记得梦里出现的琥珀色液体吗？那不只是一场梦，那些都是真实的回忆。我从你的大脑里提取到了那种液体，喝了它，我梦到了你当时梦到的画面。我看到你，迷奸了我的妻子。”

老人感到大为吃惊：“那个女孩儿，是你妻子？！”

霍桑道：“我妻子也喝了那液体，做了相同的梦，那场梦让她发疯，让她杀掉了自己的孩子……换句话说，是她和你的孩子。”

老人道：“她和我的孩子？”

霍桑道：“我是不具备生育能力的，我妻子生下的那个男孩是你的。她生前曾经说过，她在那孩子身上闻到了怪物的气味，她说的那个怪物，就是你，她忍受不了那种气味！”

老人道：“我已经接受过惩罚了，我主动向警方自首了。”

霍桑冷笑道：“惩罚？你毁了我的家庭，毁了我的一切，仅仅在监狱里蹲了三年，你管这叫做惩罚？”

老人道：“那你还想怎样？”

霍桑道：“我原本以为，我提取了自己的梦境，让你喝下去，让你在梦中成为我，让你直面我的遭遇，让你对我的遭遇感同身受，我原以为你醒来后会真诚地向我道歉，哪怕是说句对不起，呵呵，现在看来，我高估了你的人性。”

老人急了：“你到底想怎样？杀了我？！”

霍桑道：“杀了你？那不是我的目的。我要让你承受精神上的折磨，我要让你在精神上彻底忏悔！”

他说完就搬出一个保险箱，箱子里插满了密密麻麻的试管，试管内装满了琥珀色液体：“这些可全都是好东西。我走遍了全国的精神病医院，专门挑选了数十名比较典型的精神病患者的梦。老实说，我也不知道这些梦的内容是怎样的，两天前，我给一只猴子尝过其中一支……然后……”

他说着，看了眼身后笼子里的猴子，那只猴子在笼子里上蹿下跳，它几乎咬断了自己的左手，到处都是血。

霍桑微微一笑：“不如，也给你尝尝？”

他说着，从保险箱里抽出一根试管。

“不要！不要！不要！”

老人痛苦地挣扎着！

霍桑用力掰开老人的嘴，将试管里的液体一股脑全都灌了下去。他的复仇成功了，他成功地将这个老人变成了一个疯子。

当人们次日在街头发现这位老人的时候，他已经浑身赤裸地倒在地上，身上被自己抓得没剩一块好皮。

没人知道他经历了什么，最后，他被检查出了严重的精神分裂症，被送到一家精神病医院接受强制性精神治疗。

五

霍桑给老人喝下的那管琥珀色液体，来自一位十分严重的精神分裂症患者。三年来，霍桑因为他的发现一举成名，甚至成为诺贝尔医学奖的最热门候选人，有杂志预测，霍桑应该会在今年获得诺贝尔医学奖。

而琥珀色液体也以他的名字，被命名为“霍桑液”。

霍桑液的出现成为了精神治疗的福音，很快，霍桑组建了医疗团队，走遍全国的精神病医院，提取患者脑内的霍桑液。

霍桑液提取之后，会在霍桑的指导下，由患者的主治医生喝下。这样，主治医生就能梦到那位患者所梦到的画面，然后对患者的精神世界做出更为具象的分析。

换句话说，就是变相让医生走进了患者的内心世界。

但这是十分危险的，所以医生在进入患者梦境世界的整个过程，都需要霍桑团队的陪同以及仪器的严密监控，一旦发现不对头，霍桑团队就会立刻将医生唤醒。

尽管如此，还是有一名医生在服下霍桑液进入到患者梦境之后，出了事儿。

那名医生在喝下自己一名患者的霍桑液后，开始进入睡眠状态。大概三小时后，仪器显示他已经进入深度睡眠状态，并且脑电波显示他开始做梦。

这种做梦的状态大概持续了不到十分钟，这名医生就开始浑身抽搐，仪器显示他的脑电波图发生了剧烈的紊乱性波动。

霍桑团队立马采取强制唤醒措施，可是无论他们如何努力，都无法将这名医生唤醒。这名医生开始不断地抓挠着自己的身体，抓得鲜血淋漓。不得已，霍桑团队只好将他五花大绑起来。

最终，这名医生被诊断为精神分裂症。

霍桑从头到尾都没能见到那位患者，尽管他很想见，但是都被院方拒绝了。就在这时，他突然得到了那位迷奸他妻子的老人出狱的消息，于是，他绑架了那位老人，将那位患者剩余的霍桑液全部灌到了那个老人的嘴里。

他实现了他的复仇，可是，这更令他对那名患者产生了好奇。

到底是一个怎样的患者，做的梦能够使喝掉它的人，全都陷入精神分裂的状态当中呢?

他向那家医院再度提出申请，要求面见那位患者，但是都被直接回绝了。

不得已，他只好以医学研究的名义，向世界卫生组织申请到了特权，由此，在那家医院见到了那位患者。

在会面室里，二人隔着一道铁栅栏，相对而坐。

霍桑看着眼前的这位患者，他戴着一个面具，似乎并不想将自己的相貌展示给他看。

霍桑开口道：“你好，我是……”

面具后面传来了一个故意低沉的声音：“我知道你是谁，你是猴子。”

霍桑一脸疑惑：“猴子？什么猴子？”

面具人并没有回答关于“猴子”的问题，而是自顾自道：“我也知道，你为什么而来。”

霍桑也不想绕弯子：“我提取了你脑子里的霍桑液，你知道霍桑液吧。”

面具人笑了：“我当然知道，我再清楚不过。”

霍桑道：“很好，我把你的霍桑液给了你的主治医生，他喝过之后疯掉了。然后我又在猴子身上做了实验，那猴子喝过之后也疯掉了，我想知道……为什么？”

面具人道：“你故意说漏了一个。”

霍桑一怔：“漏了一个？”

面具人道：“那个老人，你给他喝了，为了完成你的复仇。他迷奸了你的妻子，对不对？”

霍桑浑身如过电一般：“你是怎么知道的？我没对别人提起过！”

面具男又笑了，这是一种像是对待动物般轻蔑的笑：“因为……我才是霍桑！”

他说着，摘掉了面具，露出了霍桑的脸。

霍桑看着眼前这个男人的脸，和自己一模一样，彻底呆住了，他下意识地问了句不属于他的歇斯底里的话：“如果你是霍桑，那么，我又是谁？”

面具男敲了敲铁栅栏道：“我已经说过了，你是那只猴子！”

就在这时，霍桑感觉自己的身体一下子缩小了，眼前的铁栅栏变成了笼子，将他的身体牢牢地锁在了里面。

四周的灯光亮起，他受到了惊吓，开始疯狂地吼叫起来。他看到笼子外，一个似曾相识的男人敲了敲铁笼子。

他想要说话，可是却发现自己已经不记得如何说话了，只能发出无意义的吼叫声。他急了，开始疯狂地抓挠自己，抓得鲜血淋漓。

只见笼子外的男人微微一笑道：“又一只疯掉的猴子。”

这时，一个女人走了过来，对那个男人道：“霍桑先生，刚才世界卫生组织打来电话，说我们对猴子的实验违反人道，要求我们暂停，您看……”

男人道：“暂停？开什么玩笑？这项目一开始也是得到他们赞同的！”

女人道：“可是霍桑先生，您当时只是说霍桑液是人脑潜意识作用下的凝聚体……”

男人道：“没错！实验的目的就是为了让猴子喝下这种凝聚体，在梦境中获得人类的潜意识，而当这种潜意识根深蒂固的时候，猴子就很有可能具备像人类一样思考的能力！”

女人道：“可是现在已经因此牺牲了数百只猴子了……”

男人道：“实验总是在第一百零一次才成功的！”

女人道：“可是……”

男人道：“没有什么可是的，实验必须继续下去！”

女人道：“那这只猴子该怎么办？如果让卫生组织知道又有一只猴子疯掉了，恐怕……”

男人道：“那就杀掉它，别让外面知道。”

女人道：“好的，先生。”

他被困在笼子里，无法听懂外面这两个人类的对话，他只能疯狂地吼叫着，他觉得这可能是证明他存在的最后意义。

（本文曾收录于《烧脑X · 记忆碎片》。提供一切燃烧脑细胞的故事，逼死逻辑，燃爆大脑！更多精彩烧脑故事请看《烧脑X》系列主题书，已上市主题【时间的freestyle】【记忆碎片】【恐怖童谣】，漫娱文化出品）

出 品 人 | 朱家君

总 经 理 | 常篝尘

总 编 辑 | 熊 嵩

执行策划 | 许斐然

装帧设计 | 刘江南 肖亦冰

执行总编 | 罗晓琴

设计总监 | 李 婕

产品经理 | 许斐然

发行总监 | 章筱迪

流程校对 | 巴 旖 於 婷

特约校对 | 张博璇

宣传营销 | 蒋 惊 蒋 雷

总出品 漫娱文化

图书在版编目（CIP）数据

酿梦师 / 方洋 著 .—武汉：长江出版社，2018.4
ISBN 978-7-5492-5688-4
Ⅰ. ①酿… Ⅱ. ①方… Ⅲ. ①科学幻想小说 – 中国 – 当代
Ⅳ. ① I247.5
中国版本图书馆 CIP 数据核字（2018）第 062984 号

酿梦师 / 方洋 著

出　版	长江出版社 （武汉市解放大道1863号　邮政编码：430010）		
出　品	漫娱文化 （湖北省武汉市积玉桥万达写字楼11号楼19层　邮政编码：430060）		
出版人	赵　冕		
选题策划	漫娱文化图书		
市场发行	长江出版社发行部		
网　址	http://www.cjpress.com.cn		
责任编辑	冯　曼	开　本	880mm × 1230mm　1 / 32
装帧设计	刘江南　肖亦冰	印　张	8.75
印　刷	湖北新华印务有限公司	字　数	234千字
版　次	2018年4月第1版	书　号	ISBN 978-7-5492-5688-4
印　次	2018年4月第1次印刷	定　价	39.80元

电话：027-82927763(总编室）　027-82926806（市场营销部）